# 정의의 사람들·계엄령

알베르 카뮈 전집 **13**

# 정의의 사람들 · 계엄령

알베르 카뮈 지음 / 김화영 옮김

책세상

## 책머리에

　카뮈전집 열세 권째로 희곡집 《정의의 사람들》과 《계엄령》을 한데 묶어 펴낸다. 독자들은 번역의 속도가 느리다고 성화지만 딴에는 무더웠던 여름방학 동안 보따리를 싸들고 서울과 파리를 오가며 땀 흘려 노력한 결실이다. 이젠 정말이지 숨이 차다. 그런데 아직도 갈 길이 멀다.

　40년 가까운 세월 저쪽, 대학 재학 시절, 당시 이휘영 교수님의 예외적인 열정에 힘입어 《정의의 사람들》의 프랑스어극을 최초로 남산 드라마센터의 무대에 올렸던 기억이 새롭다. 카뮈가 자동차 사고로 세상을 뜬 지 불과 몇 년 뒤인 60년대 초반이었다. 우리는 무더운 여름날 호떡으로 끼니를 때우면서 두툼한 외투를 입고 추운 모스크바에서의 드라마를 줄기차게 연습했다. 지금은 작고했거나 뿔뿔이 흩어진, 당시의 불문학 교수, 학생들이 이

'섬세한 살인자'들의 배역을 나누어 맡았다. 그때 대학 2학년이던 내게 돌아온 것은 부아노프의 역이었다. 오랜 세월이 지나도 그때 부아노프가 뱉어냈던 긴 대사가 귓가에 쟁쟁하다.

　아무것도 모르는 채 하는 거지요. 회의에 참석하고 상황에 대해 토의하고 그 다음에 실행 명령을 전달하는 것 정도는 쉬운 일이죠. 물론 그것도 목숨을 걸고 하는 것이지만, 그래도 그건 뭔지도 모르고 아무것도 보지 않은 채로 목숨을 거는 거거든요. 그런데 시가지 위로 어둠이 스며들 때 뜨거운 수프와 아이들, 그리고 따뜻하게 맞아주는 아내에게로 돌아가려고 바삐 걸어가는 사람들 틈에 끼여, 팔 끝에는 폭탄의 무게를 느끼며 말없이 꼼짝도 않고 서 있는 것, 그리고 이제 3분, 2분, 몇 초만 있으면, 번쩍거리며 달려드는 마차 앞으로 뛰쳐나가야 한다는 걸 알고 있는 것, 그것이 바로 테러거든요. 그런데 지금 또 그 짓을 다시 한다고 생각하니 온몸에서 피가 다 빠져나가는 기분이에요. 그래요. 전 부끄러워요. 주제넘게 너무나 높은 곳을 바라보았던 것 같아요. 분수에 맞는 곳에서 일을 해야죠. 아주 조그마한 자리에서 말입니다. 그런 일만이 저한테 어울려요.

　1905년 러시아의 그 젊은 테러리스트들이 품었던 희망과 이상은 무엇이었을까? 그들의 꿈은 어떻게 되었던가? 만약 그것이 이념이었다면 이제 우리는 그 이념의 결말을 알고 있다. 그러나 그 젊은이들의 드라마가 겨냥한 것은 정치도 역사도 아닌 윤리였다. "인간적 한계"의 윤리였다. 그 "한계"를 넘어서버린 이념의 비극이 한국전쟁이다. 《정의의 사람들》은 전쟁을 가져올 이념의 미래에 던지는 일종의 경고였다. 그래서 그들은 소리쳤다. "심지어 파괴 행위에도 어떤 질서가 있고 한계가 있는 법이다."

《계엄령》은 지난날 우리가 일용할 양식처럼 수없이 겪은 드라마다. 그러나 그 삼엄한 세계 속에서도 문득문득 꿈처럼 생각나는 것은 저 카디스 여인들의 노래였다. 페스트의 어둠 속에서도 지중해와 그 육체는 카뮈에게 사랑이며 빛이며 구원이었다.

그리하여 승리는 사랑의 비를 맞는 우리네 여자들의 육체의 모습으로 오는구나. 보라, 행복에 겨워 빛을 발하는 뜨거운 육체는 마치 벌들이 잉잉대는 9월 포도송이처럼 탐스러워. 그 배의 언저리에는 포도밭에서 거둬들인 수확물들이 쏟아지네. 취기 어린 젖가슴의 저 꼭지에서는 포도 따기가 한창일세. 아아, 나의 사랑이여, 욕망이 잘 익은 과일처럼 터진다. 마침내 육체의 영광이 흘러넘친다. 하늘 구석구석에서 신비로운 손들이 꽃을 건네고 황금의 술이 다할 줄 모르는 샘처럼 솟는구나. 이제 승리의 향연이다. 우리의 여인들을 맞으러 가자!

번역을 위한 텍스트는 로제 키요가 주석을 단 갈리마르 출판사의 플레야드판 《연극, 이야기, 단편소설 Théâtre, Récits, Nouvelles》(Gallimard, 1962)과 폴리오판 《정의의 사람들 Les Justes》 그리고 최근에 새로 나온 폴리오판 《계엄령 L'État de siège》(1998)을 사용했다. 그리고 독자들의 이해를 돕기 위해 폴리오판에 실린 피에르 루이 레의 《계엄령》 서문과 일로나 쿰의 저서 《연극인 카뮈》에 실린 《정의의 사람들》에 관한 논문을 뽑아 번역하여 실었다.

2000년 10월
안암동 연구실에서

김화영

## 차례

| | |
|---|---|
| 책머리에 | 5 |
| 정의의 사람들 | 11 |
| 계엄령 | 127 |
| 부록 | 281 |
|    《정의의 사람들》에 부친 서평 의뢰문과 소개의 말 / 알베르 카뮈 | 283 |
|    《정의의 사람들》해설 / 일로나 쿰 | 286 |
|    《계엄령》서문 / 피에르 루이 레 | 313 |
| 카뮈 연보 / 로제 키요 | 333 |

# 정의의 사람들

오, 사랑이여! 오, 삶이여!
삶이 아니라 차라리 죽음 속의 사랑을.
—《로미오와 줄리엣》, 4막 5장

《정의의 사람들Les Justes》은 1949년 12월 15일 에베르토 극장 (극장장 자크 에베르토)의 무대에서 폴 외틀리가 연출을, 드 로네가 무대장치와 의상을 맡은 가운데 초연되었다.

배역

도라 둘보프 ·············· 마리아 카자레스
대공비 ·············· 미셸 라에
이반 칼리아예프 ·············· 세르주 레지아니
스테판 페도로프 ·············· 미셸 부케
보리스 아넨코프 ·············· 이브 브랭빌
알렉세이 부아노프 ·············· 장 포미에
스쿠라토프 ·············· 폴 외틀리
포카 ·············· 몽코르비에
간수 ·············· 루이 페르두

# 제1막

테러리스트들의 아파트. 아침.

고요한 가운데 막이 오른다. 도라와 아넨코프가 무대에 움직이지 않고 서 있다. 입구에서 초인종 울리는 소리가 들린다, 한 번. 무슨 말인가 하려는 도라를 아넨코프가 손짓으로 제지한다. 초인종이 두 번 연거푸 울린다.

아넨코프　그가 왔다.

아넨코프가 나간다. 도라는 여전히 꼼짝 않고 서서 기다린다. 아넨코프가 스테판의 어깨를 껴안고 들어온다.

아넨코프　그가 왔어! 스테판이라고!
도라　（스테판에게 다가가서 그의 손을 잡는다） 정말 반가워, 스테판!
스테판　안녕, 도라.
도라　（스테판을 바라보며） 벌써 3년이나 됐어.
스테판　그래, 3년이야. 놈들에게 붙잡히던 날, 나는 너희를 만나러 가던 참이었어.

도라   우린 기다리고 있었어. 시간은 자꾸만 흘러가고 초조한 마음에 가슴이 조여들었지. 서로 얼굴을 쳐다볼 용기도 나지 않았다니까.

아넨코프   그래서 또다시 아파트를 옮겨야 했어.

스테판   알아.

도라   그래, 거기는 어땠어, 스테판?

스테판   거기라니?

도라   감옥 말이야.

스테판   탈옥하는 거지 뭐.

아넨코프   그래 맞아. 스위스로 들어갔다는 소식을 들으니 어찌나 반갑던지.

스테판   스위스는 감옥이나 다를 게 없어, 보리야.

아넨코프   그게 무슨 말이야? 거기 사람들은 적어도 자유롭잖아.

스테판   이 땅 위에서 단 한 사람이라도 억압당하고 있는 한, 자유란 감옥이야. 나는 자유로운 몸이었지만 한시도 러시아와 그곳에서 노예같이 사는 사람들을 잊지 않았어.

침묵.

아넨코프   당이 너를 이곳에 보내주었으니 다행이야, 스테판.

스테판   그럴 수밖에. 난 정말 숨이 막힐 지경이었어. 행동할 때가, 드디어 행동할 때가 온 거야…….

그는 아넨코프를 쳐다본다.

우리는 그자를 처치하는 거지, 안 그래?

아넨코프   틀림없어.

스테판   우리가 그 도살자를 처치하는 거야. 자네가 대장이야, 보리야. 난 자네의 명령에 따르겠어.

아넨코프   그렇게 다짐까지 할 건 없어, 스테판. 우리는 모두 형제가 아닌가.

스테판   규율이 필요해. 감옥에서 그걸 절실히 깨달았지. 사회주의 혁명당에는 규율이 있어야 해. 엄격한 규율에 따라 우리는 대공을 죽이고 압제를 타도하는 거야.

도라   (스테판 쪽으로 가며) 좀 앉아, 스테판. 긴 여행 끝이라 피곤하겠어.

스테판   나는 절대로 피곤해본 일이 없어.

침묵. 도라가 의자로 가서 앉는다.

스테판   모든 준비가 끝났겠지, 보리야?

아넨코프   (어조를 바꾸며) 한 달 전부터 동지 두 사람이 대공의 동정을 면밀히 살피고 있어. 도라가 필요한 물건들을 다 준비했고.

스테판   선언서는 작성했어?

아넨코프   했어. 러시아 인민 해방을 앞당기기 위하여 사회주의 혁명당 행동대가 세르게이 대공을 폭탄으로 처형했다는 사실을 러시아 전국이 다 알게 될 거야. 또한 궁정에서도, 이 땅이 인민의 손으로 돌아올 때까지 테러를 계속 행사한다는 우리의 결의를 깨닫게 되겠지. 그래, 스테판, 그렇다니까, 모든 준비가 완료됐어! 때가 왔어.

스테판 난 무슨 일을 하는 거지?

아넨코프 우선은 도라의 일을 도와줘. 지금까지는 슈바이처가 맡아 했으니 그 일을 대신 맡아줘.

스테판 그가 죽었나?

아넨코프 응.

스테판 어떻게?

도라 사고였어.

     스테판이 도라를 쳐다본다. 도라는 눈길을 돌린다.

스테판 그런 다음에는?

아넨코프 그 다음은 두고 보기로 하지. 여차하면 언제든 우리를 대신할 수 있도록 준비를 갖추고, 또 중앙위원회와도 언제나 긴밀한 연락을 유지하고 있어야겠어.

스테판 그래 동지들은 누구누구야?

아넨코프 부아노프는 스위스에서 이미 만난 적이 있고. 믿을 만해, 아직 나이는 어리지만 말이야. 야네크는 아직 모르겠군.

스테판 야네크?

아넨코프    칼리아예프 말이야. '시인'이라고 부르기도 하지.

스테판    테러리스트에게는 맞지 않는 이름인데.

아넨코프    (웃으며) 야네크의 생각은 안 그래. 시는 혁명적이라는 거야.

스테판    오직 폭탄만이 혁명적이야. (침묵) 도라, 내가 네 일을 도울 수 있다고 생각해?

도라    그럼. 신관을 망가뜨리지 않도록 조심하기만 하면 돼.

스테판    만약 망가진다면?

도라    슈바이처는 그래서 죽었어. (잠시 후) 왜 웃지, 스테판?

스테판    내가 웃는다고?

도라    응, 그래.

스테판    나는 가끔 그럴 때가 있어. (잠시 후, 생각에 잠긴 듯이) 도라, 폭탄 한 개만으로 이 집을 날려보낼 수 있을까?

도라    한 개로는 안 되지. 그러나 상당한 피해를 줄걸.

스테판    모스크바를 날려보내려면 몇 개나 있어야 될까?

아넨코프    미쳤군! 무슨 말을 하는 거야?

스테판    아무것도 아냐.

　　　　　　　초인종이 한 번 울린다. 모두 귀를 기울이고 기다린다.
　　　　　　　두 번 울린다. 아넨코프가 현관으로 나갔다가
　　　　　　　부아노프와 함께 돌아온다.

부아노프    스테판!

스테판   잘 있었어?

> 두 사람이 악수를 한다. 부아노프가
> 도라에게 가서 그녀의 뺨에 키스한다.

아넨코프   일은 잘 되었나, 알렉세이?
부아노프   네.
아넨코프   궁정에서 극장까지의 경로를 조사해봤겠지?
부아노프   지금 그려 보여드리죠. 보세요. (그는 그린다) 이런 모퉁이 길이 몇 개 있고, 여기는 길이 좁아지고, 이 부근에 오면 거리가 혼잡해지는데…… 마차가 우리 집 창 밑을 지나가게 됩니다.
아넨코프   십자 표시 두 개는 뭐지?
부아노프   마차가 속도를 늦추게 되는 작은 광장과 마차가 멈춰 서는 극장이죠. 제 생각으로는 이 두 군데가 가장 적당한 장소 같아 보이는데요.
아넨코프   이리 좀 줘봐.
스테판   끄나풀들은?
부아노프   (망설이며) 우글우글합니다.
스테판   위협이 느껴졌나?
부아노프   맘이 편치는 않던데요.
아넨코프   그들 앞에서 마음 편할 사람이 어디 있겠나. 당황하면 안 돼.

부아노프  전혀 두렵지 않아요. 거짓말을 하는 데 익숙해지지 못해서 그러는 것뿐이에요.

스테판  사람은 누구나 다 거짓말을 하지. 다만, 능숙하게 거짓말을 하는 것이 필요하다는 거지.

부아노프  쉬운 일이 아녜요. 학생 시절에 저는 거짓말을 할 줄 몰라서 늘 친구들한테 놀림감이 되었었죠. 마음속으로 생각하는 그대로 다 말을 해버리니까요. 그래서 결국 대학에서 퇴학당하고 말았죠.

스테판  그건 왜?

부아노프  역사 시간에, 표트르 대제가 어떻게 해서 상트 페테르부르크를 건설했는지 교수가 질문을 하더군요.

스테판  재미있는 문제군.

부아노프  피와 채찍으로 건설했다고 대답했죠. 그랬다가 그만 내쫓기고 말았어요.

스테판  그래서…….

부아노프  불의를 고발하는 것만으로는 충분하지 못하다는 것을 깨달았죠. 불의를 물리치기 위해서 생명을 내던지지 않으면 안 되는 거였어요. 이제 저는 행복합니다.

스테판  그렇지만, 지금도 자네는 거짓말을 하는데?

부아노프  하긴 하죠. 그러나 폭탄을 던지는 날이 오면 그때부터는 거짓말을 안 할 거예요.

　　　　　　　　　　　　초인종이 울린다. 두 번, 그리고 다시

>                          또 한 번. 도라가 뛰어나간다.

아넨코프   야네크야.
스테판   신호가 다른데.
아넨코프   야네크는 저렇게 장난으로 신호를 바꾸곤 하지. 자기
         만의 독특한 신호가 따로 있는 거야.

>                          스테판이 어깨를 으쓱한다.
>                     현관에서 도라가 말하는 소리가 들린다.
>                   도라와 칼리아예프가 서로 팔짱을 끼고 들어온다.
>                          칼리아예프는 웃고 있다.

도라   야네크야. 이쪽은 슈바이처의 후임으로 온 스테판이고.
칼리아예프   잘 왔네, 동지.
스테판   고맙네.

>                     도라와 칼리아예프가 다른 사람들과
>                          마주보며 자리에 가 앉는다.

아넨코프   야네크, 대공의 마차를 똑똑히 알아볼 자신있어?
칼리아예프   그럼, 두 번이나 봤는데, 그것도 찬찬히. 먼 지평선
         상에 나타나기만 하면 수많은 마차 가운데서도 알아볼 수
         있어! 세밀한 데까지 모두 다 자세히 봐두었거든. 가령,

　　　　　　마차 왼쪽 등의 유리가 한 장 깨어져 있다든가 하는 걸 말이야.

부아노프　끄나풀들은요?

칼리아예프　구름떼같이 깔려 있어. 그렇지만 이제 우리는 서로 오랜 친구나 마찬가지야. 나한테 담배를 사준다니까. (그가 웃는다)

아넨코프　파벨이 정보를 확인했을까?

칼리아예프　대공은 이번 주에 극장에 가게 되어 있어. 조만간 파벨이 확실한 날짜를 알아가지고 수위에게 메시지를 남겨 놓기로 했어. (도라에게 고개를 돌려 미소 짓는다) 우린 재수가 좋아, 도라.

도라　(그를 쳐다보며) 그럼 더 이상 행상 노릇은 안 하는 거야? 보아하니 이젠 아주 귀공자시군. 아주 멋있어. 걸치고 있던 가난뱅이 가죽 옷엔 미련 없어?

칼리아예프　(웃으며) 맞아, 그걸 입었을 때가 좋았는데. (스테판과 아넨코프에게) 두 달이나 행상인들을 관찰하고 나서 한 달이 넘도록 내 조그만 골방에서 연습을 했으니까. 내 동료 행상인들은 한 번도 나를 의심하지 않았어. "참 대단한 녀석이야. 황제가 타고 다니는 말까지도 팔아먹을 놈이라니까" 하고들 말했으니. 나중에는 그치들이 도리어 내 흉내를 내려고 드는 거야.

도라　물론 너는 속으로 많이 웃었겠군.

칼리아예프　그쯤 됐는데 안 웃을 수도 없잖아. 그렇게 변장을 하고 전혀 다른 생활을 하자니……. 내겐 모든 것이 다 재미있었어.

도라  그렇지만 난 변장 같은 건 싫어. (자기가 입은 옷을 보이면서) 이 옷만 하더라도 너무 화려한 구닥다리잖아! 보리야도 참, 딴 옷을 골라줄 것이지 이게 뭐야. 마치 여배우 같잖아! 마음은 소박하기만 한데.

칼리아예프  (웃으며) 그렇게 입으니 아주 예쁜데.

도라  예쁘다고! 정말 좀 예뻐봤으면 얼마나 좋을까. 하지만 그런 걸 생각할 때가 아니지.

칼리아예프  왜? 네 눈은 늘 슬퍼 보여, 도라. 좀더 즐거워할 필요가 있어. 좀더 자신을 가지라고. 아름다움도 있고 즐거움도 엄연히 있는 거야! "내 마음이 그대를 간절히 원하는 고요한 곳에서……."

도라  (미소 지으며) "나는 영원한 여름을 숨쉬리라……."

칼리아예프  아, 도라! 그 시를 기억하고 있었구나. 너 지금 웃고 있는 거지? 난 정말 행복해…….

스테판  (칼리아예프의 말을 가로막으며) 시간 낭비야. 보리야, 수위에게 미리 연락해두어야 할 것 같은데?

칼리아예프가 놀란 눈으로 스테판을 쳐다본다.

아넨코프  응, 그렇지. 도라, 아래층에 좀 내려가볼래? 수위한테 팁 주는 것 잊지 말고. 나중에 물건들을 방에 갖다놓을 때

부아노프가 도와주도록 하지.

> 그들은 각자 다른 출구로 나간다.
> 스테판이 결연한 걸음걸이로
> 아넨코프에게 다가간다.

**스테판**  폭탄은 내가 던지고 싶어.
**아넨코프**  안 돼, 스테판. 던질 사람은 이미 정해졌어.
**스테판**  제발 부탁이야, 그 일이 내게 얼마나 중요한지 자네도 알잖아.
**아넨코프**  안 돼. 규칙은 규칙이야. (침묵) 나도 못 던지잖아. 난 여기서 기다려야 해. 규칙은 엄격한 거야.
**스테판**  누가 먼저 던지지?
**칼리아예프**  나야. 부아노프가 두 번째고.
**스테판**  자네가?
**칼리아예프**  왜, 뜻밖인가? 그럼 나를 믿지 못한다는 건가?
**스테판**  그런 일엔 경험이 필요한 거야.
**칼리아예프**  경험? 자네도 잘 알 텐데, 폭탄은 단 한 번 던지는 걸로 끝이라는 걸. 그 다음은……. 지금까지 두 번 던진 사람은 아무도 없었어.
**스테판**  그런 일엔 확고한 손이 필요해.
**칼리아예프**  (손을 보이며) 자, 보라고. 이 손이 떨릴 성싶은가?

스테판이 외면한다.

칼리아예프  이 손은 절대 안 떨려. 그걸 알아둬! 폭군을 눈앞에 두고 이 내가 망설일 것같이 보이나? 어떻게 그런 생각을 할 수 있지? 설령 내 팔이 떨린다 해도 내겐 대공에게 결정타를 가할 방법이 있어.
아넨코프  어떤 방법인데?
칼리아예프  말발굽 밑으로 몸을 던지는 거지.

스테판이 어깨를 으쓱하고 무대 안쪽으로 가서 앉는다.

아넨코프  그럴 필요 없어. 무조건 도망쳐야지. 우리 조직에는 자네가 필요해. 자네 몸을 잘 보호해야 한다고.
칼리아예프  명령에 복종하겠어, 보리야! 얼마나 큰 영광인가, 나에겐 정말 대단한 영광이야! 기대에 어긋나지 않도록 하겠어.
아넨코프  스테판, 자네는 야네크와 알렉세이가 마차를 기다리고 있는 동안 길에 나가 있어줘. 그리고 일정 시간마다 이 집의 창 밑을 지나가는 거야. 그때 주고받는 신호는 나중에 정하도록 하지. 도라와 나는 여기서 기다리고 있다가 기회를 봐서 선언문을 배포할 거야. 약간의 운만 따라준다면 우리는 대공을 처치할 수 있어.
칼리아예프  (흥분한 상태) 그래, 내가 꼭 해치울 거야! 성공한다면 얼마나 좋을까! 그까짓 대공 같은 건 아무것도 아냐. 더 큰 걸 노려야 해!

아넨코프  우선은 대공이야.

칼리아예프  그러나 만약 실패하게 된다면, 보리야, 알겠어? 일본 사람들처럼 하는 거야.

아넨코프  그게 무슨 말이지?

칼리아예프  전쟁을 할 때 일본 사람들은 항복하는 법이 없어. 차라리 자살해버리지.

아넨코프  안 돼. 자살 같은 건 생각도 하지 말아.

칼리아예프  그럼 어떻게 하지?

아넨코프  테러를 해야지. 한 번 더.

스테판  (무대 안쪽에서) 자살을 하자면 자기 자신을 몹시 사랑해야만 해. 진짜 혁명가는 자기 자신을 사랑할 수 없어.

칼리아예프  진짜 혁명가라고? 왜 나를 그런 식으로 대하는 거지? 내가 뭘 어쨌다는 거야?

스테판  난 할 일이 없어서 혁명 대열에 끼여드는 족속을 안 좋아해.

아넨코프  스테판!

스테판  (자리에서 일어나 두 사람이 있는 곳으로 다가온다) 그래, 난 성격이 거칠어. 그렇지만 나한테 증오란 장난이 아냐. 우리는 지금 서로 치켜세우기나 하려고 여기 와 있는 게 아니란 말일세. 우린 일을 성공시키려고 와 있는 거야.

칼리아예프  (부드러운 말투로) 자넨 왜 나를 모욕하는 거지? 내가 할 일이 없어서 이 일에 뛰어들었다고 누가 그래?

스테판  몰라. 자네는 정해진 신호를 멋대로 바꾸고, 재미로 행상인 노릇이나 하고, 시를 읊어대는가 하면 말발굽 밑으로 뛰어들겠다고 덤비고, 그러더니 이번에는 자살 타령……. (칼리아예프를 쳐다보며) 그런 자네를 어떻게 신용하겠어?

칼리아예프  (흥분을 억누르며) 자네는 나라는 사람을 잘 몰라. 나는 인생을 사랑해. 나는 인생을 사랑하기 때문에 혁명에 뛰어든 거야.

스테판  나는 인생을 사랑하지 않아. 그보다는 정의를 사랑해. 그건 인생 이상의 거야.

칼리아예프  (억지로 참는 기색이 뚜렷하다) 저마다 나름대로 정의를 위해 싸우는 거지. 우리가 각기 다르다는 것을 인정해야 해. 그럴 수 있다면 우리는 서로 사랑해야 옳아.

스테판  그건 불가능해.

칼리아예프  (화를 내며) 그럼 자네는 도대체 무엇 하러 여기 와 있는 거지?

스테판  난 한 인간을 죽이려고 온 것이지 그자를 사랑하려고 온 것도, 그자가 나와 다르다는 것을 인정하려고 온 것도 아냐.

칼리아예프  (격한 어조로) 자네 혼자서, 아무런 명분도 없이 사람을 죽이진 못해. 자넨 우리와 함께, 러시아 인민의 이름으로 사람을 죽일 수 있는 거야. 그렇게 할 때 비로소 자네의 행동은 정당화되는 걸세.

스테판    (같은 어조로) 내겐 그런 것 필요 없어. 난 단 하룻밤으로, 그것도 영원히 정당성을 얻었어. 3년 전, 감옥에서 말야. 난 더 이상 참을 수가 없어…….

아넨코프    그만들 해둬! 자네들 온전한 정신인가? 우리가 어떤 사람들인지, 설마 잊고 있는 건 아니겠지? 서로 한 덩어리가 되어, 조국 해방을 위해 압제자들을 처형하려고 마음먹은 동지들이 아니냔 말이야! 우리는 죽여도 다 같이 죽이는 거야, 무슨 일이 있어도 우리는 갈라질 수 없어. (침묵. 그는 두 사람을 바라본다) 자, 스테판, 서로 주고받을 신호를 정해야지…….

스테판 퇴장.

아넨코프    (칼리아예프에게) 신경쓸 것 없어. 스테판은 고생을 많이 한 사람이야. 내가 나중에 잘 말할게.

칼리아예프    (창백한 표정이 되어) 나를 모욕했어, 보리야.

도라가 들어온다.

도라    (칼리아예프를 보며) 왜 그래?

아넨코프    아무것도 아냐.

아넨코프 퇴장.

도라 (칼리아예프에게) 아니 왜 그래?

칼리아예프 우린 그새 벌써 다퉜어. 그 친구는 내가 싫은가봐.

                             도라가 말없이 다가와 앉는다. 잠시 후.

도라 그 사람은 아무도 사랑하지 않는 것 같아. 모든 일이 끝나고 나면 그 사람도 더 행복해지겠지. 그렇게 슬퍼하지 마.

칼리아예프 난 슬퍼졌어. 나는 모든 동지들로부터 사랑받고 싶어. 난 조직을 위해서 모든 것을 버렸어. 동지들이 나를 외면한다면 어떻게 견디겠어? 가끔 동지들이 날 이해 못하는 게 아닌가 하는 생각이 들 때가 있어. 그게 내 탓일까? 난 요령이 없는 놈이야. 그건 나도 잘 알고 있어······.

도라 모두들 너를 사랑하고, 이해하고 있어. 스테판은 좀 다르지만 말이야.

칼리아예프 그렇지 않아. 그자가 무슨 생각을 하고 있는지 나는 알아. 슈바이처만 해도 전에 날보고 그러더군. "혁명가가 되기엔 너무 별난 친구야"라고. 나는 내가 별난 놈이 아니란 걸 여러 사람들에게 설명해주고 싶어. 사람들이 나를 두고 약간 미쳤다느니, 너무 기분파라느니 하고 생각하는 모양인데, 그러나 나는 그들과 똑같이 사상을 믿고 있어. 그들과 똑같이 나도 나를 희생하려는 거야. 나도 마음만 먹으면 좀더 약아질 수도 있고, 말을 아낄 수도 있고, 속마음을 내색하지 않을 수도 있고, 효율적으로 처신할 수도 있어. 다만, 내 눈에는 인생이라는 것이 언제나 멋들어진 것으로 보인단 말이야. 나는 아름다움을, 행복을 사랑해! 그렇기 때문에 독재를 미워하는 거야. 그걸 그들에게 어떤 말로 설명하면 좋을까? 혁명, 물론 해야지! 그러나 그것은 삶을 위한 혁명, 삶에 기회를 주기 위한 혁명이어야 해, 내 말 알겠어?

도라　(열광적으로) 그럼 알지……. (잠시 말이 없다가 더 작은 목소리로) 그렇지만 우리는 지금 사람을 죽이려는 건데.

칼리아예프　우리라니, 누가? 아, 그러니까 네 말은……. 경우가 달라. 다르고말고! 경우가 달라. 그리고 더 이상 그 누구도 사람을 죽이는 일이 없는 세계를 건설하기 위해서 우리는 사람을 죽이는 거야. 이 땅이 마침내 죄 없는 사람들로 가득한 곳이 되게 하려고 우리는 범죄자가 되기로 자청한 거야.

도라　그러나 만약에 일이 그렇게 되지 못한다면?

칼리아예프　그런 말 하지 마, 절대로 그런 일은 있을 수 없어. 그렇게 된다면 스테판의 말이 맞는 거지. 그러면 아름다움의 얼굴에 침을 뱉는 사태가 벌어져.

도라　조직에서는 내가 너보다 고참이야. 난 알고 있어, 세상 일이란 어느 것 하나 간단한 것이 없어. 그렇지만 너에겐 믿음이 있어……. 우리는 모두 믿음이 필요해.

칼리아예프　믿음이라고? 아냐. 그걸 가진 자는 단 하나뿐이야.

도라　너에게는 영혼의 힘이 있어. 그러니까 모든 것을 다 헤치고 나가서 목적을 달성할 거야. 왜 제일 먼저 폭탄을 던진 다고 했어?

칼리아예프  직접 가담해보지도 않고서 테러 행위를 말할 자격이 있겠어?

도라  없지.

칼리아예프  최일선에 나서야 하는 거야.

도라  (생각에 잠긴 듯) 그래. 최일선이 있으면 최후의 순간이 있는 법이지. 그것도 생각해둬야 해. 용기란 바로 그런 거야. 우리들에게 필요한…… 너에게 필요한 열정 말이야.

칼리아예프  지난 1년 동안 내게는 오직 그 생각뿐이야. 지금까지 살아온 것도 오로지 그 순간을 위해서였어. 이제 나는 확실히 알아, 나는 현장에서, 대공 옆에서 죽으려는 거야. 마지막 한 방울까지 피를 다 쏟아버리거나, 아니면 폭발하는 화염 속에서 단번에 타버려서 내 뒤에 아무것도 남기지 않는 거야. 왜 내가 폭탄을 던지겠다고 자청했는지 이제 알겠어? 이념을 위해 죽는 것, 그것만이 이념의 눈높이에 도달하는 유일한 방법이야. 그것만이 나의 행위를 정당화할 수 있어.

도라  나도 그런 죽음을 원해.

칼리아예프  물론 그래야지, 그건 과연 남들이 부러워할 만한 행복이니까. 밤이면 나는 행상인들의 험한 잠자리에서 뒤척거리곤 해. 어떤 생각이 나를 괴롭히는 거야. 저들이 우리를 살인자로 만들었구나 하고 말야. 그렇지만 나는 동시에 내가 머지않아 죽을 거라는 생각을 해봐. 그러면 웬일인지 마음이 가라앉는 것 같아 난 미소를 짓는 거야. 그러곤 어린애같이 다시 잠이 들어.

도라  그래, 그래야지, 야네크. 남을 죽이고 자기도 죽는 거야. 그렇지만 내 생각엔 말이야, 그보다 더 큰 행복이 한 가지 있는 것 같아. (잠시 침묵. 칼리아예프가 도라를 쳐다본다. 도라는 고개를 숙인다) 교수대 말이야.

칼리아예프  나도 그 생각을 해봤어. 저격하는 순간에 죽는다는 것은 무언가를 미완성인 채로 남겨두는 거야. 반면에, 저격의 순간에서 교수대에 오르기까지의 사이에는 그야말로 영원과도 같은 그런 시간이 가로놓여 있어, 어쩌면 인간이 체험할 수 있는 유일한 영원이 말이야.

도라  (칼리아예프의 두 손을 잡고 간절한 목소리로) 그건 반드시 너에게 도움이 될 수 있는 생각이야. 우리는 우리의 의무 이상으로 대가를 치르고 있어.

칼리아예프  그건 무슨 뜻이지?

도라  우리는 사람을 죽일 수밖에 없는 거지, 그렇지? 하나의 생명을, 하나밖에 없는 생명을 고의로 희생시키는 거지?

칼리아예프  그렇지.

도라  그러나 저격의 자리로, 그리고 교수대로 걸어간다는 것은 생명을 두 번 내던지는 것이나 다름없어. 우리는 의무 이상으로 대가를 치르는 거야.

칼리아예프  맞았어, 그건 두 번 죽는 거야. 고마워, 도라. 그 누구도 우리를 비난하지는 못해. 나는 이제 자신을 갖게 되었어. (침묵) 왜 그래, 도라? 왜 아무 말도 않는 거지?

도라   내가 네게 좀더 도움이 되었으면 해. 다만…….

칼리아예프   다만 뭐야?

도라   아냐, 아무것도. 내가 정신이 돌았나봐.

칼리아예프   나를 못 믿는 거야?

도라   그럴 리가 있어, 아냐. 오히려 나 자신을 못 믿는 거지. 슈바이처가 죽고 나서부터 가끔 이상한 생각을 할 때가 있어. 하기야 내가 너한테 무엇이 어려운 일일지를 말할 처지가 아니지.

칼리아예프   나는 어려운 일을 좋아한단 말이야. 나를 믿는다면 말해줘.

도라   (그를 쳐다보며) 알고 있어. 너는 용기 있는 사람이야. 내가 불안해하는 점이 바로 그거지. 너는 웃으며 열광하며 희생을 향해 돌진하고 있어. 그러나 몇 시간만 있으면 그 꿈에서 깨어나 정말 행동을 해야 해. 그러니 어쩌면 미리 말해두는 것이 나을지 모르지……예기치 않은 일로 놀라서 실수를 하면 안 되니까.

칼리아예프   난 실수 안 해. 솔직한 생각을 말해봐.

도라   그렇다면 말하지. 저격, 교수대, 두 번 죽는 일, 이것뿐이라면 일은 아주 간단해. 굳게 마음만 먹으면 되는 거니까. 그렇지만 최일선에 선다는 건……. (그녀는 말을 잇지 못한 채 그를 쳐다보며 망설인다) 제일 앞줄에 서서 너는 그 사람을 직접 보는 거야…….

칼리아예프　누구를?

도라　대공을.

칼리아예프　눈 깜짝할 순간인데.

도라　눈 깜짝할 순간이지만 그 사람의 얼굴을 보는 거야! 아! 야네크, 분명히 알아두어야 해, 미리 알고 있어야 한다니까! 인간은 어쩔 수 없이 인간이야. 대공은 어쩌면 동정에 가득 찬 눈매로 바라볼지도 몰라. 귀를 긁거나 아니면 기분 좋은 일이 있어 크게 웃는 모습일지도 몰라. 그런 그를 네가 보는 거야. 누가 알겠어, 얼굴에 면도하다가 생긴 작은 상처라도 있을지. 그런데 그 순간에 그쪽에서 너를 쳐다본다면…….

칼리아예프　내가 죽이는 것은 그 사람이 아냐. 나는 압제를 죽이는 거야.

도라　물론 그렇지, 물론. 압제를 죽여야지. 나는 이제 폭탄을 준비할 거야. 신관을 봉할 때면 말이지, 가장 힘든 순간이라 신경이 날카로워져서 잔뜩 긴장되지만 그러면서도 마음속에 뭐라 말할 수 없는 이상한 행복감이 솟구쳐오를 거야. 그렇지만 나는 대공의 얼굴을 몰라. 만약 내가 일하는 동안 대공이 내 눈앞에 앉아 있다면 일이 그렇게 쉽지 않을 거야. 너는, 가까이서 그 사람을 보는 거야. 바로 눈앞에서…….

칼리아예프　(격한 어조로) 난 그자를 보지 않을 거야.

도라  왜? 눈을 감을 작정이야?

칼리아예프  아니. 천만다행으로 그 결정적인 순간에 마음속에서 증오심이 솟구쳐올라 아무것도 보이는 게 없을 거야.

> 초인종이 울린다. 단 한 번. 두 사람은 꼼짝도 하지 않는다. 스테판과 부아노프가 들어온다. 현관에서 목소리가 들린다. 아넨코프가 들어온다.

아넨코프  수위한테서 연락이 왔어. 대공이 내일 극장에 갈 거래. (여러 사람을 훑어본다) 준비에 만전을 기하도록 해, 도라.

도라  (낮은 목소리로) 알았어.

> 도라가 천천히 퇴장한다.

칼리아예프  (도라가 나가는 것을 바라보다가, 스테판에게로 돌아서며 부드러운 목소리로) 난 그자를 죽이겠어. 기꺼이!

— 막 —

제2막

다음날 저녁. 같은 장소.

아넨코프가 창가에 서 있다. 도라는 테이블 옆에 있다.

아넨코프  모두들 정해진 자리에 가 있군. 스테판이 담배에 불을 붙였어.
도라  대공은 몇 시에 지나가지?
아넨코프  몇 분 안 남았어. 들어봐. 저거 마차 소리 아냐? 아니군.
도라  좀 앉아. 마음을 가라앉히고.
아넨코프  폭탄은 어떻게 됐어?
도라  좀 앉으라니까. 이제는 기다리는 것밖에 달리 할 일이 없어.
아넨코프  아냐, 있어. 저 친구들을 부러워하는 일이 있지.
도라  네가 있을 자리는 여기야. 대장이라는 걸 잊었어?
아넨코프  그래, 내가 대장이야. 그러나 야네크가 나보다 낫고 또 어쩌면 그가…….
도라  누구에게나 위험은 마찬가지야. 폭탄을 던지는 사람이나 안 던지는 사람이나…….

아넨코프  위험은 결국 마찬가지지. 그러나 지금 당장은 야네크와 알렉세이가 제일선에 서 있단 말이야. 내가 그 두 사람과 같이 있을 수 없다는 것은 알아. 하지만 가끔은 말이야, 나 자신의 역할에 너무 쉽게 만족하는 건 아닐까 싶어서 겁이 나. 따지고 보면 폭탄을 던질 수 없는 입장에 있는 게 편하니까.

도라  그럼 일은 언제 끝내고? 중요한 것은 네가 맡은 일을 최후까지 완수하는 거야.

아넨코프  넌 어쩌면 그렇게 태연할 수 있지!

도라  태연한 게 아냐. 난 무서워. 조직에 뛰어든 지 3년, 폭탄을 만들기 시작한 지 2년. 나는 맡은 일은 뭐든 다 했어. 잊고 안 한 일은 없었다고 생각해.

아넨코프  물론이지, 도라.

도라  그러니까 나는 3년 동안 줄곧 무서웠어. 잠자는 동안만 잠시 잊었다가 아침에 눈을 뜨면 또 고개를 드는 그 공포. 그래서 나는 이런 일에 익숙해질 필요가 있었어. 난 가장 무서워지는 순간에 태연해지는 법을 배웠어. 별로 자랑스러운 일도 못 되지만 말이야.

아넨코프  아냐, 오히려 자랑하고도 남지. 나는 꾹 참고 견디어 내는 성격이 못 돼. 나는 말이지, 옛적이 그리워서 못 견딜 때가 있어……. 그 화려했던 생활, 여자들……. 그래, 난 여자들과 술을 무척 좋아했었어. 끝이 없을 것만 같던 그 기나긴 밤들을.

도라  그럴 줄 알고 있었어, 보리야. 아마 그래서 나는 네가 그렇게도 좋은가봐. 네 마음은 죽지 않고 살아 있어. 아직 마음 한구석에서 쾌락을 갈구한다 해도 그 편이 오히려 이 끔찍한 침묵보다는 나을 거야. 비명이라도 내지르고 싶은 자리에 꽉 버티고 있는 이 침묵…….
아넨코프  지금 무슨 말을 하고 있는 거야? 더군다나 네가? 상상할 수도 없는 일 아냐?
도라  저 소리 들어봐.

> 도라가 자리에서 벌떡 일어선다. 마차 소리. 이어 침묵.

도라  아냐. 그가 아냐. 가슴이 뛰고 있어. 그것 봐, 난 아직도 멀었어.
아넨코프  (창가로 간다) 가만 있어봐. 스테판이 신호를 보내고 있어. 그가 와.

> 과연 멀리서 마차가 달려오는 소리가 들린다. 그 소리는 점점 더 가까워지다가 창 밑을 지나 멀어지기 시작한다. 긴 침묵.

아넨코프  잠시 후면…….

> 두 사람, 귀를 기울인다.

정의의 사람들  43

아넨코프    왜 이렇게 시간을 끌지.

>   도라가 몸짓을 한다. 오랜 침묵.
>   멀리서 성당의 종소리가 들려온다.

아넨코프    이럴 수가 없어. 야네크가 벌써 폭탄을 던졌어야 옳은데……. 마차가 벌써 극장에 닿았겠는걸. 그러면 알렉세이는? 저기 좀 봐! 스테판이 되돌아와서 극장 쪽으로 달려가고 있어.
도라    (아넨코프에게 쓰러지며) 야네크가 붙잡힌 거야. 붙잡혔다고, 틀림없어. 어떻게 손을 써야지.
아넨코프    가만! (귀를 기울인다) 아냐. 끝났어.
도라    어쩌다가 이렇게 된 거지? 야네크가 아무 일도 못한 채 잡히다니! 야네크는 단단히 각오가 되어 있었어, 정말이야. 감옥에도 가고 재판도 받을 생각이었어. 그렇지만 대공을 죽이고 난 다음에 그러겠다는 거였지! 이건 아니었어. 정말 이건 아니었어!
아넨코프    (밖을 내다보며) 부아노프다! 빨리!

>   도라가 나가서 문을 열어준다.
>   부아노프가 일그러진 표정으로 뛰어들어온다.

아넨코프    알렉세이, 자, 어서 말 좀 해봐.

부아노프  무슨 영문인지 알 수가 없어요. 전 첫번째 폭탄이 터지기를 기다리고 있었어요. 마차가 모퉁이를 도는 걸 봤는데 아무 소식이 없는 거예요. 정신이 하나도 없었어요. 결정적인 순간에 대장이 계획을 바꾼 것인 줄 알았죠. 그래서 망설였어요. 그러고 나서 여기로 막 달려온 거예요……

아넨코프  그럼 야네크는?

부아노프  못 봤어요.

도라  잡힌 거야.

아넨코프  (여전히 밖을 내다보며) 아! 저기 온다!

                    도라가 앞서와 마찬가지로 문을 열어준다.
                    칼리아예프가 눈물로 뒤범벅이 된 얼굴로 들어온다.

칼리아예프  (정신을 못 차리는 상태) 동지들, 용서해줘. 나는 할 수가 없었어.

                    도라가 그에게 달려가 손을 잡는다.

도라  괜찮아.

아넨코프  어떻게 된 건가?

도라  (칼리아예프에게) 괜찮아. 가끔, 결정적인 순간에 가서 일이 잡쳐질 때가 있는 법이야.

아넨코프  하지만 그럴 수가 있나?
도라  좀 가만 둬. 네가 처음이 아냐, 야네크. 슈바이처도 첫번에
   는 던지지 못했어.
아넨코프  야네크, 무서워서 그랬나?
칼리아예프  (펄쩍 뛰며) 무서워서? 천만에! 어떻게 그런 말을 할
   수 있어!

정해진 신호에 맞게 초인종이 울린다.
아넨코프가 손짓하자 부아노프가 나간다.
칼리아예프는 낙담한 표정. 침묵. 스테판이 들어온다.


아넨코프  자, 말해봐.
스테판  대공의 마차에 어린애들이 타고 있었어.
아넨코프  어린애들이?
스테판  그래. 대공의 조카와 조카딸이 타고 있었어.
아넨코프  오를로프의 이야기로는 대공 혼자랬는데.
스테판  거기에다 대공비도 타고 있었지. 결국 우리 시인 나리
   눈에는 손님이 너무 많아 보인 거겠지. 천만다행으로 쫙
   깔려 있는 밀정들한테 들키지 않고 끝났지만.

아넨코프가 낮은 목소리로 스테판에게
무슨 말을 한다. 모두들 칼리아예프를 쳐다본다.
칼리아예프가 고개를 들고 스테판을 쳐다본다.

칼리아예프 (당황한 표정) 예상 못한 일이었어……. 어린애들은, 특히 어린애들은. 자네, 어린애들을 쳐다본 적이 있어? 가끔 그 아이들이 던지곤 하는 그 심각한 시선을 말이야……. 나는 도저히 그 시선을 감당할 수가 없었어……. 그렇지만 조금 전까지만 해도 나는 그 작은 광장의 어둠침침한 구석에서 행복했어. 마차의 등불이 멀리서 반짝이기 시작하자 내 심장은 기뻐서 두근거리기 시작했어. 정말 그랬어. 마차바퀴 소리가 점점 커지면서 내 심장은 더욱 요란하게 뛰기 시작했어. 심장 뛰는 소리가 내 귀에까지 들릴 정도였어. 나는 그냥 펄쩍펄쩍 뛰고 싶은 기분이었어. 아마 그 순간 나는 웃고 있었을 거야. 그리고 속으로 '그래, 이때다' 하고 외쳤지……. 그 심정 알겠어?

그가 스테판에게서 눈길을 돌리고
다시 의기소침해진다.

나는 마차를 향해 달려갔지. 바로 그때 그 어린애들을 본 거야. 아이들은 웃고 있지 않았어. 똑바로 앉아서 허공을 바라보고 있었어. 어쩌면 그렇게도 슬픈 표정들을 하고 있는지! 화려한 예복 속에 작은 몸을 파묻은 채 두 손을 무릎 위에 올려놓고 양쪽 창문 쪽에 상체를 꼿꼿이 하고 앉아 있었어! 대공비는 보지 못했어. 내 눈에는 어린애들만 보였어. 만약 그 아이들이 나를 쳐다보았더라면 난 폭탄을 던졌을 거야. 적어도 그 슬픈 눈초리를 지워버리기 위해서라도 말이야. 그러나 아이들은 여전히 앞만 바라보고 있었어.

> 그는 다른 동지들 쪽을 쳐다본다.
> 침묵. 더 낮은 목소리로.

그 다음은 어떻게 됐는지 나도 몰라. 팔에 힘이 빠지고, 다리가 떨렸어. 아차 했을 때는 이미 늦어 있었어. (침묵. 그는 땅바닥을 바라본다) 도라, 내가 꿈을 꾼 걸까? 그 순간, 성당에서 종소리가 울려오는 것 같았어.

도라  아냐, 야네크, 꿈을 꾼 게 아니었어.

> 도라가 칼리아예프의 팔 위에 손을 얹는다.
> 칼리아예프는 고개를 들고, 여러 동지들의 시선이
> 자기 쪽으로 쏠려 있는 것을 본다. 그가 다시 일어선다.

칼리아예프  자, 동지들, 나를 봐, 날 보란 말이야. 보리야, 나는 비겁한 놈이 아냐, 무서워서 뒷걸음친 게 아냐. 어린애들이 타고 있을 줄은 정말 몰랐어. 정말이지 눈 깜짝할 사이에 일어난 일이야. 그 심각한 표정을 한 두 개의 작은 얼굴이 거기 있는데 나는 그 무서운 폭탄을 손에 쥐고 있는 거야. 바로 그 얼굴에다가 폭탄을 던져야 하는 거였어. 거기다 대고 정통으로. 아, 못 해! 그렇게 할 수가 없었어.

그가 동지들 한 사람 한 사람을 번갈아 쳐다본다.

 옛날에 우리 고향 우크라이나에 살 때 난 마차를 몰고 다녔어. 바람처럼 달렸지, 무서운 게 없었어. 무서운 게 아무것도 없었지만, 어린아이를 치는 것만은 예외였어. 그 연약한 머리가 순식간에 길바닥에서 박살이 나는, 그때의 충격이 머리에 떠올라서……. 

그는 말을 잇지 못한다.

어떻게 좀 도와줘…….

침묵.

나는 자살해버리고 싶었어. 이렇게 돌아온 것은, 동지들에게 보고할 의무가 있고, 또 오직 동지들만이 나를 심판할 수 있다는 생각이 들었기 때문이야. 내 행동이 옳았는지 틀렸는지도 오직 동지들만이 가릴 수 있고, 동지들의 판단이라면 틀림없다고 생각했어. 그런데 아무도 말해주는 이가 없어.

도라가 그에게 다가가서 그를 어루만져준다.
칼리아예프가 동지들을 바라보고 난 다음
침울한 소리로 말한다.

**칼리아예프**  그러면 이렇게 해. 너희가 그 어린애들을 죽여야 한다고 결정을 내리면, 난 극장이 파할 때까지 기다렸다가 혼자서 마차에 폭탄을 던지겠어. 이번만은 절대로 실수하지 않을 거야. 결정만 내려주면 나는 조직의 명령에 따르겠어.

**스테판**  조직은 이미 자네에게 대공을 죽이라고 명령했잖아.

**칼리아예프**  맞아. 그렇지만 어린애들을 죽이라는 명령은 없었어.

**아넨코프**  야네크 말이 옳아. 이런 사태는 예기치 못했던 거야.

**스테판**  명령에 복종했어야지.

**아넨코프**  책임자는 나야. 돌발 사태에 대한 모든 대책을 강구해, 누구나 망설임 없이 할 일을 하게 만들어놓았어야 했던 거야. 그건 그렇고, 지금은 이 기회를 깨끗이 포기하느냐, 아니면 극장이 파하는 시간을 노리라고 야네크에게 명령하느냐 결정을 해야 돼. 알렉세이, 자네 생각은 어때?

**부아노프**  모르겠어요. 저라도 야네크같이 했을 거예요. 하지만 저로서는 확신이 안 서요. (나직한 목소리로) 손이 떨려요.

**아넨코프**  도라는?

**도라**  (격한 어조로) 나도 야네크처럼 뒷걸음치고 말았을 거야.

자신은 못했을 일을 딴사람에게 하라고 떠맡길 수 있는 걸까?

**스테판** 너희는 이 결정이 얼마나 중요한 것인지 알고나 있는 거야? 두 달 동안이나 놈들을 미행하며 끔찍한 위험 속에서 별일을 다 겪었는데 그 두 달을 그냥 날려보내다니. 에고르가 체포된 것도 헛일이 되었고, 리코프가 교수대의 이슬로 사라진 것도 헛일이 되었어. 그러고 나서 다시 시작한다고? 또다른 절호의 기회를 만날 때까지, 다시 여러 주일 동안 잠도 못 자고 머리를 짜내가며 끊임없이 긴장 속에 살아야 한단 말이야? 모두들 머리가 돌아버린 것 아냐?

**아넨코프** 이틀 후에 대공이 또 극장에 오기로 돼 있어. 자네도 알고 있잖아.

**스테판** 앞으로 이틀이 우리가 붙잡힐 가능성이 제일 큰 시기라고 바로 자네가 말하지 않았어?

**칼리아예프** 나는 가겠어.

**도라** 가만 있어봐! (스테판에게) 너는, 너는 할 수 있어, 스테판? 눈을 빤히 뜬 채로 어린애를 겨누어 총을 쏠 수 있겠어?

**스테판** 조직의 명령이라면 할 수 있지.

**도라** 왜 눈을 감지?

**스테판** 내가? 내가 눈을 감았어?

**도라** 그래.

**스테판** 그거야 그 장면을 실감나게 상상해보고 충분히 알면서 대답하려고 그랬겠지.

도라  눈을 똑바로 뜨고 분명히 알아둬. 만약에 우리가 던진 폭탄에 어린애들이 산산조각나는 것을 단 한 순간이라도 허용한다면, 그때야말로 조직의 권위도 영향력도 완전히 잃어버리고 마는 거야.

스테판  나는 그런 어리석은 말에 귀를 기울이고 있을 만큼 인정 많은 사람이 못 돼. 그런 애들 문제 따위를 잊어버리기로 굳게 마음 먹을 때, 바로 그날부터 우리가 세상의 주인이 되고 혁명이 승리를 거두게 되는 거야.

도라  그날이야말로 혁명이 인류 전체에게 증오의 대상이 되는 날이야.

스테판  그까짓 게 무슨 상관이야. 인류를 사랑하는 나머지 그들에게 혁명을 받아들이게 하고 그들을 현재의 노예 상태에서 구출해내려고 하는 건데 그런 것쯤 무슨 문제야.

도라  그러나 만약에 인류 전체가 혁명을 거부한다면 어떻게 되는 거지? 너는 인민을 위해서 싸운다지만, 만약에 그 인민 전체가 자기네 아이들의 죽음을 거부한다면 어떻게 되는 거지? 그렇게 되면 그 인민들까지도 쳐버려야 하나?

스테판  그럴 수밖에 없다면 그래야지. 인민들이 납득할 때까지. 나도 누구 못지않게 인민을 사랑해.

도라  사랑의 표정은 그런 게 아니야.

스테판  누가 그래?

도라  내가, 이 도라가.

스테판  너는 여자야. 사랑에 대해서 잘못 생각하고 있어.

도라  (격한 어조로) 그렇지만 부끄러운 것이 뭔지는 잘 알고 있어.

스테판  꼭 한 번 나 자신을 부끄럽게 생각했던 일이 있어, 그것도 남이 저지른 잘못 때문에. 남에게 매질을 하라고 명령 받았을 때였어. 때리라고 채찍을 받았단 말이야. 채찍이란 게 어떤 건지 알기나 알아? 내 옆에 있었던 베라는 그 일에 대한 항의로 자살해버렸어. 그런데 나는 죽지 않고 살아 남았어. 이제 와서 내가 또 무엇을 부끄러워하겠나?

아넨코프  스테판, 지금 여기 있는 동지들은 모두 다 자네를 좋아하고 또 존중하고 있어. 그러나 자네가 내세우는 이유가 어떤 것이든 간에 무슨 짓이나 다 용납된다고 생각해서는 안 돼. 동지들 중 몇몇은 무슨 짓이나 다 허용되는 것은 아니라는 사실을 알려주려고 목숨을 버렸어.

스테판  우리의 대의에 부합하는 것이라면 못할 짓이란 없어.

아넨코프  (화를 내며) 에브노가 주장했듯이 경찰에 들어가서 이중 스파이 노릇을 해도 된단 말인가? 자네라면 그런 짓을 하겠어?

스테판  필요하다면 하지.

아넨코프  (벌떡 일어서며) 스테판, 자네의 지금 발언은, 자네가 우리를 위해서, 그리고 우리와 함께했던 일을 생각해서 못 들은 것으로 해두지. 다만 이 점은 기억해둬. 지금 당면해 있는 문제는 우리가 잠시 후 그 두 아이에게 폭탄을 던질 것이냐 말 것이냐 하는 거야.

**스테판** 또 아이들이야! 입만 벌리면 그 이야기뿐이군. 내 말을 그렇게도 못 알아듣나? 야네크가 그 두 아이를 죽이지 않음으로써 수천 명의 러시아 어린이들이 앞으로 몇 년 동안 두고두고 굶주려 죽을 텐데. 너희는 어린애들이 배고파서 죽는 모습을 본 적 있어? 나는 봤어. 그런 죽음에 비한다면 폭탄에 맞아 죽는 것은 차라리 감사해야 할 일이지. 그러나 야네크는 그런 아이들을 보지 못했어. 그서 내공의 재롱둥이 강아지 새끼 두 마리밖에는 본 게 없단 말이야. 그러고도 자네들이 과연 인간인가? 그저 그 순간만 살아가면 된다는 생각인가? 그렇다면 차라리 자선 사업이나 하고 그날의 고통을 덜어주는 일이나 하는 것이 나을 거야. 현재와 미래의 모든 고난을 뿌리째 뽑고자 하는 혁명은 아예 그만두란 말이야.

**도라** 야네크가 대공 암살 임무를 떠맡은 것은 그를 죽임으로 해서 러시아의 어린이들이 더 이상 굶주리지 않는 날을 앞당기기 위해서였어. 그 일만 해도 쉬운 게 아냐. 그렇지만 대공의 조카들을 죽인다고 해서 굶주려 죽는 어린애들이 줄어드는 건 아냐. 파괴 행위에도 어떤 질서가 있고 한계가 있는 법이야.

**스테판** (흥분한 어조로) 한계 따위는 없어. 사실상 너희는 혁명이라는 것을 믿지 않는 거야. (야네크 외의 모든 사람들이 자리에서 벌떡 일어선다) 조금도 안 믿고 있어. 만약에 너희가 혁명을 전폭적으로, 에누리 없이 믿는다면, 우리의 희생과 승리에 의해서 폭정으로부터 해방된 러시아를, 마침내 이 세계 전체를 뒤덮고 말 자유의 천지를 건설할 수 있다고 굳게 믿는다면, 그리고 그때 비로소 인간이 지배자와 편견들에서 해방되어 진정 신들과 같은 얼굴로 하늘을 쳐다볼 수 있게 된다는 것을 믿어 의심치 않을 수만 있다면, 그까짓 어린애 둘쯤 죽는 것이 뭐 그리 큰 문제가 된단 말인가? 너희에겐 모든 권리가 있어. 내 말 알아듣겠어? 모든 권리가 있단 말이야. 그런데도 어린애의 죽음 앞에서 주춤하는 것은 너희 자신의 권리에 대한 확신이 없기 때문이야. 너희는 혁명을 믿지 않는 거야.

침묵. 칼리아예프가 자리에서 일어선다.

아넨코프  스테판, 나는 나 자신을 부끄럽게 생각하고 있어. 그렇지만 자네 이야기를 더 이상 듣고 있을 수가 없어. 나도 전제 정치를 타도하기 위해서 사람을 죽이는 것을 용납하기로 마음먹었어. 그러나 자네가 하는 말에서는 어딘가 전제 정치의 폭군적인 기미가 느껴져. 그것이 언젠가 표면화되는 날엔 나는 한낱 살인자가 되고 말 거야. 나는 의로운 심판자가 되려고 애쓰는 중인데 말이야.

스테판  의로운 심판자가 못 되면 어때. 살인자들의 손으로라도 정의가 실현되면 그만이지. 자네나 나 같은 존재는 아무것도 아냐.

**칼리아예프** 우리는 아무것도 아닌 존재가 아냐. 우리는 그 무엇이야. 잘 알잖아. 오늘 자네가 이렇게 소리치는 것도 자네의 자존심을 중요하게 여기기 때문이야.

**스테판** 내 자존심이야 나 개인만의 문제지. 그러나 인간의 자존심, 인간의 반항, 인간이 참고 견디고 있는 불의, 이런 것들은 우리 전부의 문제야.

**아넨코프** 인간은 정의만 먹고 사는 것이 아냐.

**스테판** 그렇다면 빵을 빼앗긴 인간은 정의말고 무얼 먹고 살지?

**아넨코프** 정의와 순수를 먹고 살지.

**스테판** 순수? 나도 그걸 모르는 것은 아냐. 그러나 내가 그런 것을 무시하기로 작정한 것은, 수천 수만의 인간들로 하여금 그런 것 따위는 무시하게 만들기로 작정한 것은, 그 순수함이 언젠가 더 큰 의미를 갖기를 바랐기 때문이야.

**아넨코프** 그날이 온다는 것을 어지간히도 확신하는 모양이군. 인간이 살아나가는 데 없어서는 안 될 것을 그렇게 부정해 버리는 걸 보니 말이야.

**스테판** 난 확신해.

**아넨코프** 그렇게까지 확신할 수는 없는 일이야. 자네와 나 둘 중에서 어느 쪽이 옳은지 알 수 있으려면 3대에 걸친 희생과 수많은 전쟁, 피비린내나는 혁명이 필요할지도 몰라. 그렇게 흘린 피의 홍수가 이 대지 위에서 마를 때는 자네도 나도 흙이 된 지 오래겠지.

스테판  그때는 또다른 인간들이 나타나겠지. 나는 동지로서 그들에게 경의를 표하겠어.

칼리아예프  (고함을 치며) 다른 인간들……. 좋아! 그러나 나는 나와 같이 이 순간 이 땅 위에서 함께 살고 있는 사람들에게 경의를 표하는 거야. 나는 바로 그들을 위해서 투쟁하고, 기꺼이 목숨을 내던지려는 거야. 내가 확신할 수도 없는 먼 미래의 세상을 위해서 지금 내 형제들에게 달려들어 얼굴을 후려치지는 않겠어. 죽은 정의를 위해서 산 불의를 더 보탤 수는 없단 말이야. (더욱 낮은 목소리로, 그러나 단호한 어조로) 동지들, 나는 여러분에게 솔직히 말하고 싶소. 이것만은 분명히 말해두고 싶소. 이 나라의 가장 소박한 농민이라도 할 수 있는 말이오. 어린애들을 죽이는 건 명예에 어긋난다 이 말이오. 그러니까 만약 내가 살아 있는 동안 어느 날 혁명이 명예와 갈라지게 된다면 나는 혁명을 버리겠소. 여러분이 결정을 내려 명령한다면 나는 지금이라도 당장 극장 출구로 달려가겠소. 그렇지만 말발굽 밑으로 몸을 던지겠소.

스테판  명예란 화려한 마차를 소유하고 있는 족속들만이 누리는 사치야.

칼리아예프  아냐. 명예는 가난한 사람들에게 마지막 남은 재산이야. 자네도 알 거야. 그리고 혁명이란 명예가 걸려 있는 일이라는 것도 알 거야. 우리가 기꺼이 죽기로 한 것은 바로 그 명예를 위해서야. 자네가 어느 날 채찍을 맞으며 버틴 것도, 오늘 이렇게 이야기하는 것도 바로 그 명예를 위해서야.

스테판   (고함을 지르며) 닥쳐! 내 앞에서 그런 말 하는 것 용서 못해.

칼리아예프   (흥분해서) 왜 닥치라는 거지? 나보고 혁명을 믿지 않는다고 말했을 때도 나는 자네의 입을 막지 않았어. 그건 내가 부질없이 대공을 죽일 수 있는 사람, 단순한 살인자라는 말과 다를 게 없어. 그런 말을 듣고서도 나는 막지 않았어. 뺨을 후려치지도 않았어.

아넨코프   야네크!

스테판   충분하게 죽이지 않는 건 때로는 부질없는 살육이 되는 거지.

아넨코프   스테판, 이 자리에는 자네의 의견에 찬성하는 사람이 아무도 없어. 자, 이것으로 결정은 내려진 거야.

스테판   그렇다면 나도 따르겠어. 하지만, 다시 한번 말해두겠는데, 테러는 너무 예민한 사람에게는 맞지 않는 거야. 우리는 모두 살인자야, 우리는 그 길을 선택한 거야.

칼리아예프   (참을 수 없다는 듯이) 천만에! 나는 살인이 승리하면 안 되겠기에 죽기를 선택한 거야. 나는 순수를 선택한 거란 말이야.

아넨코프   야네크, 스테판, 이제 둘 다 그만 해둬! 조직은 그 어린애들에 대한 살인 행위가 필요 없다고 결정한다. 다시 미행을 재개한다. 이틀 뒤에 다시 결행할 준비를 갖춰야 해.

스테판  또다시 어린애들이 타고 있으면 어떻게 하지?

아넨코프  그 다음 기회를 기다리는 거다.

스테판  대공비가 대공과 함께 있다면?

칼리아예프  그때는 용서 없어.

아넨코프  가만!

마차 소리가 들린다. 칼리아예프는 못 참겠다는 듯이 창가로 다가간다. 다른 사람들은 기다린다. 마차 소리가 차츰 가까워지다가 창 밑을 지나 사라진다.

부아노프  (자기 쪽으로 눈길을 돌리는 도라를 바라보며) 다시 시작하는 거예요, 도라……

스테판  (경멸조로) 그래, 알렉세이, 다시 시작이야……. 그러나 이번에는 명예를 위해서라도 어떻게 좀 해야지!

—막—

# 제3막

이틀 후 같은 장소, 같은 시간.

스테판   부아노프는 뭘 하고 있는 거야? 올 때가 지났는데.
아넨코프   그 친구도 잠을 좀 자야지. 아직 한 30분 여유가 있어.
스테판   내가 가서 알아볼까.
아넨코프   안 돼. 가능한 한 위험은 피하는 게 좋아.

침묵.

아넨코프   야네크, 왜 말이 없지?
칼리아예프   할말이 없어. 신경쓸 것 없어.

초인종이 울린다.

칼리아예프   왔어.

부아노프가 들어온다.

아넨코프   잠은 좀 잤나?

부아노프  조금요.

아넨코프  한 번도 안 깨고 실컷 잤느냐 말이야.

부아노프  아뇨.

아넨코프  그러면 안 되지. 억지로라도 자두지 그랬어.

부아노프  노력해보았어요. 그렇지만 너무 피곤해서.

아넨코프  손을 떨고 있는데.

부아노프  아니에요. (모두들 그를 바라본다) 왜 그래요, 왜 저를 쳐다보는 거예요? 좀 피곤하면 안 돼요?

아넨코프  피곤할 수 있지. 자네를 걱정해서 그러는 거야.

부아노프  (갑자기 흥분해서) 걱정하려면 그저께 해주지 그랬어요. 이틀 전에 폭탄을 던져버렸다면 피곤할 일도 없었을 게 아니냔 말이에요.

칼리아예프  미안해, 알렉세이. 내가 일을 어렵게 만들었어.

부아노프  (낮은 목소리로) 누가 그렇다고 말했어요? 어렵고 쉽고가 어디 있어요? 그저 피곤하다는 것뿐이에요.

도라  조금만 참아, 금방이야. 한 시간만 지나면 다 끝나.

부아노프  그래요, 다 끝나죠. 한 시간만 있으면…….

> 부아노프가 주위를 살핀다. 도라가 그에게 다가가서
> 손을 잡는다. 그는 손을 잡힌 채 가만히 있다가
> 거칠게 도라의 손을 뿌리친다.

부아노프  보리야, 얘기할 게 있는데요.

아넨코프  둘이서만?

부아노프  단둘이서만.

> 모두들 의아하여 서로 쳐다본다.
> 칼리아예프, 도라, 스테판이 퇴장한다.

아넨코프  무슨 일이 있어? (부아노프는 입을 열지 않는다) 자, 말해봐, 빨리.

부아노프  부끄러워요, 보리야.

> 침묵.

부아노프  부끄러워요. 사실대로 털어놓아야겠어요.

아넨코프  폭탄을 던지고 싶지 않아서?

부아노프  던질 수 없을 것 같아요.

아넨코프  무서워? 단지 그것뿐이야? 그런 일 가지고 부끄러워할 게 뭐 있나.

부아노프  무서워요. 무서워한다는 것이 부끄러워요.

아넨코프  그러나 그저께는 기뻐하면서 힘이 넘쳐 있었는데. 방에서 나갈 때 눈이 반짝이고 있었잖아.

부아노프  언제나 두려웠어요. 그저께는 있는 힘을 다해서 용기를 낸 것뿐이에요. 멀리서 마차 소리가 들려올 때 저는 속으로 다짐했죠. '자, 딱 1분만 참으면 끝이다.' 그리고 이를 악물었죠. 온몸의 근육이 팽팽하게 당겼어요. 한방에 대공을 후려쳐서 해치울 만큼 맹렬한 힘으로 폭탄을 던질 참이었죠. 첫번째 폭탄이 터지기만 하면 즉시 내 몸 속에 꾹꾹 눌러놓은 그 힘을 단번에 폭발시킬 셈으로 기다렸어요. 그런데 소식이 없는 거예요. 마차가 바로 내 눈앞에 다 가왔죠. 얼마나 빠른지! 순식간에 내 눈앞을 스쳐가버렸죠. 그제야 야네크가 폭탄을 던지지 않았다는 것을 깨달았어요. 그 순간, 왜 갑자기 그렇게 오한이 나며 떨렸는지. 그러더니 문득 어린애처럼 전신에 힘이 쭉 빠지는 거예요.

아넨코프  그런 것쯤 아무것도 아니야, 알렉세이. 다시 기운이 날 거야.

부아노프  이틀 전부터 힘이 하나도 없어요. 조금 전에는 거짓말을 한 거예요. 간밤에는 한숨도 못 잤어요. 가슴이 어찌나 뛰는지. 아! 보리야, 전 이제 틀린 것 같아요.

아넨코프  그러면 안 돼. 우리 모두가 자네와 마찬가지였어. 폭탄은 던지지 않아도 좋아. 한 달쯤 핀란드에 가서 푹 쉬고 돌아오면 되는 거야.

부아노프  아닙니다. 그런 문제가 아녜요. 이번에 던지지 못하면 아마 영원히 못 던질 겁니다.

아넨코프  그건 또 무슨 말인가?

부아노프  저는 테러리스트 체질이 못 돼요. 지금에야 그걸 알겠어요. 여러 동지들을 떠나는 것이 낫겠어요. 위원회나 선전부에서 싸우겠어요.

아넨코프    위험은 마찬가지야.

부아노프    그래요, 하지만 거기서라면 눈으로 보지 않고 행동할 수가 있죠. 아무것도 몰라도 된단 말이에요.

아넨코프    그건 무슨 뜻이지?

부아노프    (열을 올리며) 아무것도 모르는 채 하는 거지요. 회의에 참석하고 상황에 대해 토의하고 그 다음에 실행 명령을 전달하는 것 정도는 쉬운 일이죠. 물론 그것도 목숨을 걸고 하는 것이지만, 그래도 그건 뭔지도 모르고 아무것도 보지 않은 채로 목숨을 거는 거거든요. 그런데 시가지 위로 어둠이 스며들 때 뜨거운 수프와 아이들, 그리고 따뜻하게 맞아주는 아내에게로 돌아가려고 바삐 걸어가는 사람들 틈에 끼여, 팔 끝에 폭탄의 무게를 느끼며 말없이 꼼짝도 않고 서 있는 것, 그리고 이제 3분, 2분, 몇 초만 있으면, 번쩍거리며 달려드는 마차 앞으로 뛰쳐나가야 한다는 걸 알고 있는 것, 그것이 바로 테러거든요. 그런데 지금 그 짓을 다시 한다고 생각하니 온몸에서 피가 다 빠져나가는 기분이에요. 그래요. 전 부끄러워요. 주제넘게 너무나 높은 곳을 바라보았던 것 같아요. 분수에 맞는 곳에서 일을 해야죠. 아주 조그마한 자리에서 말입니다. 그런 일만이 저한테 어울려요.

아넨코프    조그만 자리가 따로 있나. 무슨 일을 하든 끝에 기다리는 것은 항상 감옥과 교수대인데.

부아노프    그렇지만 죽일 사람은 눈앞에 직접 보이지만 감옥이나 교수대는 그렇지 않잖아요. 억지로 상상해야 겨우 머리에 떠오르는 거죠. 다행히 전 상상력이 없어요. (신경질적으로 웃는다) 사실 저는 아직 한 번도 비밀 경찰이 어떤 것인지 생생하게 느껴보지 못했어요. 테러리스트치고는 별난 일이죠, 안 그래요? 어쩌다가 뱃구레를 발길로 차이기라도 한다면 그제야 좀 알게 되겠죠. 그러지 않고는 안 돼요.

아넨코프    그럼 일단 감옥에 들어가고 나면? 감옥에 가보면 다 알게 되고 또 눈으로 보게 되지. 더 이상 잊으려야 잊을 수가 없게 되는 거야.

부아노프    감옥에서는 스스로 결정할 일이 없잖아요. 맞아요, 바로 그거예요, 더 이상 결정을 내릴 일이 없는 거예요. '자, 네 차례야, 언제 몸을 던져야 할지 그 순간을 네가 결정하는 거야' 하고 혼자 중얼거리지 않아도 되는 거예요. 이젠 확실히 알겠어요. 만약 잡히게 된다면 저는 탈옥하려고 애쓰지 않겠어요. 탈옥을 하려면 또 결정을 내려야 하고, 스스로 앞장을 서야 하는 거예요. 탈옥을 하지 않으면 결정은 딴사람들이 내려주는 거죠. 저들이 일을 다 해주는 셈이죠.

아넨코프    때로는 그 일이라는 것이 바로 자네의 목을 매다는 것이기도 한데.

부아노프    (절망적으로) 때로는, 그렇죠. 하지만 손 안에 내 생명과 타인의 생명을 거머쥐고서 그 두 생명을 불꽃 속으로 집어던지는 순간을 결정하는 것에 비하면 차라리 죽는 것이 더 쉬울 것 같아요. 그래요, 보리야, 제가 할 수 있는 단 하나의 속죄 방법은 분수를 알고 인정하는 겁니다. (아넨코프는 말이 없다) 겁쟁이도 혁명에 도움이 될 수가 있는 거예요. 분수에 맞는 자리만 찾으면 말이에요.

**아넨코프**   그렇게 말하자면 우리 모두가 겁쟁이지. 다만 그것을 확인할 기회가 자주 있지 않을 뿐이야. 자네 생각대로 하게.

**부아노프**   차라리 이대로 떠나고 싶어요. 다른 동지들을 만나면 얼굴을 바로 들지 못할 것 같아요. 대신 잘 말해주세요.

**아넨코프**   내가 잘 말할게.

아넨코프가 부아노프에게 다가간다.

**부아노프**   야네크에게 전해주세요. 그의 탓이 아니라고. 그리고 내가 모든 동지들을 좋아하고 있듯이 그를 좋아하고 있다는 것도요.

침묵. 아넨코프가 부아노프를 껴안는다.

**아넨코프**   그러면 잘 가게. 모든 일이 다 잘될 거야. 러시아는 좋은 나라가 될 거야.

**부아노프**   (퇴장하며) 그럼요. 좋은 나라가 돼야죠! 좋은 나라가 될 겁니다!

아넨코프가 문으로 걸어간다.

아넨코프   모두 들어와.

도라를 비롯해 모두 들어온다.

스테판   무슨 일이야?
아넨코프   부아노프는 폭탄을 안 던져. 완전히 지쳐버렸어. 그래서 자신이 없는 거야.
칼리아예프   내 탓이야, 보리야, 그렇지?
아넨코프   자네를 좋아한다고 전해달라더군.
칼리아예프   그를 만나게 될까?
아넨코프   글쎄. 아무튼 당분간은 우리와 떨어져 있기로 했어.
스테판   왜?
아넨코프   위원회에서 일하는 게 더 좋을 것 같아서.
스테판   그렇게 자원했어? 겁을 먹은 거야?
아넨코프   아니. 내가 단독으로 결정한 거야.
스테판   거사를 한 시간 남겨놓고 동지 하나를 뺀단 말이야?
아넨코프   거사 한 시간 전이기 때문에 나 혼자 결정 지을 수밖에 없었어. 길게 논의하기엔 너무 늦었으니까. 부아노프의 역할은 내가 맡겠어.

스테판  그건 당연히 내가 맡아야지.

칼리아예프  (아넨코프에게) 자네는 대장이야. 여기 남아 있는 것이 자네의 의무야.

아넨코프  대장은 가끔 비겁해질 의무가 있어. 단, 필요할 때는 단호한 결단을 내려야지. 난 결정했어. 스테판, 자네가 그동안 내 자리를 대신 맡아줘야겠어. 이리 와봐, 알아두어야 할 일들이 있으니까.

> 두 사람이 나간다. 칼리아예프가 의자에 앉는다.
> 도라가 그에게 다가가 손을 내민다.
> 그러나 그녀는 마음을 돌린 듯 내민 손을 거둔다.

도라  네 탓이 아냐.

칼리아예프  난 그에게 못할 짓을 했어. 정말 못할 짓을. 전에 그가 나에게 뭐라고 했는지 알아?

도라  자기는 행복하다고 몇 번이나 말했었지.

칼리아예프  그래. 그렇지만 우리의 공동체가 없다면 자기에게 행복은 없다고 그랬어. "우리가, 우리의 조직이 있을 뿐 그 외에는 아무것도 없다. 이건 일종의 기사단이다"라고 했는데 말야. 정말 안됐어, 도라!

도라  다시 돌아올 거야.

칼리아예프  아냐. 내가 그의 입장이라면 어떤 기분일까 상상해 보게 돼. 나 같으면 절망에 빠졌을 거야.

도라  그럼 지금은, 지금은 그렇지 않아?

칼리아예프  (슬픈 표정을 지으며) 지금? 지금은 너희와 함께 있잖아. 전에 그가 행복했듯이 지금 난 행복해.

도라  (천천히) 큰 행복이지.

칼리아예프  아주 큰 행복이야. 너는 그렇게 생각 안 해?

도라  나도 너같이 생각하고 있어. 그런데 왜 그렇게 슬픈 표정이야? 이틀 전만 해도 얼굴에 생기가 돌고 있었는데. 마치 무슨 화려한 축제에라도 가는 듯했는데. 그런데 오늘은…….

칼리아예프  (자리에서 일어나며, 마음의 동요를 느끼는 듯) 오늘은 전에 미처 몰랐던 것을 알았어. 네 말이 옳았어. 그렇게 간단한 일이 아냐. 죽이는 것은 쉽다고, 신념만 확고하면, 용기만 있으면 된다고 생각했어. 그러나 나는 그렇게 큰 인물이 못 되고, 또 지금에야 나는 증오 속에는 행복이 없다는 것을 깨달았어. 내 속에, 그리고 다른 사람들 속에 가득한 이 모든 악을 좀 생각해봐. 살인, 비열함, 불의……. 아, 난 기어코, 기어코 그자를 죽여야 해……. 끝까지 밀고 나가겠어! 증오심보다도 더 멀리까지!

도라  더 멀리까지? 그 다음에는 아무것도 없어.

칼리아예프  사랑이 있지.

도라  사랑? 사랑이 무슨 소용이야.

칼리아예프  아, 도라, 너의 입에서 어떻게 그런 말이 나오지, 네 마음을 내가 알고 있는데…….

도라    너무나 많은 피가 흐르고 너무나 지독한 폭력이 난무하는 세계니까. 진정 정의를 사랑하는 사람들은 사랑할 권리가 없어. 그런 사람들은 나처럼 고개를 꼿꼿이 쳐들고 매서운 눈으로 노려보지. 이런 거만한 인간들의 마음속에 사랑이 찾아들어와서 무얼 하겠어? 사랑하면 부드럽게 고개를 숙이게 되는 거야, 야네크. 그런데 우리는 목이 뻣뻣해서 못 숙여.

칼리아예프    그러나 우리는 인민을 사랑하고 있어.

도라    사랑하고 있지, 그 말은 맞아. 기댈 곳 없는 그저 막연한 사랑으로, 불행한 사랑으로 우리는 인민을 사랑하고 있어. 인민과 멀리 떨어진 방구석에 죽치고 들어앉아서 제 생각에만 골몰한 채 살고 있는 거야. 그럼 과연 인민은 우리를 사랑하고 있을까? 우리가 그들을 사랑하고 있다는 사실을 그들은 알까? 인민은 말이 없어. 이 막막한 침묵, 이 막막한 침묵…….

칼리아예프    그러나 사랑이란 바로 그런 거야. 모든 것을 다 주는 것, 보상받을 희망도 없이 모든 것을 다 희생하는 것 말이야.

도라    그럴지도 모르지. 그건 절대적인 사랑, 순수하고 고독한 기쁨이지. 과연 내 가슴을 태우고 있는 사랑은 바로 그거야. 그렇지만 어떤 때는 사랑이란 좀더 다른 어떤 것이 아닐까, 독백이기를 그치고 더러는 대답도 들을 수 있는 그 무엇이 아닐까 하는 생각도 해. 난 이런 상상을 해봐. 하늘에는 태양이 빛나고 고개가 부드럽게 숙여지고 마음은 거만함에서 벗어나고 두 팔이 활짝 벌려지는 거야. 아! 야네크, 잠시 동안만이라도 세상의 이 참혹한 비참을 잊고서 몸과 마음을 푸근히 맡겨둘 수만 있다면! 잠시 동안만이라도 다 잊어버리고 제 생각에만 몰두하는 것, 그런 걸 생각해볼 수 있어?

칼리아예프  물론이지, 도라. 그게 바로 부드러움이라는 거지.

도라  너는 언제나 말을 잘 알아들어, 바로 그래, 그게 바로 부드러움이라는 거야. 그런데 너는 그걸 정말 실감할 수 있어? 정의라는 것을 진정 가슴속에서 부드럽게 사랑하고 있어? (칼리아예프는 말이 없다) 너는 우리 인민을 그런 부드럽고 푸근한 마음으로 사랑하고 있어? 그렇지 않으면 그 반대로 복수와 반항에 불타는 마음으로 사랑하고 있어? 어느 쪽이야? (칼리아예프는 여전히 말이 없다) 그것 봐. (도라는 칼리아예프 쪽으로 간다. 그리고 아주 작은 목소리로) 그럼 나는 어때? 너는 나를 그런 부드러운 마음으로 사랑하고 있어?

               칼리아예프가 그녀를 바라본다.

칼리아예프  (잠시 동안 말이 없다가) 그 누구도 나만큼 너를 사랑하지는 못할 거야.

도라  그건 알고 있어. 그렇지만 누구나 다 하는 대로 그렇게 사랑하는 것이 낫지 않을까?

칼리아예프     나는 누구나가 아냐. 나는 나대로의 방식으로 너를 사랑해.

도라     정의보다도, 조직보다도 나를 더 사랑해?

칼리아예프     난 너와 조직과 정의를 따로 떼어놓고 생각할 수 없어.

도라     그래, 좋아. 그러나 이것만은 꼭 대답해줘. 너는 고독 속에서 부드러운 마음으로 에고이스트처럼 나를 사랑할 수 있어? 내가 의롭지 못하다 해도 나를 사랑할 수 있어?

칼리아예프     네가 의롭지 못한데 그래도 너를 사랑할 수 있다면 그때 내가 사랑하는 것은 네가 아니겠지.

도라     대답을 제대로 하지 않고 있어. 내가 묻는 건 이거야. 만약 내가 조직의 일원이 아니라 해도 나를 사랑하겠어?

칼리아예프     조직이 아니면 어디에 있을 건데?

도라     난 학교 다니던 때를 기억해. 그땐 잘 웃었지. 그때 나는 예뻤어. 몇 시간이고 산책을 하며 공상에 잠기곤 했지. 그냥 가볍고 철없기만 한 나를 사랑할 수 있겠어?

칼리아예프     (망설이다가 아주 낮은 목소리로) 그렇다고 말하고 싶은 맘 굴뚝 같아.

도라     (고함을 지르며) 그럼 그렇다고 말해! 정말 그렇게 생각한다면, 그게 본심이라면. 그렇다고 말해봐, 정의 앞에서, 비참함 앞에서, 쇠사슬에 묶인 인민들 앞에서. 그렇다고, 그렇다고 말해줘, 제발. 어린애들이 비참하게 죽어가도, 사람들이 교수형을 당하고 채찍에 맞아 죽어가도 그렇다고…….

칼리아예프  그만 해, 도라.

도라  아냐, 적어도 한 번은 마음을 숨기지 말고 모두 다 털어놓아야 해. 나는 말이야, 네가 나를, 이 도라를 불러주기를, 불의로 더럽혀진 이 세상을 넘어서 나를 불러주기를 기다리고 있단 말이야…….

칼리아예프  (거칠게) 그만 해. 내 마음이 부르고 있는 것은 오직 너뿐이야. 그러나 잠시 뒤면 난 조금도 흔들리지 않아야 돼.

도라  (어리둥절해서) 잠시 뒤라니? 아, 그렇지, 깜빡 잊어버리고 있었어……. (그녀가 마치 우는 것같이 웃는다) 그래, 이제 됐어. 화내지 말아. 내가 내 정신이 아니었던 거야. 피곤해서 그랬던 거야. 나라도 그렇다고 말하진 못했을 거야. 나도 마찬가지로 정의 속에서, 감옥 속에서, 마찬가지로 좀 굳어진 사랑으로 너를 사랑하고 있어. 여름날을, 야네크, 기억해? 아니, 그게 아니지. 여름이 아니라 영원한 겨울인 걸. 우리는 이 세계의 사람들이 아냐. 정의의 사람들일 뿐이야. 세상에는 뜨거운 열기가 있지만 그건 우리와 인연이 없어. (돌아서며) 아! 불쌍한 정의의 사람들!

칼리아예프  (절망적으로 그녀를 바라보며) 그래, 그것이 우리의 몫이야. 사랑한다는 건 불가능해. 그러나 나는 대공을 죽이고 말 거야. 그래야 너에게도 나에게도 평화가 오는 거야.

도라  평화! 우리는 언제나 그것을 찾을 수 있지?

칼리아예프  (힘주어) 그 다음날에.

> 아넨코프와 스테판이 들어온다.
> 도라와 칼리아예프가 서로 떨어진다.

아넨코프  야네크!

칼리아예프  잠깐만. (그가 숨을 깊이 들이쉰다) 드디어, 드디어…….

스테판  (칼리아예프에게 다가가며) 잘 가게, 동지. 뒤에서 응원하겠네.

칼리아예프  잘 있게, 스테판. (그가 도라를 돌아본다) 잘 있어, 도라.

> 도라가 그에게 다가간다. 두 사람은 서로 아주 가까이 다가서지만 서로의 몸이 닿지는 않는다.

도라  아냐, 잘 있어가 아냐. 다시 만나자고 해야지. 그럼 안녕. 우리는 다시 만나는 거야.

> 칼리아예프가 도라를 바라본다. 침묵.

칼리아예프  그럼, 다시 만나. 나는……. 러시아는 멋진 나라가 될 거야.

도라    (눈물을 글썽이며) 러시아는 아름다워질 거야.

> 칼리아예프가 성모상 앞에서 십자를 긋는다.
> 칼리아예프와 아넨코프가 퇴장한다. 스테판은 창가로
> 간다. 도라는 여전히 문을 바라보면서 움직이지 않는다.

스테판    아주 꿋꿋이 걸어나가는데. 야네크를 믿지 않은 건 내 잘못이야. 너무 열광적인 데가 있어서 싫었던 거야. 십자 긋는 거 봤지? 신자인가?

도라    성당에는 안 나가.

스테판    그렇지만 종교적 성향이 있는 거야. 우리 두 사람의 차이가 바로 그거야. 그 친구에 비해 나는 훨씬 더 모진 놈이야. 그건 나도 잘 알고 있어. 우리같이 신을 믿지 않는 족속에겐 정의 아니면 절망뿐이지.

도라    그 사람에겐 정의 그 자체가 절망적인걸.

스테판    응, 가냘픈 영혼의 소유자야. 그러나 단단해. 그는 영혼 이상의 인물이야. 틀림없이 대공을 죽이고 말 거야. 좋은 일이야, 아주 좋은 일이야. 지금 필요한 것은 바로 파괴야. 왜 아무 말이 없지? (그는 도라를 유심히 쳐다본다) 그를 사랑하고 있나?

도라    사랑하려면 시간이 있어야 해. 우리에겐 정의를 위해 바칠 시간도 모자랄 지경인걸.

스테판  네 말이 맞아. 할 일이 너무 많아. 이 세계를 뿌리째 뒤집어 엎어버려야 하니까……. 그런 다음에……. (창가로 가서) 이젠 두 사람 다 안 보이는데, 도착했나봐.

도라  그런 다음에 어떻다는 거야?

스테판  우리는 서로 사랑할 수 있게 되겠지.

도라  목숨이 붙어 있다면.

스테판  또다른 사람들이 서로 사랑을 하겠지. 결국 마찬가지 아냐?

도라  스테판, '증오'라고 말해봐.

스테판  뭐라고?

도라  '증오'라는 두 글자를 말해보란 말이야.

스테판  증오.

도라  잘했어. 야네크는 그 발음이 아주 서툴렀어.

스테판  (잠시 동안 말이 없다가 도라에게 다가가며) 알겠어. 너는 나를 경멸하고 있군. 그렇지만 너는 너 자신이 옳다고 확신할 수 있어? (침묵. 차츰 어조가 격해지며) 너희는 모두 그런 형편없는 사랑 따위를 내세우면서 자신이 하는 일을 에누리하고 있는 거야. 그런데 나는 말이지, 나는 아무것도 사랑하지 않아. 그래, 나는 내 동류들을 증오하고 있단 말이야! 그런 자들의 사랑이 내게 무슨 상관이야? 벌써 3년 전에 난 감옥에서 증오를 배웠어. 3년 전부터 나는 내 몸에 증오를 담고 다니는 거야. 너는 내가 눈물이라도 글썽거리며, 십자가를 메고 가듯이 폭탄을 들고 가주었으면 하는 모양이지? 천만에! 어림도 없는 소리! 그러기에는 나는 너무 많은 걸 겪었어. 너무 많이 알아버렸단 말이야. 보라고! (그는 셔츠를 잡아 찢는다. 도라는 그에게로 다가가다가 채찍 자국들을 보고 뒷걸음친다) 이것이 바로 매맞은 흔적이야! 그자들이 찍어준 사랑의 낙인이란 말이야! 이래도 나를 멸시할 셈인가?

그녀가 그에게로 가서 갑자기 껴안는다.

도라　누가 감히 고통을 경멸하겠어? 난 너 역시 사랑하고 있어.
스테판　(그녀를 바라보며, 나직한 목소리로) 용서해줘, 도라. (잠시 후 눈길을 돌린다) 피로한 탓인지도 몰라. 여러 해 동안의 투쟁, 고통, 뒤를 밟는 밀정들, 감옥을 겪고 나니……. 결국 얻게 된 것이 바로 이거야. (그가 채찍 자국을 내보인다) 어디에 사랑할 힘이 남아 있겠어? 그렇지만 적어도 증오할 힘은 남았어. 아무것도 못 느끼는 것보다는 그게 낫지 않아?

그는 도라를 쳐다본다. 일곱 시가 울린다.

스테판　(갑자기 도라에게 돌아서며) 대공이 온다.

도라가 창가로 가서 유리창에 몸을 바싹 댄다. 긴 침묵.

>                        이윽고 멀리서 마차 소리가 들려온다.
>                  마차 소리가 점점 가까워지더니 창 밑을 지나간다.

스테판　대공이 혼자 탔다면…….

>                          마차 소리가 멀어져간다. 무서운 폭음.
>                  도라가 머리를 두 손으로 감싸고 흠칫한다. 긴 침묵.

스테판　보리야는 폭탄을 던지지 않았어! 야네크가 성공한 거야,
　　　　성공이야! 아, 인민들이여! 기뻐하라!
도라　　(눈물을 흘리며 스테판의 가슴에 쓰러진다) 우리 모두가 그를
　　　　죽인 거야! 우리 모두가 그를 죽였어! 내가 죽였어!
스테판　(소리치며) 우리가 죽이다니 누구를? 야네크 말이야?
도라　　대공을.


　　　　　　　　　　　　　— 막 —

# 제4막

부티르키 감옥의 푸가체프 탑 안에 있는 독방.
이침.

막이 오르면 칼리아예프가 감방 안에서 출입문을 바라보고 있다. 간수와 물통을 손에 든 죄수 한 사람이 들어온다.

**간수** 청소를 해. 빨리 하라고.

간수가 창가에 가 선다. 포카는 칼리아예프를 쳐다보지도 않고 청소를 시작한다. 침묵.

**칼리아예프** 동지, 이름이 뭐요?
**포카** 포카.
**칼리아예프** 판결은 받았나?
**포카** 그런가봐.
**칼리아예프** 무슨 죄를 지었는데?
**포카** 살인이지 뭐.
**칼리아예프** 배가 고팠었나?
**간수** 목소리가 너무 크다.
**칼리아예프** 뭐라고?

간수   목소리가 너무 크다고. 규칙 위반이지만 봐주고 있는 거야. 그러니 더 작은 소리로 말해라. 저 영감처럼.

칼리아예프   배가 고팠었나?

포카   그게 아니라 목이 말라서.

칼리아예프   그래서?

포카   그래서, 도끼가 하나 있더군, 닥치는 대로 때려부쉈지. 한 세 마리쯤 죽인 모양이야.

칼리아예프가 포카를 바라본다.

포카   한데 신사 나리, 그렇다고 이젠 나를 동지라고 안 부를 건가? 내가 무서워졌어?

칼리아예프   아냐, 나도 사람을 죽였어.

포카   몇이나?

칼리아예프   꼭 알고 싶다면 말해주지, 동지. 그런데 어때, 영감은 지난 일을 후회하지, 안 그래?

포카   물론이지. 20년이란 세월은 만만치 않거든. 후회가 되지.

칼리아예프   20년이라! 난 스물세 살에 들어와서 백발이 되어서 나 나가게 되는군.

포카   아! 자네 경우는 더 잘될 수도 있어. 재판관은 좋을 때도 있고, 나쁠 때도 있고, 여러 종류야. 결혼을 했느냐 안 했느냐, 또 어떤 여자하고 했느냐에 따라 다르거든. 더욱이 자네는 신사 나리잖아. 우리 같은 따라지 인생들하고는 계산 방법이 다르지. 잘될 거야.

칼리아예프　난 그렇게 생각 안 해. 또 그러고 싶지도 않고. 20년 동안이나 그런 수치심을 느끼며 견딜 수는 없는 일이야.

포카　수치심이라니? 무슨 수치심? 하기야 그런 건 신사 나리나 하는 생각이겠지. 그런데 몇이나 죽였나?

칼리아예프　한 사람.

포카　뭐라고? 별것 아니구먼.

칼리아예프　난 세르게이 대공을 죽였어.

포카　대공이라고? 아! 그렇담 보통 문제가 아니군. 아니 이 신사 나리가 어쩌자고! 그건 큰일이잖아?

칼리아예프　큰일이지. 그러나 그렇게 할 수밖에 없었어.

포카　왜? 자네, 궁에서 살았나? 여자 관계인 모양이지, 안 그래? 자네같이 잘생긴 사내라면…….

칼리아예프　나는 사회주의자아.

간수　목소리가 크다.

칼리아예프　(더욱 큰 소리로) 나는 혁명사회주의자란 말이야.

포카　일이 복잡하게 됐구먼. 도대체 그런 걸 뭣 하러 해? 그저 가만 있으면 만사태평이었을걸. 이 세상은 신사 나리들을 위해서 만들어진 게 아닌가.

칼리아예프　아냐. 이 세상은 자네 같은 사람들을 위해서 만들어진 거야. 세상에는 비참한 사람들과 범죄가 너무 많아. 비참한 사람들이 적어지면 그만큼 범죄도 줄어들어. 이 세상이 자유로운 곳이라면 당신은 이런 데까지 오지 않았을 거야.

포카　그렇기도 하고 아니기도 하지. 사실 자유가 있고 없고 간에 술을 너무 퍼마신다는 것은 절대로 좋은 게 아냐.

칼리아예프　절대로 좋은 게 아니지. 그러나 남에게 멸시당하고 사니까 술을 퍼마시는 거지. 술 같은 걸 마실 필요가 없는 시대, 그 누구도 수치스러운 꼴을 안 당하고 살 수 있고, 신사 나리도 따라지 인생도 없는 그런 시대가 올 거야. 그때가 되면 우리는 모두 형제가 되고 정의로운 세상이 모든 사람의 마음을 깨끗이 씻어주는 거야. 내 말 알아듣겠어?

포카　알아들어, 그건 하느님의 왕국이야.

간수　목소리가 크다니까.

칼리아예프　그렇게 말하면 안 돼, 동지. 하느님과는 상관없어. 우리한테 중요한 것은 정의야! (침묵) 내 말 못 알아듣겠어? 자네는 드미트리 성자 전설을 알고 있나?

포카　아니.

칼리아예프　그 사람은 말이야, 바로 그 하느님과 인적 없는 들판에서 만나기로 약속을 했지. 그래서 급히 길을 가는데 도중에 어떤 농부를 만났어. 그 농부의 수레바퀴가 진흙에 빠져 있는 거야. 그래서 드미트리 성자는 그 농부를 도와주었지. 진흙 수렁이 여간 아닌데 바퀴가 깊이 빠져 있어서 그럭저럭 한 시간쯤 진땀을 뺐어. 겨우 일을 끝내고 나서 드미트리 성자는 약속한 장소로 쫓아갔어. 그러나 하느님은 가고 없었어.

포카  그래서?

칼리아예프  그래서, 진흙에 빠진 수레바퀴와 도와주어야 할 형제들이 너무 많기 때문에 약속 시간에 늦는 사람이 항상 생기는 거야.

                                                포카가 뒷걸음친다.

칼리아예프  왜 그래?
간수  소리가 크다. 어이, 영감, 빨리 해.
포카  그것 참 이상하네. 그런 거 다 정말 같지 않단 말이야. 성자니 마차니 하는 것 때문에 감옥에 갇히다니 말도 안 돼. 그 것말고 다른 까닭이 있겠지…….

                                                    간수가 웃는다.

칼리아예프  (포카를 바라다보며) 다른 까닭이라니, 뭐 말이야?
포카  대공 같은 사람들을 죽이면 어떻게 되는 거지?
칼리아예프  교수형이지.
포카  아이고!

                     포카가 걸어나가고, 그 동안 간수는 더 크게 웃는다.

칼리아예프  가지 마. 내가 뭘 어쨌다고 그래?

포카   아니, 아무것도 아냐. 하지만 자네는 훌륭한 신사 나리시니까 내가 거짓말을 할 수는 없다 이거야. 이렇게 이야기를 주고받고 하면서 시간을 보내긴 하지만, 자네가 목매달릴 처지라면 아무래도 안 좋거든.

칼리아예프   왜?

간수   (웃으며) 자, 영감, 어서 말해봐…….

포카   자네가 내게 형제처럼 말할 수 없게 되니까 그렇지. 죄수들의 목을 매다는 게 바로 나거든.

칼리아예프   아니 자네도 복역 중인 죄수 아닌가?

포카   바로 그래서지. 저 사람들이 나한테 그 일을 맡아서 해보겠느냐고 제안했어. 한 사람 목매달 때마다 감옥살이를 1년씩 덜어주는 거야. 괜찮은 일거리지.

칼리아예프   자네 죄를 가볍게 해주는 대신에 그놈들은 자네로 하여금 또다른 죄를 짓게 만드는군.

포카   아냐, 그건 죄짓는 게 아냐, 시켜서 하는 일이니까. 그리고 그런 것은 관리 나리들에겐 이러나 저러나 매일반이야. 솔직히 말해서 그들은 하느님 믿는 사람들이 아냐.

칼리아예프   그래서 몇 번이나 했나?

포카   두 번.

　　　　　　　　　　칼리아예프가 흠칫 뒤로 물러난다.
　　　　　　　　　　간수가 포카를 떠밀며 다시 출입문 쪽으로 간다.

**칼리아예프** 그러니까 자네가 사형 집행인이란 말이지?
**포카** (출입문에서) 그럼, 신사 나리, 자네는 뭔가?

> 포카 퇴장. 사람들의 발소리, 구령 소리가 들린다.
> 매우 우아한 거동의 스쿠라토프가 간수와 함께 들어온다.

**스쿠라토프** 나가 있어. 잘 있었소? 나를 잘 모르시겠지? 나는 당신을 잘 알고 있는데. (그는 미소를 짓는다) 벌써 유명해지셨으니까, 안 그렇소? (그는 칼리아예프를 훑어본다) 내 소개를 해도 되겠지요? (칼리아예프는 아무 말이 없다) 말하고 싶지 않다, 그 말씀이군. 알겠소. 독방 생활이다 이거지요? 일주일이나 독방 생활을 하자니 힘들겠죠. 오늘은 독방을 해제시켰으니 방문객들이 있을 거요. 사실 나도 그 때문에 찾아온 거지만. 내가 보낸 포카는 이미 다녀갔을 테고. 이만하면 특별 대접 아닌가요? 그놈 같으면 당신도 흥미를 가질 것 같기에. 그래 만족했소? 일주일 만에 사람 얼굴 보니 반갑겠지, 안 그렇소?

**칼리아예프** 얼굴 나름이지.

**스쿠라토프** 목소리가 좋군요. 어조도 적당하고. 소신도 확고하고. (잠시 후) 보아하니, 내 얼굴이 별로 마음에 안 드는 모양인데?

**칼리아예프** 그렇소.

**스쿠라토프** 이거 실망인데요. 하지만 그건 오해요. 우선 여기는 조명이 나빠요. 지하실에서 인상 좋게 보일 사람이 어디 있겠소. 게다가 당신은 나라는 사람을 잘 모르고 있소. 얼굴만 보면야 때로는 인상이 안 좋을 수도 있겠지요. 그러다가도 진심을 알게 되면…….

**칼리아예프** 그만 해두시오. 당신은 누구요?

**스쿠라토프** 경시 총감 스쿠라토프요.

**칼리아예프** 종이군.

**스쿠라토프** 당신의 심부름꾼이죠. 그러나 내가 당신의 입장이라면 그렇게까지 잘난 체하진 않을 텐데요. 아마 곧 태도를 바꾸게 될 거요. 처음에는 정의를 실현한다고 시작한 일이 결국은 경찰을 조직하는 걸로 끝나는 법이죠. 사실 나는 진실을 겁내지 않아요. 나는 당신과 솔직히 털어놓고 이야기하고 싶소. 당신에 대해서 흥미를 느끼기 때문에 당신이 사면받을 방법을 제안해보려는 거요.

**칼리아예프** 무슨 사면이요?

**스쿠라토프** 무슨 사면이라니? 당신의 생명을 구해주겠다는 거요.

**칼리아예프** 누가 그런 것 부탁했어요?

**스쿠라토프** 목숨은 달라고 부탁하는 게 아니오. 그냥 받는 거지. 당신은 누구를 용서해준 적이 없었소? (잠시 후) 잘 생각해보시오.

**칼리아예프** 당신의 사면은 사절하겠소, 단연코.

**스쿠라토프** 잘 들어보기나 해요. 겉보기와는 달리 나는 당신의 적이 아니오. 당신이 생각하고 있는 것도 일리가 있다고 인정하오. 다만, 살인은 별문제지만…….

칼리아예프  그런 식으로 말하지 마시오.

스쿠라토프  (칼리아예프를 바라보며) 오! 신경이 좀 예민하신 편이군? (잠시 후) 진심으로 말하는 건데, 난 당신을 돕고 싶소.

칼리아예프  나를 돕는다고요? 난 대가를 치를 용의가 되어 있어요. 그러나 친근한 체하는 당신의 태도만은 못 참겠어. 참견 말고 가시오.

스쿠라토프  피고의 기소 이유는…….

칼리아예프  그건 틀린 말이오.

스쿠라토프  뭐라고요?

칼리아예프  그건 틀린 말이오. 나는 전쟁 포로지 피고가 아니에요.

스쿠라토프  좋으신 대로. 그렇지만 피해가 있었지 않소? 대공이니 정치니 하는 이야기는 그만둡시다. 그러나 적어도 사람이 죽었소. 그것도 아주 비참하게!

칼리아예프  나는 당신네들의 폭정에 폭탄을 던진 거지 어떤 사람에게 던진 게 아니오.

스쿠라토프  그럴지도 모르죠. 그러나 폭탄 세례를 받은 것은 사람이오. 그 결과는 별로 바람직한 것이 아니었소. 알겠소? 시체를 찾고 보니 머리가 없었어요. 머리가 사라지고 없더라 이 말씀이야! 남아 있는 것도 팔 한쪽과 다리 한 부분이 전부였소.

칼리아예프   나는 판결을 집행했을 뿐이오.

스쿠라토프   그러시겠지, 그러시겠지. 그 판결을 가지고 당신을 비난하는 것은 아니오. 판결이란 게 도대체 뭐지요? 그 말에 대해서 따지기 시작하면 며칠 밤을 새워도 모자랄 거요. 아무튼 당신이 비난받는 점은…… 참, 당신은 그런 말을 안 좋아하지……. 그럼, 좀 말끔하지 못한 아마추어식 처리 정도로 말해두죠. 어쨌든 그 결과는 여지없이 참혹한 것이었단 말이오. 모든 사람이 그 꼴을 다 봤어요. 대공비에게 물어보시오. 피투성이였소. 알아들어요? 그야말로 피바다였소.

칼리아예프   듣기 싫소.

스쿠라토프   좋소. 내가 하려던 말은 그저, 당신이 끝까지 판결을 따랐을 뿐이라고 주장하고, 오로지 당이 판단을 내리고 당신이 그걸 집행한 것뿐이라고, 또 대공은 폭탄이 아니라 이념에 의하여 죽음을 당한 것이라고 끝내 고집한다면 당신은 특사를 받을 필요가 없다는 것이었소. 그러나 명백한 증거 쪽으로 생각을 돌려서, 대공의 머리를 날려버린 것이 당신이다 하게 되면 이야기는 전혀 달라지는 것 아니겠소? 그렇게 되면 당신이 특사를 받을 필요가 생긴단 말이죠. 그 점에서 나는 당신에게 힘이 되어주고 싶소. 순수한 동정심에서 말이오. (그는 미소를 짓는다) 당신은 어떤지 모르지만, 난 이념에는 흥미가 없고 인간에게 흥미가 있으니 어쩌겠소.

**칼리아예프**  (소리를 지르며) 나라는 인간은 당신이나 당신 주인들의 머리 위에 있소. 당신은 나를 죽일 수는 있어도 나를 심판하지는 못해요. 당신의 의도가 뭔지 다 알고 있소. 내 약점을 찾아내서 내가 비굴한 태도로 눈물을 흘리면서 후회하는 꼴을 기대하고 있겠지. 그래봐야 아무 소용 없어요. 내가 어떤 인간인지는 당신이 알 바 아냐. 당신이 알아두어야 할 것은 우리의 증오, 나의 증오, 내 동지들의 증오요. 그거야말로 당신들에게는 약이 될 거요.

**스쿠라토프**  증오? 또 사상 타령이시군. 사상이 아닌 것이 살인이고, 또 그 살인의 결과요. 후회와 벌 말이오. 이게 바로 우리 이야기의 핵심이오. 사실 내가 경찰에 뛰어든 것은 바로 그걸 위해서였소. 즉, 일의 핵심을 다루기 위해서였소. 하지만 당신은 사사로운 이야기는 안 좋아하시지. (잠시 후 그는 칼리아예프 쪽으로 천천히 다가간다) 얘기가 길어졌지만, 요컨대 날아가버린 대공의 머리를 까맣게 잊어버린 척해서는 안 된다 이 말이오. 그 점을 고려한다면 사상이나 이념 같은 것은 더 이상 아무 쓸데없는 것이 되지요. 그렇게 되면, 예를 들어서 자기가 저지른 짓에 대해 자랑스럽기는커녕 부끄러운 생각이 들게 될 거요. 그리고 부끄럽다고 생각하는 그 순간부터 살아서 그 잘못을 보상해야겠다는 생각을 하겠지요. 가장 중요한 것은 당신이 살려고 결심하는 것, 바로 그거요.

칼리아예프  만약 내가 그렇게 결심한다면?

스쿠라토프  당신과 당신 동지들은 특사를 받게 되지.

칼리아예프  동지들이 체포되었어요?

스쿠라토프  아니오. 바로 그게 문제요. 그러나 당신이 살겠다고 결심만 한다면 체포할 수도 있는 거겠죠.

칼리아예프  결국 그 이야기였군?

스쿠라토프  바로 그거요. 아직 화를 내지는 마시오. 잘 생각해봐요. 사상적 견지에서 본다면 당신은 물론 동지들을 넘겨줄 수 없겠죠. 그러나 반대로 명백한 사실 차원에서 생각해본다면 그건 동지들에게 도움을 베푸는 거요. 동지들에게 새로운 걱정거리를 면하게 해주고 동시에 그들을 교수형에서 구해주는 결과도 된단 말이오. 무엇보다도 우선 당신 자신이 마음의 평화를 얻게 되지요. 어느 면으로 보나 이것은 귀중한 기회요.

칼리아예프는 침묵을 지키고 있다.

스쿠라토프  자, 그렇다면?

칼리아예프  머지않아 동지들의 응답이 있을 거요.

스쿠라토프  또 범죄를! 정말이지 대단한 소명 의식이군요. 그렇다면 내 소임은 끝났소. 그저 마음이 슬퍼질 따름이오. 그러나 아무리 봐도 당신은 이념을 버릴 수 없는 모양이오. 그걸 떼버릴 방법이 없군.

칼리아예프  나를 동지들에게서 떼어놓을 수는 없을걸.

스쿠라토프  자, 그러면 또 봅시다. (그는 나가려다가 다시 돌아선다) 그런데 당신은 왜 대공비와 조카들의 목숨을 살려주었지요?

칼리아예프  누가 그런 소리를?

스쿠라토프  당신들의 제보자가 우리한테도 제보해주니까요. 적어도 일부분은……. 도대체 왜 그들을 살려두었소?

칼리아예프  그건 당신이 상관할 바 아냐.

스쿠라토프  (웃으며) 그럴까요? 그 이유를 내가 말해주죠. 사상이 대공을 죽일 수는 있지만 어린애들을 죽이기는 어렵다, 당신은 바로 이런 문제에 봉착한 거요. 그렇다면 한 가지 의문이 제기되죠. 즉, 그 사상이 어린애를 죽일 수 없다고 한다면 과연 그것이 대공을 죽일 자격은 있을까?

칼리아예프가 어떤 몸짓을 한다.

스쿠라토프  아니, 나한테 대답할 필요 없어요. 특히 나한테는 대답할 필요가 전혀 없어요. 대공비에게 직접 대답하면 돼요.

칼리아예프  대공비라고요?

스쿠라토프  그래요. 대공비가 당신을 만나보고 싶어하십니다. 내가 이렇게 찾아온 것도 실은 대공비와 대화가 가능할지 확인하기 위해서였소. 이만하면 대화가 가능할 것도 같소.

대화를 통해서 당신 생각을 한번 돌이켜놓을 수 있을지도 모르지요. 대공비는 기독교인이시오. 영혼 문제가 바로 그분의 전문이다 이거요.

스쿠라토프가 웃는다.

**칼리아예프**   나는 만나고 싶지 않소.
**스쿠라토프**   미안하지만, 그쪽에서 꼭 만나보시겠다는걸. 아무튼 그분에 대한 예의는 지켜야지. 대공이 돌아가신 후로 그분 정신이 썩 온전치 못하다는 소문이오. 그래서 우리도 그분의 뜻을 거역하고 싶지 않아요. (입구로 가서) 혹시 생각이 달라지거든 내가 제안한 것을 잊지 말아주시오. 나중에 또 오겠소. (잠시 후 그가 귀를 기울인다) 행차하신 것 같은데. 경찰 다음엔 종교라! 아무리 봐도 당신은 복이 많소. 그러나 모든 것은 상호 연관된 것이오. 감옥에 하느님이 없다고 생각해보시오. 너무 고독할 것 아니겠소?

스쿠라토프 퇴장. 사람들의 목소리, 구령 소리가 들린다. 대공비가 들어와서 움직이지 않고 선 채 말이 없다. 입구는 문이 열린 채 있다.

**칼리아예프**   원하는 게 뭡니까?
**대공비**   (얼굴을 가린 베일을 걷으며) 잘 봐요.

칼리아예프는 말이 없다.

대공비   한 사람이 죽게 되면 함께 사라져 없어지는 것이 많지요.
칼리아예프   나도 그건 알고 있어요.
대공비   (자연스럽지만 기운 없고 낮은 목소리로) 살인자들이 그걸 알 리 없지요. 그걸 안다면 어찌 사람을 죽일 수 있겠어요?

침묵.

칼리아예프   당신을 만나주었으니, 이제 나는 혼자 있고 싶군요.
대공비   아니지요. 이제 내가 청년의 얼굴을 봐야지요.

칼리아예프가 뒤로 물러선다.

대공비   (지친 듯 의자에 앉는다) 이제 나는 도저히 혼자 있을 수가 없어요. 전에는 내가 괴로워할 때면 그이가 내 괴로움을 지켜봐줄 수 있었죠. 그때는 괴로워하는 것도 좋은 일이었어요. 그러나 지금은……. 아녜요, 나는 더 이상 혼자서 아무 말도 없이 있을 수가 없었어요……. 그렇지만 누구에게 말을 하죠? 다른 사람들은 몰라요. 슬픈 표정을 지어주긴 하죠. 그들도 한두 시간은 슬프겠죠. 그러나 그 다음은 식사하러 가고, 그리고 잠자러 가죠. 무엇보다도 잠을 자러 가죠……. 가만 생각해보니 청년도 나와 비슷한 심정일 것 같았어. 청년도 잠을 못 잘 거예요, 틀림없어. 그리고 사실, 저질러진 범죄에 대해서 얘기할 상대가 범인 외에 누가 또 있겠어요?

칼리아예프   범죄는 무슨 범죄요? 나는 다만 정의에 따라 행동했다는 기억밖에는 없어요.

대공비   똑같은 목소리군! 청년의 목소리가 그이의 목소리와 어쩌면 그렇게 같을까. 남자들이 정의에 관해 이야기할 때는 늘 그런 어조죠. 그이도 자주 그렇게 말하곤 했어요. "그것이 옳아!"라고. 그러면 모두들 입을 다물어야 했어요. 그이가 잘못 생각했던 것인지도 몰라요. 청년이 잘못 생각하고 있는 것인지도 모르고…….

칼리아예프   대공은 지극한 불의 그 자체였어요. 수백 년 동안 러시아 인민들을 신음하게 만든 불의 말입니다. 그 덕분에 대공만은 특권을 누렸지요. 설령 내 생각이 틀린 것이라 해도 감옥과 죽음이 내가 치르는 대가요.

대공비   알아, 청년도 괴롭겠죠. 그러나 그이를, 청년은 그이를 죽였어요.

칼리아예프   그는 아무것도 모른 채 불시의 죽음을 당했어요. 그런 죽음이라면 아무것도 아니죠.

대공비   아무것도 아니라고? (더욱 나직한 목소리로) 그렇겠죠. 청년은 곧 끌려갔어요. 경관들에게 포위된 채 뭐라고 연설을 했다죠. 이해할 수 있어요. 그게 도움이 되었을 테죠. 나는 조금 늦게야 도착했어요. 다 보았어요. 나는 주위담을 수 있는 것은 다 모아서 들것 위에 올려놓았어요. 온통 피투성이였어요! (잠시 후) 나는 흰옷을 입고 있어서…….

칼리아예프  그만두시오.

대공비  왜? 나는 사실 그대로 말하는 거예요. 죽기 두 시간 전에 그이가 무엇을 하고 있었는지 알아요? 잠자고 있었어요. 안락의자에 앉아서 두 다리를 의자 위에 뻗고……언제나 그랬듯이. 그이는 잠자고 있었어요. 그런데 청년은 그이를 기다리고 있었어요. 그 참혹한 저녁에……. (그녀가 울음을 터뜨린다) 이젠 나를 좀 도와줘요.

칼리아예프가 굳어져서 뒤로 물러선다.

대공비  청년은 아직 젊어요. 당신은 나쁜 인간일 수가 없어요.

칼리아예프  내게는 젊을 시간조차 없었어요.

대공비  왜 그렇게 뻣뻣하게만 구는 거죠? 한 번도 자신에 대해서 연민을 느껴본 적이 없나요?

칼리아예프  없어요.

대공비  그러면 안 되죠. 연민은 마음을 진정시켜주는 거예요. 지금 나는 오직 나 자신에게밖에는 연민을 못 느껴요. (잠시 후) 너무나 고통스러워요. 나를 살려두지 말고 차라리 그이와 함께 죽였으면 좋았을 것을.

**칼리아예프**  내가 살린 것은 당신이 아니라 당신과 같이 있었던 어린애들이오.

**대공비**  알아요. 나는 그 애들을 그다지 좋아하지 않았답니다. (잠시 후) 대공의 조카들이죠. 그 애들도 그들의 아저씨와 마찬가지로 죄 많은 존재들이 아니던가요?

**칼리아예프**  아니죠.

**대공비**  그 아이들을 알기나 해요? 내 조카딸은 마음씨가 고약한 아이예요. 가난한 사람들에게 동냥하기를 꺼려요. 가난한 사람들의 몸에 손이 닿는 것을 무서워하는 거예요. 옳지 못한 태도죠. 적어도 그이는 농민들을 사랑했답니다. 그들과 같이 술도 마셨죠. 그런데도 당신은 그를 죽였어요. 그러니 청년도 분명 부당한 짓을 한 거예요. 세상이 온통 황무지 같군요.

**칼리아예프**  그래봐야 아무 소용이 없습니다. 내 마음을 약하게 만들고 나를 절망에 빠뜨리려고 하는 모양인데, 잘 안 될 겁니다. 그냥 돌아가세요.

**대공비**  같이 기도 드리며 잘못을 뉘우치도록 노력해봐요……. 그러면 우리 모두 이 외로움에서 벗어날 수가 있어요.

**칼리아예프**  죽음을 맞을 채비를 하도록 그만 돌아가주세요. 만약에 죽지 못한다면 그때는 내가 정말로 살인범이 되는 겁니다.

**대공비**  (자리에서 벌떡 일어선다) 죽는다고? 죽고 싶다고? 안 돼요. (그녀는 심한 마음의 동요를 보이며 칼리아예프 쪽으로 걸어간다) 살아야 해요, 살아서 살인자라는 사실을 받아들여야 해요. 그이를 죽이지 않았나요? 하느님만이 청년의 죄를 용서할 수 있어요.

**칼리아예프**  무슨 하느님? 내 하느님, 아니면 당신의 하느님?

**대공비**  성(聖)교회의 하느님이죠.

**칼리아예프**  성교회 같은 건 아무 상관 없어요.

**대공비**  성교회는 감옥살이를 경험하신 주님을 받드는 곳이랍니다.

**칼리아예프**  시대가 변했어요. 그리고 성교회는 그 주인이 물려준 유산 가운데서 자기의 길만을 택했고요.

**대공비**  택했다니, 무슨 뜻이죠?

**칼리아예프**  은총은 혼자 차지하고 우리에게는 자선을 베푸는 수고만 맡겨놓았다는 말이에요.

**대공비**  우리라니, 누구에게?

**칼리아예프**  (소리치며) 당신네들이 교수대에 목매단 모든 사람들이죠.

침묵.

**대공비**  (부드러운 목소리로) 나는 당신들의 적이 아녜요.

**칼리아예프**  당신은 적이에요. 당신네 혈족, 당신네 무리들 모두가 우리의 적이듯이. 범죄자가 되는 것보다도 더욱 더럽고 나쁜 것이 있다면 그것은 바로 죄를 짓지 않을 선량한 사람들에게 죄짓도록 강요하는 짓이지요. 똑똑히 봐요, 맹세코 나는 사람을 죽이도록 생기지 않았단 말이에요!

대공비    내게 적을 대하듯 말하지 말아요. 봐요. (그녀가 걸어가 문을 닫는다) 자, 이제 나를 당신의 처분에 맡기겠어요. (그녀는 운다) 피가 우리를 갈라놓고 있어요. 그렇지만 당신은 바로 이 불행의 자리에서 하느님의 품속에서 나와 하나가 될 수 있어요. 제발 나와 함께 기도라도 해요.

칼리아예프    못합니다. (그는 대공비에게 다가간다) 나는 오로지 당신을 동정할 따름입니다. 당신 때문에 내 마음이 움직였어요. 이제는 내 마음을 이해할 겁니다. 당신에게 조금도 숨기지 않고 다 털어놓을 테니까요. 나는 하느님을 만나는 것은 기대하지 않고 있습니다. 그러나 나는 죽음으로써 내가 사랑하고 있는 사람들과 만나기로 한 약속을 지키게 될 거예요. 지금 이 순간에도 나를 생각해주고 있는 나의 동지들 말입니다. 하느님께 기도하는 것은 동지들을 배신하는 결과가 됩니다.

대공비    그건 무슨 뜻이죠?

칼리아예프    (열띤 목소리로) 이제 머지않아 내가 행복해진다는 것, 그뿐 다른 뜻은 없어요. 내겐 감당해야 할 오랜 투쟁이 있어요. 감당해내겠어요. 그러나 판결이 내려지고 사형 집행 준비가 끝나면 그때 비로소 나는 교수대 밑에서 당신네들로부터, 이 욕된 세계로부터 등을 돌리고 내 가슴을 가득 채우는 사랑에 몸을 내맡길 거예요. 내 말 알아듣겠어요?

대공비  신을 떠난 사랑이란 있을 수 없어요.

칼리아예프  있습니다. 피조물에 대한 사랑이 있습니다.

대공비  피조물이란 비천한 거예요. 그것을 말살시켜버리든가 용서해주든가 하는 것 외에 무엇을 할 수 있겠어요?

칼리아예프  피조물과 더불어 죽지요.

대공비  인간은 혼자 죽는 거예요. 그이도 혼자 죽었어요.

칼리아예프  (절망적으로) 같이 죽는 거예요! 오늘날 서로 사랑하는 사람들이 하나로 결합되려면 함께 죽어야 해요. 불의가 사람들을 갈라놓고, 치욕, 고통, 남에게 가하는 해악, 범죄가 사람들을 갈라놓죠. 산다는 것은 고문입니다. 산다는 것은 사람들을 갈라놓으니까……. 

대공비  하느님은 결합시켜주세요.

칼리아예프  땅 위에서 결합시켜주는 것이 아니죠. 나의 약속은 이 땅 위에서의 약속입니다.

대공비  그건 개들이나 하는 약속이에요. 언제나 땅에 코를 대고 킁킁대며 냄새를 맡으려 하지만 언제나 실망하고 마는 약속…….

칼리아예프  (창 쪽으로 고개를 돌리며) 그건 두고 보면 곧 알게 되겠죠. (잠시 후) 그러나 모든 즐거움을 단념한 채 오직 고통밖에는 약속할 것이 없는 두 사람이 그 고통 속에서 사랑하는 것은 상상해볼 수 있지 않을까요? (그는 대공비를 바라본다) 그리하여 교수대의 같은 밧줄이 그 두 존재를

정의의 사람들  105

결합시켜주는 것을 상상할 수 있지 않을까요?

**대공비**  그런 끔찍한 사랑이란 대체 어떤 것이죠?

**칼리아예프**  당신과 당신네 계급 사람들은 우리에게 그런 것밖에는 절대로 허락해주지 않았어요.

**대공비**  나도, 당신이 죽인 그 사람을 사랑하고 있었답니다.

**칼리아예프**  그건 알고 있었어요. 그렇기 때문에 나는 당신이나 당신네 계급 사람들이 내게 가한 고통을 용서하는 겁니다. (잠시 후) 이제 그만 돌아가세요.

긴 침묵.

**대공비**  (일어서며) 가지요. 그러나 내가 이곳을 찾아온 것은 당신을 하느님께 인도하기 위해서였어요. 지금에야 그걸 알았어요. 당신은 스스로 자신을 심판하고 혼자서 자신을 구하려 하지만 그건 안 되는 일입니다. 당신이 죽지 않고 살면 그건 하느님께서 해주십니다. 나는 당신의 특사를 청하겠어요.

**칼리아예프**  제발 부탁이니 그것만은 하지 말아요. 그냥 죽게 내버려둬요. 그러지 않으면 나는 당신을 죽도록 미워하겠어요.

**대공비**  (문간에 서서) 당신의 특사를 청하겠어요. 사람들에게도, 하느님에게도.

**칼리아예프**  아니, 안 됩니다. 그러면 안 됩니다.

그가 문 쪽으로 달려간다.
그때 거기에 갑자기 스쿠라토프의 모습이 나타난다.
칼리아예프는 뒷걸음치며 눈을 감는다.
침묵. 그는 다시 스쿠라토프를 바라본다.

칼리아예프   당신을 만나고 싶었소.

스쿠라토프   나를 만나서 반가우신 모양이군. 왜 그러죠?

칼리아예프   다시 한번 경멸해주고 싶어서요.

스쿠라토프   그거 유감인걸. 나는 대답을 들으려고 왔는데.

칼리아예프   대답은 이미 알고 있지 않소.

스쿠라토프   (어조를 바꾸며) 아니, 나는 아직 그 대답을 못 들었소. 내 말 잘 들어요. 내가 대공비와의 회견을 마련한 것은 내일 신문에 이 소식을 발표하기 위해서였소. 회견 내용은 사실대로 정확하게 보도할 거요. 단 한 가지만 제외하고. 당신이 참회하고 있다는 고백을 싣게 될 테니까요. 당신 동지들은 당신이 배반했다고 생각하겠지.

칼리아예프   (침착한 태도로) 아무도 믿지 않을 거요.

스쿠라토프   당신이 실토하지 않는 한 이 발표를 취소하지 않겠소. 자, 밤새도록 곰곰이 생각해서 결정을 내려보시지.

그는 다시 문 쪽으로 걸어간다.

칼리아예프   (더욱 침착한 어조로) 그들은 절대로 믿지 않을 거요.

**스쿠라토프**  (뒤를 돌아보며) 왜? 그들은 죄를 범한 적이 한 번도 없던가?

**칼리아예프**  당신은 그들의 사랑이 어떤 건지 몰라요.

**스쿠라토프**  모르지. 하지만, 밤새도록 단 한 순간도 마음 약해지지 않고 우정만을 굳게 믿을 수는 없다는 걸 난 알아. 나는 마음 약해지는 그 순간을 기다리겠소. (그가 등 뒤로 문을 닫는다) 서두를 필요는 없어요. 나는 참을성이 많은 사람이니까.

두 사람은 서로 얼굴을 마주하고 서 있다.

—막—

# 제5막

다른 아파트. 그러나 같은 스타일.
일수일 후. 밤.

침묵. 도라가 실내를 이리저리 왔다갔다 하고 있다.

아넨코프 좀 쉬지그래, 도라.
도라 추워서.
아넨코프 여기 와서 누워. 뭘 좀 덮고.
도라 (여전히 왔다갔다 하며) 밤이 너무 길어. 왜 이렇게 추울까, 보리야.

노크하는 소리가 들린다. 한 번, 이어서 두 번. 아넨코프가 가서 문을 연다. 스테판과 부아노프가 들어온다. 부아노프가 도라에게 다가가서 그녀를 껴안는다. 도라는 그를 꼭 끌어안는다.

도라 알렉세이!
스테판 오를로프의 말로는 오늘 밤쯤이 될 것 같다는 거야. 비번의 하사관들 전원이 소집되었대. 그래서 오를로프도 입회할 모양이야.

아넨코프  어디서 그를 만나는 거지?

스테판  그 친구가 소피스카야 거리의 식당에서 부아노프와 나를 기다리기로 되어 있어.

도라  (맥없이 자리에 주저앉는다) 결국 오늘 밤이군, 보리야.

아넨코프  아직 절망 상태는 아냐. 최후 결정은 황제한테 달려 있어.

스테판  야네크가 특사를 청했다면 결정이 황제한테 달려 있겠지.

도라  그이는 특사를 청하지 않았어.

스테판  특사를 위해서가 아니라면 뭣 하러 대공비를 만났겠어? 대공비는 야네크가 후회하고 있다고 사방에 말을 퍼뜨리고 다녔단 말이야. 어느 쪽 말이 맞는지 어떻게 알아?

도라  그이가 법정에서 한 말이나 우리한테 편지로 써 보낸 말이 뭔지 우린 다 알고 있는걸. 독재 정치에 대한 도전으로 내던질 목숨이 하나밖에 없다는 것이 유감이라고 야네크는 분명히 말했잖아? 그런 말을 한 사람이 특사를 애원하고 후회할 리가 있겠어? 아냐. 그이는 죽기를 바라고 있었고, 지금도 그러기를 바라고 있어. 그이가 한 일을 부정할 리가 없어.

스테판  대공비를 만난 건 잘못이야.

도라  그것에 대한 판단은 그이만이 내릴 수 있어.

스테판  우리의 규율에 따른다면 만나지 말았어야 하는 거야.

도라  우리의 규율은 죽이는 거야. 그 이상 또 무엇이 있어? 지금 그이는 자유야. 드디어 자유의 몸이 된 거야.

스테판  아직은 아냐!

도라  그이는 자유야. 죽음이 눈앞에 왔으니 그이는 무엇이건 원하는 대로 할 권리가 있는 거야. 이제 곧 죽을 테니까. 기뻐들 하시지!

아넨코프  도라!

도라  그렇고말고. 만약에 그이가 특사를 받는다면 모두들 얼마나 의기양양해하겠어! 그야말로 대공비의 말이 맞다는, 그이가 참회하면서 우리를 배신했다는 증거가 될 테니까. 그 반대로 그이가 죽는다면 너희는 그이를 믿을 테고, 그를 더 사랑하게 되겠지. (그녀는 동지들을 번갈아 쳐다본다) 너희의 사랑을 얻자면 정말 비싼 대가를 치러야 하는군.

부아노프  (도라에게 다가가며) 그게 아녜요, 도라. 우리는 한 번도 그를 의심한 적이 없어요.

도라  (이리저리 왔다갔다 하며) 응……. 그렇겠지……. 용서해 줘. 하기야 아무러면 어때! 오늘 밤이면 다 알게 될 텐데 뭐……. 아! 가엾은 알렉세이, 무엇 하러 여길 찾아왔어?

부아노프  야네크를 대신하러 왔어요. 저는 울었어요. 재판정에서 그가 진술한 내용을 읽고 저는 자랑스러웠어요. "죽음은 눈물과 피로 얼룩진 세계에 대한 나의 최고의 항의가 될 것이다"라는 말을 읽었을 때 저는 온몸이 부들부들 떨리는 것을 느꼈어요.

도라  눈물과 피로 얼룩진 세계…… 그이는 그렇게 말했지, 정말이야.

부아노프 그렇게 말했어요……. 아, 도라, 얼마나 대단한 용기예요! 그리고 마지막에는 큰 소리로 이렇게 외쳤어요. "만약 내가 폭력에 대한 인간의 항의에 값하는 높이에 이른다면 죽음이 사상의 순수함으로 내 과업을 완성해주기를 바란다"라고 말이에요. 그걸 보고서 저는 다시 여기로 돌아오기로 결심했어요.

도라 (두 손에 얼굴을 파묻으며) 정말 그이는 순수를 원했어. 그러나 얼마나 끔찍스러운 완성인가 말이야!

부아노프 울지 말아요, 도라. 그는 자기가 죽어도 아무도 울지 말아달라고 했어요. 아, 이제 저는 그의 마음을 잘 알 수 있어요. 그를 의심한다는 건 있을 수 없는 일이에요. 저는 겁쟁이였기 때문에 괴로워했어요. 그 후 저는 티플리스에서 폭탄을 던졌어요. 이젠 저도 야네크와 다를 것이 없어요. 야네크가 유죄 판결을 받은 것을 알게 되자 오직 한 가지 생각밖에 하지 않았어요. 지난번에는 그의 곁에 있어주지 못했으니 이번만은 꼭 내가 하는 거다 하고 생각한 거예요.

도라 오늘 밤엔 누가 그이를 대신할 수 있겠어! 그는 혼자야, 알렉세이.

부아노프 그가 모범이 되어 우리를 지탱해주듯이 우리도 긍지로 그를 지탱해줘야 해요. 울면 안 돼요.

도라 잘 봐. 내 눈은 메말라 있어. 그러나 긍지를 갖다니, 아, 못할 일이야, 이제 다시는 긍지를 느끼지 못할 거야!
스테판  도라, 나를 나쁘게 생각하지 말아줘. 나는 야네크가 살기를 바라고 있어. 우리에게는 그와 같은 사람이 필요해.
도라  그런데 그이는 살기를 원치 않고 있어. 우리는 그이가 죽기를 바라야 해.
아넨코프  무슨 소리야, 미쳤어.
도라  우리는 그이가 죽기를 바라야 해. 나는 그이의 속마음을 알아. 그래야 그이의 마음이 편해져. 아, 그래. 그이가 죽었으면! (작은 소리로) 아, 그것도 빨리!
스테판  나가봐야겠어, 보리야. 자, 따라와, 알렉세이. 오를로프가 우리를 기다리고 있어.
아넨코프  그래. 지체하지 말고 돌아와.

스테판과 부아노프가 문 쪽으로 간다.<br>스테판이 도라 쪽을 바라본다.

스테판  이제 곧 알게 될 거야. 도라를 잘 봐주게.

도라가 창가로 간다. 아넨코프가 그녀를 쳐다본다.

도라  죽음! 교수대! 그리고 또 죽음! 아! 보리야!
아넨코프  그래, 도라. 그러나 다른 해결 방법이 없어.
도라  그렇게 말하지 말아. 유일한 해결 방법이 죽음이라면 우리가 택한 길은 옳지 못해. 옳은 길은 생명으로, 태양으로 인도하는 길이야. 언제까지나 이렇게 추워 떨 수만은 없어…….

아넨코프   이 길 역시 생명과 삶으로 인도하는 길이야. 다른 사람들의 삶으로. 러시아는 살아날 거야. 우리의 후손들도 살아날 거야. 야네크가 한 말을 기억해봐. "러시아는 멋진 나라가 될 거야"라고 했어.

도라   다른 사람들, 우리의 후손들……. 그래. 그렇지만 야네크는 지금 감옥에 있고, 목에 감길 밧줄은 싸늘해. 그이는 이제 죽을 거야. 이미 죽었는지도 몰라, 딴사람들이 살아가도록 하려고. 아! 보리야, 그러나 만약에 딴사람들도 살지 못한다면? 그래서 그이의 죽음이 헛된 것이 된다면?

아넨코프   그만 해.

                                            침묵.

도라   왜 이렇게 추울까. 철은 봄인데. 감옥의 마당에는 나무들이 있어. 난 그걸 알아. 그이는 아마도 나무들을 바라보고 있을 거야.

아넨코프   소식을 기다려보기로 해. 자, 그렇게 떨지 말고.

도라   어찌나 추운지 마치 내가 이미 죽어버린 것 같은 느낌이야. (잠시 후) 이런 모든 일로 해서 우리는 너무 빨리 늙어버리는 거야. 이제 다시는 어린애들과 같은 기분을 맛볼 수 없겠지, 보리야. 처음으로 사람을 죽이는 순간 어린애다운 맛은 사라져버리거든. 내가 폭탄을 던지면 그 순간에 전 생애가 무너져버리는 거야. 그래, 이제 우리는 죽을 수 있어. 우리는 인생이 뭔지 알게 되었으니까.

아넨코프   그래서 우리는 싸우면서 죽는 거야. 인간이란 모두가 그런 거니까.

도라   너희는 너무나 앞질러 간 거야. 그래서 이미 인간들이 아닌 거야.

아넨코프   불행과 비참도 앞질러 갔어. 이 세계에 더 이상 인내와 성숙을 위한 자리는 없어. 그러니 러시아는 서둘러야 해.

도라   나도 알아. 우리는 세계의 불행을 독차지해서 떠맡았어. 그이도 그걸 떠맡은 거야. 놀라운 용기지! 그러나 나는 가끔 그 오만 때문에 벌을 받게 될 거라는 생각을 하곤 해.

아넨코프   그 오만을 우리는 생명으로 갚는 거야. 어느 누구도 그 이상은 할 수 없어. 우리가 가질 권리가 있는 오만이지.

도라   그 어느 누구도 그 이상은 할 수 없다고 장담할 수 있어? 스테판이 하는 말을 듣고 있으면 나는 가끔 무서워질 때가 있어. 어쩌면 훗날에 우리를 본떠서 사람을 죽이면서도 자신의 생명은 대가로 지불하지 않는 사람들이 생겨날지도 모르지.

아넨코프   그렇게 되면 그건 비겁한 짓이지, 도라.

도라   누가 알겠어? 어쩌면 그게 정의가 될지도 모르잖아. 그렇게 되면 어느 누구도 감히 정의를 정면으로 보지 못할 거야.

아넨코프    도라!

도라가 입을 다문다.

아넨코프    의혹에 사로잡힌 거야? 너답지 않아.
도라    추워. 나는 지금 그이를 생각하고 있어. 두려워하는 모습을 보일까봐 이를 꼭 깨물며 떨지 않으려고 애쓰고 있을 그이를 말이야.
아넨코프    그럼 너는 이제 우리와 같이 일하지 않을 거야?
도라    (아넨코프에게 몸을 던지며) 오, 그게 아냐, 보리야. 물론 같이 일하지! 끝까지 갈 거야. 나는 독재를 미워해, 달리 별 도리가 없다는 것도 알고 있어. 그러나, 이 길을 선택하는 것은 기쁜 마음으로 했지만 지금 그걸 계속하려니까 슬픈 마음을 어쩔 수가 없어. 달라진 것은 바로 그거야. 우리가 마치 죄수가 된 것만 같아.
아넨코프    러시아 전체가 감옥에 갇혀 있어. 우리가 그 높은 벽을 산산이 부숴버려야지.
도라    나에게 폭탄을 던지게만 해줘, 그러면 알게 될 거야. 나는 불길 속으로 용감하게 뛰어들어갈 거야. 그래도 내 발걸음은 흔들리지 않을 거야. 자기 모순을 사는 것보다는 차라리 그 모순 때문에 죽는 것이 훨씬 쉬운 일이야. 보리야,

너는 사람을 사랑해봤어? 단 한 번이라도 사랑했던 일이 있었어, 보리야?

**아넨코프**  사랑했었지. 그러나 너무나 오래 된 일이어서 이제는 기억도 잘 나지 않아.

**도라**  얼마나 됐는데?

**아넨코프**  4년.

**도라**  조직의 책임자로 일한 지 몇 년이나 됐지?

**아넨코프**  4년. (잠시 후) 이제 내가 사랑하는 것은 조직이야.

**도라**  (창 쪽으로 걸어가며) 사랑하는 것이야 좋지. 그러나 사랑을 받는 것은!…… 안 돼, 그저 앞으로 전진할 뿐이지. 발걸음을 멈추고 싶은 마음이야 간절하지만. 앞으로! 앞으로! 두 팔을 벌리고 마음가는 대로 껴안고 싶지만. 그러나 더러운 불의가 끈끈이처럼 몸에 달라붙는단 말이야. 그러니 앞으로! 우리는 타고난 능력보다도 더 위대해지도록 정해진 거야. 사람들, 사람의 얼굴들, 우리가 사랑하고 싶은 것은 바로 그런 거야. 정의보다는 차라리 사랑을 원하는 거야! 그런데 그게 아니라 앞으로 전진해야 해. 앞으로, 도라! 앞으로, 야네크! (그녀는 눈물을 흘린다) 그러나 그이에게는 최후가 다가오고 있어.

**아넨코프**  (도라를 가슴에 안으며) 그는 특사를 받게 될 거야.

**도라**  (아넨코프를 바라보며) 그럴 수는 없는 줄 잘 알잖아. 그이가 그렇게 되어서는 안 되잖아.

아넨코프는 고개를 돌린다.

도라  어쩌면 그이는 벌써 마당으로 나왔을 거야. 그이가 모습을 나타내는 순간 모든 사람들이 갑자기 조용해져. 제발 추워하지라도 않았으면 좋겠는데. 보리야, 교수형을 어떻게 하는지 알아?

아넨코프  밧줄 끝에다가……. 그만 해, 도라!

도라  (맹목적으로) 사형 집행인이 어깨 위로 덤벼들고, 목이 콱 부러지는 거지. 너무나 끔찍스럽지?

아넨코프  어떤 면에선 그렇지. 그러나 또 어떤 면에서는 그 편이 차라리 행복하지.

도라  행복하다고?

아넨코프  죽기 전에 사람의 손을 느껴본다는 것 말이야.

도라는 안락의자에 쓰러지듯 주저앉는다. 침묵.

아넨코프  도라, 일이 끝나면 여기를 떠나야 할 거야. 좀 쉬어야지.

도라  (어리둥절해하며) 떠나다니? 누구와?

아넨코프  나하고 같이, 도라.

도라  (아넨코프를 쳐다본다) 떠난다고! (창 쪽으로 몸을 돌리며) 먼동이 트고 있어. 야네크는 벌써 죽었을 거야, 틀림없어.

아넨코프  우리는 형제야.

도라  그래, 우리는 형제지. 동지들 모두가 내가 사랑하는 형제들이지. (비 오는 소리가 들린다. 먼동이 트고 있다. 도라가 나직한 소리로 말한다) 그렇지만 동지들 간의 사랑에서는 가끔 왜 이렇게도 독한 맛이 날까!

> 노크 소리가 들린다. 부아노프와 스테판이 들어온다.
> 모두들 꼼짝 않고 서 있다.
> 도라는 비틀거리다가 억지로 몸을 가눈다.

**스테판** (낮은 목소리로) 야네크는 배신하지 않았어.
**아넨코프** 오를로프가 현장에서 목격했나?
**스테판** 응.
**도라** (결연한 걸음으로 나서며) 이리 와 앉아서 말해줘.
**스테판** 말해서 무엇 해?
**도라** 전부 다 말해줘. 나는 알 권리가 있어. 자, 말해봐, 자세하게.
**스테판** 도저히 못 할 것 같아. 게다가 이제 떠날 시간이야.
**도라** 아냐, 말해야 돼. 그이는 언제 통고를 받았지?
**스테판** 밤 열 시에.
**도라** 언제 처형됐어?
**스테판** 새벽 두 시.
**도라** 그러면 그이는 네 시간 동안이나 기다렸나?
**스테판** 그래, 말 한마디 하지 않고. 그리고 그 다음 일들은 순식간에 끝났대. 자, 이게 전부야.

도라　말 한마디 하지 않고 네 시간 동안이나? 가만 있어봐. 어떤 옷을 입고 있었대? 모피 외투를 입고 있었나?

스테판　아니, 외투는 없이 검은 옷만 걸치고 있었대. 그리고 검정 펠트 모자를 쓰고.

도라　날씨는 어땠는데?

스테판　캄캄한 밤이었어. 내린 눈은 더럽혀져 있었고, 거기에다 비가 내려서 눈이 진흙투성이로 변해 있었대.

도라　그이는 떨고 있었어?

스테판　아니.

도라　오를로프는 그이와 눈을 마주쳤어?

스테판　아니.

도라　무엇을 보고 있었지, 그이는?

스테판　오를로프 말로는, 모든 사람들을 보고 있었지만 실은 아무것도 보고 있지 않았대.

도라　그리고, 또 다음에는?

스테판　그만 해, 도라.

도라　아냐, 난 알고 싶어. 그의 죽음만은 적어도 내 거야.

스테판　그들이 그에게 판결문을 읽어줬어.

도라　그러는 동안 그이는 무엇을 하고 있었지?

스테판　아무것도. 딱 한 번 다리를 움직였어. 구두에 묻은 진흙을 털어내려고!

도라　(머리를 두 손에 파묻으며) 구두에 묻은 진흙을!

아넨코프　(갑자기) 네가 그걸 어떻게 알고 있지?

스테판은 말이 없다.

아넨코프   오를로프에게 그런 것까지 물어봤어? 왜?

스테판   (고개를 돌리며) 야네크와 나 사이에는 뭔가 석연치 않은 게 있었어.

아넨코프   그게 뭔데?

스테판   나는 그가 부러웠어.

도라   그리고 스테판, 그 다음엔?

스테판   플로렌스키 신부가 그에게 다가가서 십자가를 내밀었어. 야네크는 거기다 입맞추는 것을 거절했어. 그리고 그는 잘라 말했어. "이미 말씀드렸듯이 나의 삶과는 결말을 지었으니 죽음을 맞는 데 아무런 하자가 없습니다."

도라   목소리는 어땠어?

스테판   평소와 다름없는 그 목소리였어. 익히 알고 있는 그 열기나 조급함이 덜했을 뿐 담담한 목소리였어.

도라   행복한 모습이었대?

아넨코프   돌았어?

도라   그래, 그랬을 거야, 행복한 모습이었을 거야. 틀림없어. 희생의 순간을 맞는 마음의 준비를 하려고 살아서의 행복을 거절했는데 죽음과 동시에 행복을 얻지 못했다면 그건 너무 부당한 일이지. 그이는 행복했을 거야. 그리고 태연하게 교수대로 걸어갔겠지, 안 그래?

스테판  그렇게 걸어갔어. 그 아래 강가에서 누군가가 아코디언을 켜며 노래를 부르고 있었어. 그때 개들이 짖어댔어.

도라  그리고 그이는 교수대로 올라갔겠지…….

스테판  그래, 올라갔어. 어둠 속으로 빠져들어갔어. 사형 집행인이 그의 몸에 씌운 포대가 희미하게 보였대.

도라  그리고, 그리고…….

스테판  둔탁한 소리가 났어.

도라  둔탁한 소리가. 야네크! 그리고 그 다음엔…….

          스테판은 입을 다물어버린다.

도라  (매우 격한 어조로) 그 다음엔 어떻게 되었느냐고 묻잖아. (스테판은 여전히 말이 없다) 말해줘, 알렉세이. 그 다음엔?

부아노프  끔찍한 소리가 났어.

도라  아! (그녀가 벽에 몸을 던진다)

          스테판은 고개를 돌린다.
         아넨코프는 아무 표정도 없이 울고 있다.
       도라는 벽에 몸을 기댄 채 몸을 돌려 동지들을 바라본다.

도라  (변한 목소리로, 마음의 갈피를 잡지 못한 채) 울지 마, 안 돼, 안 돼, 울지 말아! 우리의 행동이 정당화되는 날이잖아. 지금 이 순간, 우리 반항자들의 증언과도 같은 그 무엇인가가 솟아오르고 있어. 야네크는 이제 더 이상 한낱 살인자가 아냐. 끔찍한 소리가 났다고! 그 끔찍한 소리로 충분했어. 그 소리와 더불어 그이는 어린 시절의 기쁨으로 되돌아간 거야. 모두들 그이의 웃음을 기억하지? 그이는 곧잘 이유 없이 웃곤 했지. 얼마나 젊었었느냔 말이야! 그이는 분명 지금도 웃고 있을 거야. 웃고 있을 게 분명해. 얼굴을 흙 속에 파묻고서!

                                그녀는 아넨코프 쪽으로 다가간다.

도라    보리야, 우리는 형제라고 했지? 내게 도움이 되어주겠다고 그랬지?
아넨코프    그랬지.
도라    그렇다면 나를 위해서 꼭 해줘. 내게 폭탄을 줘.

                                아넨코프가 도라를 쳐다본다.

도라    다음 번에는 꼭. 내가 던지고 싶어. 내가 제일 먼저 던지고 싶어.
아넨코프    여자를 제일선에 세우지 않는다는 것을 알잖아.
도라    (고함치며) 내가 여자야, 지금?

                                모두들 그녀를 바라본다. 침묵.

부아노프   (부드러운 음성으로) 들어줘요, 보리야.

스테판   그래, 들어줘.

아넨코프   네 차례야, 스테판.

스테판   (도라를 바라보며) 들어줘. 지금의 도라는 꼭 나 같아.

도라   나에게 주는 거지, 그렇지? 내가 던지겠어. 그리고 그 다음엔 추운 어둠 속에서…….

아넨코프   그래, 도라.

도라   (울며) 야네크! 추운 어둠 속에서, 그리고 같은 밧줄에! 이제 모든 것이 더 쉬워질 거야.

― 막 ―

계엄령

장 루이 바로에게

《계엄령 *L' État de siège*》은 1948년 10월 27일 '마들렌 르노 - 장 루이 바로 극단'에 의해 마리니 극장(극장장 시몬 볼테라)에서 처음으로 공연되었다.

음악 : 아르튀르 오네게르
무대장치 및 의상 : 발튀스
연출 : 장 루이 바로


배역

| | |
|---|---|
| 페스트 | 피에르 베르탱 |
| 여비서 | 마들렌 르노 |
| 나다 | 피에르 브라쇠르 |
| 빅토리아 | 마리아 카자레스 |
| 판사 | 알베르 므디나 |
| 판사 부인 | 마리 엘렌 다스테 |
| 디에고 | 장 루이 바로 |
| 총독 | 샤를 마이외 |

| | |
|---|---|
| 시장 | 레지스 우탱 |
| 마을 여자들 | 엘레오노르 이르트 |
| | 시몬 발레르 |
| | 지네트 드자이 |
| | 크리스티안 클루제 |
| | 자닌 방사르 |
| 마을 남자들 | 장 드자이 |
| | 자크 베르티에 |
| | 보샹 |
| | 가브리엘 카탕 |
| | 장 피에르 그랑발 |
| | 베르나르 데랑 |
| | 장 주이아르 |
| 민병대원 | 롤랑 말콤 |
| | 윌리엄 사바티에 |
| | 피에르 소니에 |
| | 자크 갈랑 |
| 시체 운반인 | 마르셀 마르소 |

## 일러두는 말

　1941년, 장 루이 바로는 페스트라는 신화와 관련된 공연물을 무대에 올려보겠다는 생각을 하게 되었다. 앙토냉 아르토 역시 이런 것을 시도한 바 있었다. 그 후 여러 해가 지나자 그의 생각으로는 차라리 다니엘 디포의 명작 《페스트 시절의 기록》을 각색하는 편이 더 간단할 것 같아 보였다. 그래서 그는 연출을 위한 초안을 만들었다.
　그런데 나 역시 같은 주제의 소설을 발표하려 한다는 말을 듣게 된 그는 자신의 초안을 토대로 다이얼로그를 써줄 수 있겠느냐고 제안해왔다. 나에게는 다른 생각이 있었다. 특히 나는 다니엘 디포 쪽은 없던 것으로 하고 바로가 처음 구상했던 주제로 되돌아오는 것이 더 좋겠다고 생각했다.
　요컨대 1948년의 모든 관객들이 이해할 수 있는 어떤 신화를 상상해보자는 것이었다. 《계엄령》은 이와 같은 시도의 구현인데 나는 이것이 사람들의 관심을 끌 만한 가치가 있다고 본다.

그러나

1) 누가 뭐라고 하든, 《계엄령》은 결코 내 소설을 각색한 것이 아니라는 점을 분명히 해둘 필요가 있다.

2) 이것은 전통적인 구조의 연극이 아니라 하나의 스펙터클(공연물)이다. 또 그 명백한 의도는 서정적인 독백에서 군중극에 이르기까지 무언극, 단순한 대화, 소극(笑劇), 코러스 등을 포함하는 모든 연극적 표현 양식들을 혼합해보자는 데 있다.

3) 내가 모든 텍스트를 쓴 것은 사실이지만 그래도 장 루이 바로의 이름이 내 이름과 같은 자격으로 함께 명시되어야 옳을 것이다. 그러나 실제로는 그렇게 되지 못했는데 거기에는 존중해야 할 몇 가지 이유가 있었다. 그러나 나로서는 장 루이 바로에게 큰 힘을 입었음을 분명히 말해두고 싶다.

1948년 11월 20일

알베르 카뮈

제1부

### 프롤로그

경보 사이렌을 연상케 하는 요란한 주제의 서곡.
막이 오른다. 무대는 완전한 암흑의 상태.
서곡이 끝나도 경보의 주제는
멀리서 들리는 울림처럼 남아 있다.
문득, 무대 안쪽 우측에서 혜성 하나가 나타나
천천히 무대 좌측으로 이동한다.
요새화된 스페인 마을의 성벽들과 관객들에게 등을
돌리고 있는 여러 인물들의 실루엣이
혜성의 빛을 받아 드러난다. 인물들은 꼼짝도 않고
서서 목을 길게 내뻗어 혜성을 쳐다보고 있다.
네 시를 치는 소리가 들린다.
사람들이 웅얼대며 주고받는 소리는
무슨 말인지 거의 알아들을 수 없다.

── 세상의 종말이다!
── 그럴 리 없지!
── 이 세상이 멸망한다면……
── 그럴 리 없어! 세상은 망해도 스페인은 망하지 않아!
── 스페인까지도 망할걸.

―― 무릎을 꿇어!
―― 불길한 혜성이다.
―― 스페인은 망하지 않아, 스페인은 안 망해!

두세 사람이 고개를 돌린다. 한두 사람이 조심스럽게 이동한다. 그리고 모든 것이 다시 정지 상태로 되돌아간다. 그러자 웅얼대는 소리가 더욱 뚜렷해지면서 날카로운 소리로 변하고, 무슨 위협적이고 알아들을 수 있을 듯한 말소리처럼 음악적으로 발전한다. 그와 동시에 혜성이 엄청나게 커진다. 갑자기 끔찍스러운 여자의 비명소리가 터져나오면서 음악이 뚝 그치고 혜성은 다시 보통 크기로 줄어든다. 여자가 헐떡거리며 도망친다. 광장이 소란스러워진다. 주고받는 말소리가 한층 또렷해져서 전보다는 좀더 잘 들리지만 여전히 말뜻을 알아들을 수 없다.

―― 이건 전쟁이 터질 징조다!
―― 틀림없어!
―― 징조는 무슨 징조.
―― 보기 나름이지.
―― 그만 해둬. 더위 때문이야.
―― 카디스의 더위니까.
―― 그쯤 해둬.
―― 소리가 너무 요란해.

─── 귀청이 찢어지겠어.
─── 이 마을에 저주가 내리는 거야!
─── 아, 카디스! 너한테 저주가 내린다!
─── 쉿! 조용히!

사람들이 다시 혜성을 빤히 쳐다본다.
그러자 이번에는 뚜렷하게 민병대 장교의 목소리가 들려온다.

민병대 장교  자, 모두들 돌아가시오! 볼 것은 다 보았을 테니 이제 그만 됐어요. 아무것도 아닌데 공연히 소란만 피운 거요. 떠들썩하기만 했지 결국 아무 일도 없었잖아요. 결국 카디스는 언제나 변함없이 카디스인걸요.
목소리  그렇지만 이건 무슨 징조라고요. 징조란 공연히 나타나는 게 아녜요.
목소리  아, 위대하고 무서운 신이여!
목소리  곧 전쟁이 터지는 거다, 이게 바로 그 징조야!
목소리  지금 세상에 징조 같은 것을 믿는 놈이 어디 있어. 꼴도 보기 싫다! 다행히 우리는 머리가 깬 사람들이라서 그런 것은 안 믿어.
목소리  그래, 바로 그러다가 큰코 다치는 거야. 돼지 같은 바보가 인간이니까. 돼지란 목을 따서 피를 내라고 생긴 거 아닌가!
장교  모두들 돌아가시오! 전쟁은 우리가 하는 일이니 당신들이 참견할 게 아니오.
나다[1]  아이고! 그랬으면 얼마나 좋겠어! 천만의 말씀, 장교 나리들은 따뜻한 침대 속에 누워서 죽고 전쟁은 바로 우리 차지가 되는 거야!
목소리  나다다, 나다가 왔다, 그 바보 녀석이!
목소리  나다, 너 같으면 알겠지, 이건 도대체 무슨 징조지?
나다  (그는 불구자다) 내 말 같은 건 듣고 싶지 않을 텐데. 그냥 웃어 넘기잖아. 저기 학생에게 물어보게나, 곧 박사가 될 양반이니까. 나는 그저 이 술병한테나 수작을 붙일 테니.

　　　　　　　　　　　　나다가 술병을 입에 갖다 댄다.


목소리  디에고, 도대체 이건 무슨 영문인가?
디에고  아무러면 어떤가? 그저 마음만 단단히 먹고 있으면 되는 거야.
목소리  민병대 장교님께 물어보지 그래?
장교  민병대가 볼 때 당신들은 공공 질서를 문란케 하고 있는 겁니다.
나다  민병대는 팔자도 좋군. 생각이 저렇게 단순하니.
디에고  저것 보세요. 또 시작이에요.
목소리  아, 위대하고 무서운 신이여.
　　　　　　　　　　다시 그 웅얼대는 소리가 들려온다.
　　　　　　　　　　두 번째 혜성이 지나간다.

─ 그만, 그만!
─ 이제 됐으니 그만!
─ 카디스!
─ 카디스가 소리를 낸다!
─ 저건 저주의 소리…….
─ 이 도시를 향해서…….
─ 쉿, 조용히!

다섯 시를 치는 소리가 들린다.
혜성이 사라지고 있다. 날이 밝아온다.

나다 (경계 표석 위에 올라앉아서 비웃는 투로 말한다) 자, 여러분! 이제부터 이 나다는, 배움과 학식 면에서 이 마을의 빛이요, 세상 만사를 우습게 알고 명예 따위를 헌신짝같이 여긴다는 점에서 취한 주정뱅이요, 경멸의 자유를 고집하는 탓으로 세상의 웃음거리인 이 나다는, 이제 불꽃놀이를 끝내고 그대들에게 무료로 경고해주고자 한다. 내 그대들에게 때가 왔음을 알리노라. 점점 더 그때가 가까워지고 있도다.

하기야, 이미 오래 전부터 때가 되어 있었다. 그러나 한 주정뱅이가 말해주고 나서야 비로소 그것을 알아차리게 된 것이다. 그렇다면 우리는 지금 어떤 지경에 놓여 있는 것인가? 그것을 알아맞히는 것은 정신이 말짱한 그대들의 몫이다. 나의 생각은 이미 오래 전에 정해져 있었고, 삶은 마땅히 죽음에 이르는 것이니 인간이란 화형 때 지피는 장작이라는 내 믿음의 원칙은 확고하다. 내 분명히 말해두거니와 그대들은 머지않아 큰 화를 당할 것이다. 저 혜성은 좋지 못한 징조다, 그대들에게 보내는 경고란 말이다!

믿어지지 않는다고? 그렇게들 나올 줄 알았지. 하루 삼시 세 끼의 밥을 먹고, 여덟 시간 노동하고, 처첩 둘을 거느렸으니 만사형통이라 믿겠지. 천만의 말씀, 만사형통이 아니라 그대들은 지금 줄을 서고 있는 거다. 태연한 얼굴로 줄을 맞추고 서 있으니 그대들은 이제 재난을 맞을 준비가 된 것이다. 자, 그러면 여러분, 이것으로 경고를 끝냈으니 나는 이제 양심에 거리낄 것이 없다. 나머지 일은 걱정할 필요 없다, 저 위에서 다 알아서 해줄 테니까. 그러면 어찌 되는지 그대들도 잘 알겠지. 결코 만만한 상대가 아니다.

**판사 카사도** 못된 소리 그만 하지, 나다. 하느님께 함부로 굴어 댄 것이 벌써 언제부터냐.

**나다** 내가 언제 하느님이라는 말을 입 밖에 냈었나, 판사님? 하느님이 하시는 일이라면 나는 어차피 찬성인걸. 나 역시 나름대로 판사 노릇을 하고 있다고. 책에서 읽었지만, 신의 제물이 되기보다는 차라리 신과 한패가 되는 쪽이 낫다더라. 그리고 도무지 이건 하느님과 관계된 문제가 아닌 것 같은데. 인간들이 저희끼리 나서서 유리창과 머리통을 깨부수기 시작하면 알다시피 사정이 사정인지라 하느님은 그저 옆에서 굿이나 보는 거야.

**판사 카사도** 너같이 하느님을 믿지 않는 망나니들이 하늘의 경고를 자초하는 거야. 이건 하늘의 경고임에 틀림이 없으니까 말이다. 그러나 경고는 마음이 타락한 모든 사람들 머리 위에나 떨어지는 법이다. 더 무서운 결과가 뒤따르지 않도록 모두가 두려워하며 지은 죄를 용서해달라고 하느님께 비는 것이 좋겠다. 자, 모두들 무릎을 꿇어! 꿇고 빌라니까!

나다를 제외하고 모두들 무릎을 꿇는다.

**판사 카사도** 두려워하라, 나다, 두려운 줄 알고 꿇어라.

**나다** 무릎이 꾸부러지지 않아서 그럴 수가 없네. 두려워하라지만, 나는 이미 모든 것을 각오하고 있어. 아니, 그보다 더한 것도 각오했지. 자네의 그 알량한 훈계 말씀 말이야.

**판사 카사도** 몹쓸 놈! 그렇다면 너는 아무것도 믿지 않는다는 건가?

**나다** 이 세상엔 믿을 게 아무것도 없어, 술만 빼고. 또 하늘나라에도 믿을 게 없기는 마찬가지고.

**판사 카사도** 하느님, 이자를 용서하여주옵소서, 무얼 지껄이고 있는지 제 자신도 모르는 놈입니다. 그리고 제발 이 도시를, 당신의 아들 딸들을 재난에서 지켜주시옵소서.

나다  이리하여 미사는 드디어 끝났도다. 야, 디에고, 술 한 병 사다오. '혜성' 상표가 붙은 것으로다. 그리고 참, 요즘 자네 연애 행각은 어찌 돼가고 있는지 좀 말해보지그래.

디에고  나다, 나는 판사님의 딸과 결혼하기로 되어 있어. 그러니 앞으로는 그녀의 아버지 되는 분을 모욕하지 말라고. 그건 곧 나를 모욕하는 거나 마찬가지니까.

          나팔 소리. 민병대 위병들에 둘러싸여 전령이 등장한다.

전령  총독부 명령. 각자는 즉시 물러가서 맡은 바 임무에 복귀할 것. 좋은 정부란 무릇 그 통치하에 아무 일도 일어나지 않는 정부를 말한다. 그런데 종전과 다름없이 앞으로도 좋은 정부가 되도록 그 통치하에 아무 일도 일어나지 않아야 한다는 것이 바로 총독의 뜻이다. 그러므로 친애하는 카디스의 주민 여러분에게 분명히 밝히거니와 오늘은 아무 일도 일어나지 않았으므로 놀라거나 걱정할 필요가 조금도 없다. 그런 까닭에 각자는 새벽 여섯 시 이후 혜성이 이 도시의 하늘에 출현했다는 소문은 완전히 그릇된 오보로 간주할 의무가 있다. 이 결정을 위반하는 자, 과거 또는 미래의 단순한 천체 현상으로서 언급하는 것을 제외하고, 혜성에 관한 유언비어를 퍼뜨리는 자는 예외 없이 의법 처단하게 될 것임.

나팔 소리. 전령이 퇴장한다.

나다 자! 디에고, 어떻게 생각하나? 절묘하게 생각해낸 아이디어 아닌가!

디에고 어리석은 소리야! 거짓말하는 것은 언제나 어리석은 짓이야.

나다 아니지. 그게 바로 정치라는 거지. 나는 찬성이야. 정치의 목표는 모든 것을 다 지워버리는 데 있으니까. 아! 정말 훌륭하신 총독 각하시지! 재정이 적자면 적자를 지워 없애버리고, 마누라가 바람이 나면 그 사실을 부정해버리는 거야. 오쟁이를 져도 자기 마누라가 정숙하다고 하고, 중풍에 걸려도 걸을 수 있다고 하는 거야. 눈먼 자들이여, 보라, 진리의 시간이 왔도다!

디에고 그런 불길한 소리 말아, 마귀 같으니라고! 신리의 시간이란 바로 죽음의 시간이야.

나다 바로 그거야. 이 세상을 아주 끝장내야 해! 작은 두 눈은 증오에 불타고, 빨간 콧등에는 더러운 침이 질질 흐르는 채로 네 다리를 부르르 떠는 투우처럼 정말 이 세상이 송두리째 내 앞에 놓여 있다면! 아, 얼마나 뿌듯한 순간이 될 것인가! 비록 늙은 팔이지만 주저하지 않고 단칼에 정수리를 내려치는 거야. 그러면 놈의 육중한 덩치가 그야말로 시간이 다할 때까지 무한한 공간으로 끝없이 추락하겠지!

디에고   나다, 너는 모든 것을 지나치게 경멸하는 버릇이 있어. 그 경멸을 좀 아껴두지그래. 필요할 때가 있을 테니까.

나다   나는 필요한 게 아무것도 없어. 죽는 날까지 경멸뿐이야. 이 세상의 그 무엇도, 왕도, 혜성도, 도덕도 결코 나를 누를 수 없어!

디에고   그만 진정해! 너무 높이 올라가지 않는 게 좋아. 그럴수록 남들이 덜 좋아할 텐데.

나다   나는 만물의 머리 위에 있단 말이야, 이제 나는 아무것도 바라는 게 없어.

디에고   그 누구도 명예를 무시하지는 못하지.

나다   이 사람아, 그 명예라는 것이 뭐지?

디에고   사람을 똑바로 서게 하는 것이지.

나다   명예란 과거나 미래의 천체 현상에 불과해. 없애버리자고.

디에고   좋아, 나다. 그러면 나는 이제 가봐야겠네. 그녀가 기다리고 있어. 그래서 나는 자네가 예언하는 재난 같은 것을 믿지 않는 거야. 나는 행복해지는 일에 정신을 쏟아야겠어. 그건 정말 오래 걸리는 작업이지. 도시와 농촌이 골고루 평화로워야 되는 일이거든.

나다   이 햇병아리야, 내 이미 말하지 않았나, 우리는 이제 오도 가도 못하게 되었단 말이야. 아무런 희망도 안 갖는 게 좋을 걸세. 연극이 곧 시작될 거야. 세계가 드디어 끝장나는 것을 기념해서 장터 거리로 달려가 한잔 했으면 좋겠는데, 과연 그럴 짬이 있을지 모르겠군.

모든 조명이 꺼진다.

## 프롤로그의 끝

조명이 들어온다. 전반적인 활기.
사람들의 동작이 더 활발해지고 움직임의 속도가
한층 더 빨라진다. 음악. 무대 전면이 트이면서 상인들이
점포의 덧문을 연다. 장터 거리의 광장이 나타난다.
어부들이 인도하는 민중의 코러스가
차츰 기쁜 노랫소리로 광장을 가득 채운다.

코러스  아무 일도 없다. 앞으로도 없을 것이다. 자, 싱싱한 것이 왔습니다, 싱싱한 것을 드세요! 재난이 아니라 풍요로운 여름이다! (환희의 외침) 봄이 지니가자 어느새 재빨리 하늘로 내달은 여름의 황금빛 오렌지가 계절의 절정을 향해 솟구쳐오르더니 익을 대로 익어 터지면서 스페인의 머리 위에 흐드러지게 꿀 같은 즙을 쏟는다. 그 동안 끈끈한 단물이 든 포도 알맹이, 버터색 멜론, 붉은 피 가득한 무화과, 불타는 듯한 살구, 세상의 모든 여름의 모든 과일들이 한꺼번에 우리들 시장의 진열대로 쏟아져 들어온다. (환희의 외침) 오, 과일들이여! 먼 시골에서 시작한 그 길고 분주한 질주가 여기 버들가지 광주리 속에서 끝나는구나. 처음 시골에서 과일들은 더위에 푸른 물이 든 목장 위, 햇빛

에 젖은 무수한 샘물들이 시원스레 솟아나는 가운데 물기와 난맛으로 묵직해지기 시작했고, 솟아오르는 샘물들이 차츰 한 줄기 젊은 물로 합쳐지면서 뿌리와 줄기들에 빨아들여져 과일들의 심장 속으로 인도되더니 마침내 그 심장에서 젊은 물은 다할 줄 모르는 꿀의 샘처럼 천천히 흘러 과일들을 살찌게 하며, 더욱더욱 무겁게 만드네.

무겁게, 더욱더욱 무겁게! 드디어 무거움을 견디지 못해 과일들은 하늘의 깊은 물 속으로 흐르고, 우거진 풀들 사이로 굴러가기 시작하고, 강물에 실려 떠나고, 모든 길을 따라 굽이돌고, 세상의 방방곡곡에서 기쁨에 넘치는 백성들의 아우성 소리와 여름의 나팔 소리의 환호를 받으며 (짧은 나팔 소리) 무리 지어 인간들의 도시로 들어오면서 대지는 정답고 자양을 대어주는 하늘은 변함 없는 풍요의 약속을 지켜준다고 증언하네. (일제히 환희의 외침) 그렇다, 아무 일도 없다. 보라, 지금은 여름. 하늘에 바치는 헌납이 있을 뿐 재난은 없다. 겨울은 멋 훗날의 일, 굳어버린 빵을 먹는 것도 나중의 일! 지금은 도미, 정어리, 바닷가재, 잔잔한 바다에서 잡아온 싱싱한 생선, 치즈, 로즈메리로 양념한 치즈의 계절! 빨래처럼 거품이 이는 산양의 젖, 그리고 대리석의 식탁 위에는 흰 종이 장식 아래 아직도 피가 흐르는 고깃덩어리, 거여목의 향기를 뿜는 고깃덩어리가 인간에게 피와 즙과 일광을 동시에 맛보이려고 한다. 자, 맛을 보세요, 맛을 보세요! 잔을 높이 들어 계절의 맛을 보세요. 자, 모든 것을 잊을 때까지 취하도록 마십시다. 앞으로도 아무 일 없을 테니까!

환호하는 소리. 기쁨의 외침. 나팔 소리. 음악 소리.
시장의 구석구석에서 여러 가지 광경이 벌어진다.

거지 1   적선하세요, 나리. 할머니, 적선하세요!
거지 2   안 주시는 것보다 빨리 주시는 게 좋습니다.
거지 3   귀가 있으면 우리의 말을 들으셨을 텐데요?
거지 1   아무 일도 없었다는 거지, 그렇고말고.
거지 2   그러나 무슨 일이 일어날지도 모르지.

그는 행인의 손목시계를 훔친다.

거지 3   그래도 역시 적선은 하셔야죠. 조심은 하면 할수록 좋은 겁니다.

생선 시장에서.

어부   카네이션같이 싱싱한 도미가 있습니다! 바다의 꽃 같은 생선인데 무엇이 불만이십니까!
노파   도미는커녕 내 눈에는 마치 상어 같구먼!
어부   뭐, 상어라고! 미친 노파 같으니라고. 당신이 나타나기까지 이 가게에 상어 같은 것은 들여놓은 적이 없는데.
노파   예끼, 이 망할 놈 같으니라고! 내 이 흰 머리를 보고 말해!
어부   꺼져버려, 늙은 혜성 같은 할망구야!

      모두들 멍하니 손가락을 입에 댄 채 움직이지 않는다.
      빅토리아의 방 창가. 창살을 사이에 두고
      저쪽에 빅토리아, 이쪽에 디에고가 있다.


디에고   정말 오랜만인데!
빅토리아   미쳤어, 아침 열한 시에 헤어지고서!
디에고   응, 그렇지만 그때는 네 아버지가 있었잖아.
빅토리아   아버지는 좋다고 하셨어. 절대로 안 된다고 하실 줄 알았는데.
디에고   아버지께 곧장 가서 정면으로 승부하기를 잘했지.
빅토리아   그래, 맞아. 아버지가 깊이 생각하시는 동안, 나는 눈을 꼭 감고서 내 속에 저 멀리서 달음박질해 오는 소리에 귀를 기울이고 있었어. 그 소리가 점점 더 빨리, 더 떠들썩하게 가까워오면서 나중에는 내 몸 전체가 부들부들 떨렸어. 이윽고 아버지가 승낙하셨어. 그래서 나는 눈을 떴지. 세상의 첫 아침 같았어. 우리가 있던 방 한구석에 사랑의 검은 말들이 있었어. 아직도 온몸을 떨고 있었지만 그때부터는 조용해졌어. 그 말들은 우리를 기다리고 있었던 거야.

디에고 나도 귀로 듣고 눈으로 보고 있었어. 그런데도 귀에 들리는 것은 내 피가 달콤하게 솟구쳐오르는 소리뿐이었어. 기쁨이 문득 차분하게 가라앉았어. 오, 빛의 도시여, 마침내 너를 일생 동안 나에게 맡겨주었구나, 대지가 우리 두 사람을 불러들일 때까지. 내일이면 우리는 함께 떠나는 거야, 같은 말 안장 위에 타고서.

빅토리아 그래, 우리만의 언어로 이야기해줘. 남들이 미쳤다고 해도 상관없어. 내일이 되면 당신이 이 내 입술에 키스해주겠지. 당신의 입술을 보고 있으면 내 뺨이 뜨겁게 불타올라. 이건 남쪽에서 불어오는 바람 탓일까?

디에고 그래, 남풍 탓이야. 그래서 내 몸도 뜨겁게 타올라. 이 불길을 식혀줄 샘물이 어디 있지?

        디에고가 가까이 다가간다. 빅토리아는 창살 너머로 팔을 뻗쳐 그의 어깨를 껴안는다.

빅토리아 아! 아프도록 당신을 사랑해! 더 가까이 와.
디에고 너는 어쩌면 그렇게 아름답지!
빅토리아 당신은 어쩌면 그렇게 힘차지!
디에고 도대체 무엇으로 씻기에 얼굴이 편도알처럼 하얗지?
빅토리아 맑은 물로 씻지. 그러면 사랑이 더 곱게 만들어줘.
디에고 네 머리칼은 캄캄한 밤처럼 신선하구나!
빅토리아 밤이면 밤마다 창가에서 당신을 기다리니까.

디에고  네 몸에 레몬 향기가 감도는 것은 맑은 물과 밤 때문일까?

빅토리아  아냐, 당신이 보내는 사랑의 바람이 단 하루 만에 나를 꽃으로 덮어줘서 그런 거야.

디에고  꽃들은 시들어 떨어져!

빅토리아  그러면 다음에는 열매들이 기다리고 있지!

디에고  겨울이 올 텐데!

빅토리아  그러나 당신과 같이 있는걸. 당신이 처음 나에게 불러준 노래 아직도 기억하고 있어? 그건 언제나 변함없는 거지?

디에고  나 죽은 지 백 년이 지나면
　　　　대지는 내게 묻겠지
　　　　내가 마침내 너를 잊었느냐고
　　　　그러면 나는 대답하리
　　　　아니 아직은 잊지 않았노라고!

　　　　　　　　　　　　　　　　빅토리아는 말이 없다.

디에고  왜 말이 없지?

빅토리아  너무나 행복해서 목이 막혀서.
　　　　　　　　　　　　　점성술사의 천막 속.

**점성술사** (어떤 여자에게) 그래서 말이지, 네가 태어날 때 태양이 천칭궁을 가로지르니 그것은 곧 네가 금성에 속한다고 봐도 무방하다는 뜻이야. 너를 지배하고 있는 별은 금우궁이지만 다 알고 있다시피 그 역시 금성의 지배하에 있다 그 말씀이야. 그래서 너의 천성은 감동 잘하고 정에 약하며 상냥한 것이야. 기분좋아할 만해. 다만 금우궁은 대개 독신으로 지낼 운이고, 지금 말한 그 귀중한 장점들이 써보지도 못한 채 무용지물이 될 염려가 있어. 거기에다가 금성과 토성의 결합운이 보이는데 이건 결혼과 자식 복을 위해선 안 좋은 거야. 또 이 결합 때문에 이상하고 괴팍스러운 취미를 가지게 되고 배 아픈 병에 걸릴 염려가 있어. 그렇지만 그런 것에 너무 마음 쓰지 말고 태양을 찾으려고 애써야 해. 태양은 마음과 도덕심을 튼튼하게 해주고 설사에는 둘도 없는 특효약이니까. 친구를 고를 때는 금우궁 가운데서 골라야 하는 거야, 알겠어? 아무튼 네 운수는 좋은 쪽으로 가고 있어서 평탄하고 순조로운 괘이니 덕분에 늘 즐겁게 지낼 수 있다는 걸 명심해. 자, 그럼 6프랑만 받지.

점성술사가 돈을 받는다.

**여자** 고마워요. 지금 말씀하신 것 전부 틀림없는 거죠?
**점성술사** 물론, 틀림없고말고! 하지만 똑똑히 알아둬! 오늘 아침, 아무 일도 없었다 하는 것 말이야. 그렇지만 아무 일도 없었다는 것, 그것이 내 점을 어지럽게 할 수가 있단 말씀이야. 나로서는 일어나지 않았다는 것에 대해서는 책임을 질 수가 없어.

여자가 퇴장한다.

점성술사   자, 점을 보세요! 과거, 현재, 미래, 모두가 항성이 점지하는 데 따라 보증됩니다! 분명히 말하지만, 항성이 보증하는 거요! (혼잣말로) 혜성들이 끼여들면 이 장사는 못 해먹어. 그러면 도리 없이 총독이나 되어야지.
집시들   (다 같이)
    행운을 빌어주는 친구⋯⋯
    오렌지 향기 나는 갈색 머리 아가씨⋯⋯
    마드리드까지 머나먼 여행⋯⋯
    아메리카가 물려준 유산을⋯⋯.
남자 집시   (혼자서) 금발 머리 친구가 죽고 난 다음 너는 갈색 편지를 받을 텐데.

무대 안쪽 가설 무대 위에서 울리는 북소리.

배우들   자, 자, 여러분, 아름다운 눈들을 크게 떠주세요, 우아하신 부인네들, 저쪽에 계신 나리들, 잠시 귀를 기울여주세요! 여기 있는 배우들은 스페인 왕국에서 가장 훌륭하고 가장 유명한 분들로 제가 궁정에서 간신히 뽑아내어 이 시장 거리로 모셔왔습니다. 그럼 여러분들을 즐겁게 해드리기 위하여 이제부터 저 불멸의 작가 페드로 데 라리바의 성스러운 일막극 《유령들》[2]을 보여드리도록 하겠습니다. 여러분이 깜짝 놀라 자빠질 이 연극은 천재의 날개를 타고 단번에 세계적 걸작의 최고 정점에 올라선 작품입니다. 그 멋들어진 줄거리를 우리 국왕 폐하께서 어찌나 좋아하셨는지 하루에 두 번씩이나 상연토록 하신 바 있고 지금 이 순간에도 한 번 더 보시겠다는 것을, 제가 이 비할 바 없는 극단에 각별한 관심을 보임과 동시에 이 장터 거리에도 한시 바삐 그들을 소개하여 스페인 전국에서 가장 개명한 카디스의 관중들을 교화하는 데 이바지해야 한다는 점을 역설한 나머지 빼내올 수 있었던 것입니다.
자, 그러면 가까이들 오십시오, 이제 곧 막이 올라갑니다!

실제로 연극이 시작되지만 시장의 소란스러운 소리들 때문에 연기자의 목소리가 들리지 않는다.

── 자, 싱싱한 것이 왔어요, 싱싱한 것이 왔어요!
── 여자 바닷가재요, 바닷가재! 반은 여자고, 반은 생선이오!
── 기름에 튀긴 정어리요, 기름에 튀긴 정어리!
── 자, 여기는 탈옥의 명수, 이 세상 어느 감옥도 누워서 떡 먹기!

── 예쁜이 아가씨, 이 토마토를 보세요. 아가씨의 심장처럼 매끄러워요!
── 혼수요, 예복과 레이스요!
── 이를 빼려거든 이 페드로한테 맡겨주세요. 아프지도 않고 허풍도 아니오.

나다 (술집에서 취해 나온다) 닥치는 대로 밟아버려. 토마토도 심장도 죽이 되도록 으깨버려! 탈옥의 멍수는 감옥에 처넣고 페드로의 이빨은 부러뜨려버려! 이런 것도 예측 못한 점쟁이는 사형에 처해버려! 바닷가재는 먹어 없애고 나머지도 몽땅 쓸어 없애버려! 마실 것만 남겨두고 몽땅 없애버려!

> 옷을 잘 입은 외국 상인 한 사람이
> 처녀들로 들끓고 있는 시장 안으로 들어온다.

상인 자, 구경들 하세요. 혜성 무늬가 찍힌 리본을 사세요!
일동 쉿! 쉿!
> 그들은 상인에게 가까이 다가가서 그가 지금 하고 있는 짓이
> 미친 짓이라는 것을 소곤소곤 귀띔해준다.

상인 자, 구경들 하세요. 항성 무늬가 찍힌 리본을 사세요!

모두들 리본을 산다.
환성이 터져나온다. 음악. 총독이 부하들을 거느리고
시장에 들어온다. 모두들 자리를 잡는다.


총독   여러분, 모두들 안녕하셨습니까. 평소와 다름없이 이곳에 모여서 각자의 생업에 열중하고 있는 여러분을 대하니 정말 흐뭇합니다. 그렇게 함으로써 카디스의 번영과 평화가 이룩되는 것이니까요. 그렇습니다. 분명 아무것도 변한 것이 없습니다. 응당 그래야 될 일이지요. 나는 변화를 좋아하지 않아요. 나는 습관을 좋아하는 사람입니다.

민중의 한 사람   여부가 있겠습니까, 총독 나리. 정말이지 변한 것은 아무것도 없습죠. 우리 가난뱅이들은 분명히 그렇게 말할 수 있습죠. 월말까지 겨우 빠듯하게 견딥지요. 양파나 올리브나 빵 정도로 간신히 연명하는 형편이고, 닭찜 요리 같은 거야 우리 아닌 딴사람들이나 일요일마다 먹는 거죠. 세상은 그런 거려니 하고 단념하니까 마음이 편해지기도 합니다. 오늘 아침에는 도시 안에서, 그리고 도시의 머리 위에서 무언지 떠들썩했습죠. 솔직히 말해서 좀 무서웠다고요. 뭐가 바뀌는 것이 아닌가 하고 말입니다. 혹시나 우리 같은 가난뱅이들이 갑자기 억지로 초콜릿이라도 먹게 되는 게 아닌가 하는, 그런 걱정까지도 했습죠. 그러나 말입니다, 총독 나리, 나리께서 애쓴 보람이 있어 아무 일도 없었죠. 우리가 잘못 들었다는 것을 알았죠. 그 순간 우리도 나리와 같이, 정말 안도의 한숨을 쉬었는뎁쇼.

총독　총독으로서도 매우 기쁩니다. 도대체 새로운 것이란 쓸 만한 게 하나도 없단 말이지요.

막료들　각하께서 정말 지당한 말씀을 하셨습니다! 새로운 것이란 쓸 만한 게 하나도 없고말고요. 지혜와 경험으로 각하를 보필하는 막료로서 저희 역시 이 선량한 빈민들이 빈정대는 표정을 보인 것은 결코 아니라고 믿고 싶습니다. 빈정댄다는 건 파괴적인 미덕이니까요. 훌륭한 총독은 그런 것보다는 오히려 건설적인 악덕을 더 좋아하는 법입니다.

총독　지금 당장은 아무것도 움직이면 안 돼! 나는 아무것도 움직이지 않는 부동의 왕이니까!

술집의 취객들　(나다를 둘러싸고) 암, 암, 그렇고말고! 안 되지 안 돼, 안 되고말고. 제발 아무것도 움직이지 않게 해주시오, 총독 각하! 우리 주위에서는 모든 게 빙빙 돌고만 있으니 이건 정말 괴로워 죽을 지경이야! 우린 옴짝달싹하지 않는 걸 원해! 움직이는 건 모두 멈추어야 해! 모두 다 없애 버려, 술과 광란만 빼고.

코러스　변한 것은 아무것도 없다! 아무 일도 일어나지 않고 있고, 일어난 적도 없다! 계절과 계절은 그 축을 따라 돌고 있고 그윽한 하늘에는 얌전한 별들이 운행하고 있나니, 그 차분한 기하학은 궤도를 벗어나 미쳐 날뛰는 저 별들을 단죄하네. 불붙은 듯한 머리칼로 하늘의 목장에 불을 지르고, 요란한 경보음으로 유성들의 감미로운 음악에 훼방을 놓고, 질주하며 일으키는 바람으로 영원한 인력의 법칙을 파괴하고, 성좌들의 광채를 교란하고, 하늘의 교차로마다에서 별들의 불길한 충돌을 예비하는 저 발광한 별들을. 사실은 모든 것이 변함없이 질서정연하고 세계는 균형을 유지하고 있다네! 지금은 일년의 정오, 요지부동의 드높은 계절! 행복하도다! 행복하도다! 지금은 여름! 그 밖의 것들이야 아무러면 어떤가, 행복만이 우리의 자랑.

**막료들** 하늘에도 습관이라는 것이 있다면, 그건 총독 각하께 감사드릴 일이다. 총독은 습관의 왕이시니까. 각하께서도 미친 듯이 헝클어진 머리는 좋아하지 않으신다. 각하의 왕국은 어디 가나 잘 빗은 머리 같으니!

**코러스** 얌전해야지! 우리도 얌전해야지, 아무것도 변하지 않을 테니까. 바람에 머리칼을 휘날리며 불타는 듯 핏발 선 눈으로 입으로는 찢어질 듯 고함을 질러본들 무엇 하겠는가? 우리는 딴사람들의 행복을 자랑으로 삼으리!

**취객들** (나다를 둘러싸고) 움직이는 것은 없애버려, 없애버리라고! 움직이지 마, 우리도 움직이지 말자! 그냥 시간이 흘러가도록 내버려두는 거야, 그러면 이 세상은 무사태평한 세상이 될 테니까! 요지부동의 계절이 우리네 마음의 계절인걸. 왜냐하면 제일 무더운 계절, 마시지 않고는 못 배기는 계절이니까!

그러나 한참 전부터 나직하게 울려오고 있던 경보의
주제가 갑자기 날카로운 음향으로 변함과 동시에
둔탁하고 요란한 소리가 꽝꽝 두 번 울린다.
가설 무대 위에서 한 배우가 팬터마임을
계속하며 관객 쪽으로 걸어 나오다가 비틀거리며
쓰러진다. 금방 그의 주위로 군중들이 모여든다.
누구 한 사람 입을 열지 않고, 누구 한 사람 몸을 움직이지
않는다. 완전한 침묵만이 흐른다. 부동의 몇 초가 흐른다.
그러다가 모두가 일제히 부산해진다.
디에고가 군중을 가르며 나타나자 사람들이 서서히
물러나고 쓰러진 남자의 모습이 보인다.
의사 두 명이 나타나서 남자의 몸을 진찰하더니
한옆으로 비켜나서 흥분된 표정으로 의논에 열중한다.
한 청년이 의사 한 명에게 설명을 구하지만
의사는 아니라고 손사래를 친다.
청년이 대들며 군중의 응원을 얻어 대답을 재촉하고,
의사의 몸을 잡아 흔들면서 애원하듯이 매달리다 못 해
마지막에는 입술과 입술이 서로 부딪칠 정도로 다가선다.
숨을 들이마시는 소리. 그리고 청년은
의사의 입에서 무슨 말 한마디를 얻어낸 듯하다.
청년은 의사에게서 떨어지더니
마치 그 말이 자신의 입에 담기에는 너무나 벅차고
오랫동안 애쓰지 않고는 입 밖에 낼 수 없다는 듯
간신히 입을 뗀다.

—— 페스트.

순간, 모두가 털썩 주저앉으면서 저마다 그 말을
                점점 더 높고 점점 더 빠른 목소리로 되풀이하는가 하면,
                    단상에 다시 올라선 총독을 에워싸고
                    모두가 무대 위에 커다란 원을 그리며
                            사방으로 흩어져 달아난다.
                움직임이 더욱 빠르고 격렬해지며 드디어 광란 상태로
                변하다가 결국은 늙은 신부의 목소리가 들리자
                사람들은 이곳저곳에 무리를 지으며 동작을 멈춘다.

신부  성당으로 모이시오, 성당으로! 드디어 천벌이 내렸습니다. 해묵은 역병이 이 마을을 덮쳤습니다! 오랜 옛날부터 하느님이 극악의 대죄를 죽음으로 벌하시기 위하여 타락한 마을에 보내셨던 것이 바로 이 역병입니다. 아무리 소리쳐도 거짓말밖에 모르는 여러분의 입 안에서 그 소리는 뭉개질 뿐, 불처럼 뜨거운 낙인이 여러분의 심장에 찍히고 말 것입니다. 자, 이제는 정의의 신 앞에 무릎을 꿇고 제발 저희의 죄를 잊고 용서해주십사고 빌어야 합니다. 자, 모두들 성당으로 들어가시오, 자, 성당으로 들어가시오!

                    몇 사람이 성당 안으로 급히 뛰어들어간다.
                    다른 사람들은 오직 기계적으로 우왕좌왕하는데
                            죽음을 알리는 종소리가 울린다.
                    무대의 저 안쪽 깊숙한 곳에서 점성술사가
                총독에게 보고라도 하듯 극히 자연스러운 어조로 말한다.

**점성술사**　천체도에 불길한 결합이 나타났어요. 서로 적의를 품은 유성들이 결합했어요. 이건 누구에게나 가뭄과 기아와 페스트가 덮쳐들 점괘인데…….

> 그러나 한 무리의 여자들이 요란하게 떠들어대는 바람에 딴소리는 아무것도 들리지 않는다.

── 그 사람의 목에 커다란 벌레가 하나 붙어 있었어. 소리 나게 벌컥벌컥 피를 빨아먹고 있었어!
── 그건 거미였어, 아주 크고 시커먼 거미였다니까!
── 그게 아니라 녹색이었어, 녹색이었다니까!
── 아냐, 그건 바다 도마뱀이었어!
── 도대체 뭘 본 거야! 그건 낙지였어, 젖먹이 애만큼이나 큰 놈이었어.
── 디에고, 디에고는 어디 있지?
── 죽은 사람이 너무 많아서, 살아 남아 그들을 묻어줄 사람이 아무도 없을 거야!
── 아, 차라리 어디로 떠나버렸으면!
── 떠나야 해, 떠나야 해!
**빅토리아**　디에고, 디에고는 어디 있어?

> 이러는 동안에 온갖 징조들이 온통 하늘을 뒤덮고,

경보를 연상케 하는 소리가 점점 더 커지면서
전반적인 공포 분위기를 자아낸다.
한 남자가 하늘의 계시라도 받은 듯한 얼굴로
소리치면서 어떤 집에서 뛰어나온다.
"앞으로 40일이면 이 세상은 끝장난다!"
그러자 다시 공포 분위기가 계속되고 사람들은 각자
되풀이한다. "앞으로 40일이면 이 세상은 끝장난다!"
민병대원들이 달려와서 계시받은 사내를 체포하지만
반대편에서 어떤 여자 마법사가 나와 약을 나누어준다.

**여자 마법사**  향수 박하, 박하, 샐비어, 로즈메리, 백리향, 사프란, 레몬 껍질, 아몬드 페이스트……. 잘 들어요, 똑똑히 들어요, 이 약의 효력은 절대 확실합니다.

그러나 한 줄기 찬바람 같은 것이 일어나면서
해가 저물기 시작하고 사람들이 머리를 쳐든다.

**여자 마법사**  바람이다! 드디어 바람이 인다! 이 재앙은 바람을 무서워해. 두고들 보시오, 모든 게 잘 되어갈 테니!

그와 동시에 바람이 뚝 멎고 또다시 윙윙거리는 소리가
날카로운 소리로 변하고 둔탁한 음향이 쾅쾅 두 번,
귀청이 떨어져나갈 만큼 요란스럽게 더 가까이에서
울려온다. 군중이 모여든 거리 한복판에서
두 남자가 픽 하고 쓰러진다.
모두들 놀라 무릎을 휘청거리며 뒷걸음쳐 물러나기

시작한다. 오직 여자 마법사만이 그 자리에 남아 있는데 그녀의 발 밑에 쓰러져 있는 두 남자의 사타구니와 목에 선명한 자국이 보인다. 두 병자는 몸을 뒤틀면서 두서너 번 꿈틀대다가 죽는다. 한편, 그 사이에 군중은 시체를 무대 중앙에 남겨놓은 채 밖으로 계속 이동한다. 어둠. 성당에 조명. 왕궁에 스포트라이트. 판사의 집에 조명. 그 장면이 서로 교체된다.

**궁전에서**

시장   각하, 역병이 급속도로 만연하여 구조의 손을 쓸 수 없는 상태에 이르고 있습니다. 각 지역이 생각보다 훨씬 더 심하게 전염되어 있으므로 상황을 숨기고 주민들에게는 무슨 일이 있어도 진상을 알리지 않는 것이 상책이라고 사료됩니다. 사실 지금 당장 병마는 주로 빈민들이 밀집해 있는 외곽 지역들에서 번져가고 있습니다. 이 점만은 적어도 불행 중 다행이라고 하겠습니다.

동감이라는 듯 맞장구치는 속삭임 소리가 들린다.

**성당에서**

신부   이리들 가까이 와서 각자 자기가 저지른 사악한 죄를 여러 사람들 앞에서 고백하세요. 저주받은 자들이여, 여러분의 마음속을 열어 보이세요. 각자 자신이 저지른 죄악과 마음

속으로 획책했던 죄악을 서로서로 고백하세요. 그러지 않으면 죄의 독기가 숨을 틀어막고, 문어처럼 휘감는 페스트의 마수처럼 여러분을 지옥으로 데리고 갈 것입니다……. 나도 먼저 나 자신의 잘못을 뉘우칩니다. 자비심을 베푸는 데 있어 인색했던 것이 한두 번이 아니었나이다…….

세 사람의 고해가 말없는 몸짓으로만<br>계속되는 동안 다음과 같은 대화가 이어진다.

궁전에서

총독   모든 일은 잘 되어갈 것이다. 난처하게도 나는 사냥 약속이 있도다. 무슨 중대한 용무가 있을 때면 꼭 이런 골칫거리가 생긴단 말이야. 자, 그러니 이 일을 어찌한다?
시장   모범을 보여주신다는 견지에서도 사냥은 예정대로 떠나시지요. 난국에 처해서도 각하께서 얼마나 의연하신가를 시민들에게 보여주셔야 합니다.

성당에서

일동   신이여, 우리가 저지른 일, 또 우리가 저지르지 않을 모든 일을 용서하여주소서!

판사의 집에서

판사가 가족들에게 둘러싸인 가운데 시편을 읽는다.

판사 "주님은 나의 은신처요 나의 성채로다. 나를 지켜주시는 이 주님뿐이로다, 새 사냥꾼의 함정으로부터. 그리고 저 살인적인 페스트로부터!"

부인 카사도, 밖에 나가면 안 되나요?

판사 당신은 평소에도 외출이 너무 잦았소. 그건 우리 집안의 행복에 도움이 되지 못했소.

부인 빅토리아가 아직 안 돌아왔어요. 그 애가 무슨 변이라도 당하지 않을까 걱정이 돼서 그래요.

판사 당신 스스로가 변을 당하는 걱정은 도무지 하지 않더니. 그러다가 결국 망신을 당하고 말았던 거요. 환난의 와중에는 그저 가만히 집 안에 붙어 있는 게 좋아. 모든 것을 다 미리 짐작하고 준비해놓았지. 페스트가 퍼지는 동안 문 꼭 닫고 집 안에 틀어박혀 끝날 때까지 기다리는 거야. 신의 은총으로 우리는 아무 해도 입지 않을 거야.

부인 당신 말이 옳아요, 카사도. 하지만 이 세상엔 우리만 사는 게 아니잖아요. 딴사람들이 고통받고 있어요. 어쩌면 빅토리아가 위험한 지경에 빠져 있는지도 모르고요.

판사 딴사람들 일은 놔두고 집안 걱정이나 하라고. 가령 아들아이 생각이나 좀 하지그래. 그리고 힘 자라는 한 필요한 식량을 모두 구해놓도록 해. 값은 달라는 대로 줘요. 아무튼 힘 자라는 대로 긁어모아서 쌓아두는 거야. 그득히 쌓아두는 거야! 지금이야말로 긁어모아 쌓아둘 때란 말이야! (그는 읽는다) "주님은 나의 은신처요 나의 성채로다……."

성당에서

사람들이 그 다음 구절을 이어 노래한다.

코러스 "그대는 두려워할 게 없느니라.
밤에 찾아드는 갖가지 공포도,
백주에 날아드는 화살들도,
어둠 속에서 퍼지는 페스트도,
한낮에 기어드는 역병도."

목소리   오, 위대하고 무서운 신이시여!

> 광장에 조명. 스페인 민요의 리듬에 발맞추어
> 민중들이 왔다갔다 하고 있다.

코러스  "너는 모래 위에 서명하였으니,
　　　　너는 바닷물에 글을 썼으니,
　　　　남는 것은 오로지 고통뿐이로다."

> 빅토리아가 등장한다. 광장에 라이트.

빅토리아  디에고, 디에고는 어디 있지?
한 여자  환자들 옆을 지키고 있어. 소리치며 그를 부르는 사람들을 치료해주는 중이지.

> 빅토리아가 무대 끝으로 뛰어가다가
> 페스트 치료 의사들의 마스크를 쓴 디에고와 부딪친다.
> 그녀는 깜짝 놀라 소리를 지르며 뒷걸음친다.

디에고  (부드러운 음성으로) 아니 내가 그렇게 무서워, 빅토리아?
빅토리아  (소리친다) 아니, 디에고, 드디어 당신을 찾았군요! 그런 마스크는 벗어버리고 나를 꼭 껴안아줘. 당신 품에 꼭. 그러면 아마 이 괴로움에서 벗어날 수 있을 거야!

디에고는 움직이려 하지 않는다.

빅토리아    왜 그래, 디에고, 우리 사이에 뭐가 변한 거지? 벌써 몇 시간째 당신을 찾아다니던 중이야. 어쩌면 당신도 재난을 당했을지 모른다고 생각하니 소름이 끼쳐서 마을 구석구석을 정신 없이 헤매고 다녔단 말이야. 그런데 당신이 이런 고통과 질병의 마스크를 쓰고 있다니. 그거 벗어, 제발 벗어. 그리고 나를 꼭 껴안아줘, 응! (디에고가 마스크를 벗는다) 당신의 두 손을 보면 입 속의 침이 마르는 것 같아. 자, 어서, 키스해줘!

디에고는 움직이려 하지 않는다.

빅토리아    (더 나직한 목소리로) 자, 어서 키스해줘, 목이 말라 죽겠어. 우린 바로 어제 약혼한 몸이란 걸 벌써 잊었어? 나는 밤새도록 기다렸어. 당신이 힘껏 키스해줄 오늘을. 자, 어서 빨리, 어서……

디에고    사람들이 불쌍해, 빅토리아!

빅토리아    나도 그래. 그렇지만 내겐 우리가 불쌍해 보여. 그래서 이 골목 저 골목에서 소리치면서 당신을 찾아다닌 거야. 두 팔 벌리고 당신을 향해 뛰어가서 내 팔을 당신 팔에 감고 싶어서!

그녀가 디에고에게 다가간다.

디에고　나를 건드리지 마, 물러나 있어!

빅토리아　왜?

디에고　난 더 이상 뭐가 뭔지 모르겠어. 상대가 인간일 때는 한 번도 겁을 먹어본 일이 없어. 그런데 이건 나도 어쩔 수가 없어. 명예 같은 건 아무 소용이 없어. 나 자신 손을 들어 버린 느낌이야. 어쩔 줄을 모르겠어. (빅토리아가 또 다가선다) 내 몸에 손대지 마. 어쩌면 나도 이미 병에 걸렸을지 몰라. 그렇다면 너한테 옮길 가능성이 있어. 조금만 기다려. 숨을 좀 돌리게 해줘. 꼭 한 대 얻어맞은 것처럼 숨이 막혀. 저 사람들을 어떻게 안아서 어떻게 침대에 뉘어야 하는 건지, 그것조차도 모르겠단 말이야. 무서워서 두 손이 이렇게 떨리고 저 사람들이 너무나 가엾어서 눈 뜨고 볼 수가 없어. (외치는 소리들, 신음하는 소리들) 그런데도 저렇게 나를 부르고 있단 말이야, 저봐, 들리지. 가봐야겠어. 아무튼 너도 몸 조심해, 우리 두 사람을 위해서 말이야. 끝나는 날이 올 거야, 반드시!

빅토리아　아니, 가지 마.

디에고　언젠가 반드시 끝날 거야. 난 아직 너무나 젊어. 그리고 너를 너무나 사랑해. 죽음은 끔찍해.

빅토리아　(디에고에게 매달릴 듯이 달려들며) 난 살아 있어, 살아 있다고!

디에고   (뒤로 물러서며) 부끄러워, 빅토리아, 이건 부끄러운 일
        이야.
빅토리아   부끄럽다니, 왜 부끄럽다는 거야?
디에고   겁을 집어먹은 것 같아서.

                신음하는 소리가 들린다. 디에고가 그쪽으로 달려간다.
                스페인 민요의 리듬에 맞추어서 군중들이 왔다갔다 하고 있다.

코러스   "도대체 누가 옳고
        누가 그른 것일까?
        생각해보라
        이 세상 모든 것이 거짓일 뿐
        죽음밖에는 아무것도 진실하지 않음을."

                            성당과 총독궁에 라이트.
                            성당에서는 시편을 노래하는 소리와 기도 소리.
                            총독궁에서 시장이 민중에게 말을 한다.

시장   총독부 명령. 금일 이후, 다 같이 당하는 환난에 대하여 속
      죄하는 뜻에서, 또한 감염의 위험을 미연에 방지하기 위하
      여 일체의 집회를 금하며, 오락도 모두 삼가도록 함. 그와
      동시에 또한……
한 여자   (군중 한복판에서 소리치기 시작한다) 저기, 저기서 시체

를 감추고 있다! 안 되지, 그러면 다 썩어버릴 텐데! 부끄러운 인간들! 땅 속에 갖다 묻어야지!

　　　　　사방에 혼란. 남자 두 사람이 그 여자를 끌고 퇴장한다.

시장　그와 동시에 또한 총독은 이 마을을 덮친 불의의 재난의 진전 상황에 대하여 충분히 대처할 것임을 시민 여러분께 분명히 해두는 바이다. 모든 의료진의 견해에 따르면, 해상에서 바람이 불어오면 페스트는 물러갈 것으로 판단됨. 전능하신 하느님의 가호로…….

　　　　　그러나 두 번의 요란하고 둔탁한 소리가
　　　　　쾅쾅 울리면서 시장의 말이 끊어진다.
　　　　　이어 또 두 번 다른 소리가 울리는 가운데
　　　　　죽은 사람을 조상하는 종소리가 요란하게 울려 퍼지고
　　　　　성당에서는 기도하는 소리가 들린다.
　　　　　공포에 질린 침묵만이 무대 위를 가득 채우는데
　　　　　그 속으로 낯선 두 남녀가 등장하자 모두의 시선이
　　　　　두 사람을 좇는다. 남자는 살찐 편이고 모자는 쓰지 않았다.
　　　　　무슨 제복 같은 것을 입고 훈장을 달고 있다.
　　　　　여자도 제복을 입고 있다. 흰색의 칼라와
　　　　　소매가 달린 옷이다. 그녀는 손에 수첩을 들고 있다.
　　　　　두 사람은 총독궁 아래에까지 와서 인사를 한다.

총독　무슨 용건이신지, 타관 사람들 같아 보이는데?

남자 (정중한 말투로) 당신의 자리를 넘겨받고자 합니다.

일동 아니, 뭐라고? 뭐라고 하는 거지?

총독 농담도 때를 가려 하는 법, 그런 무례를 범하면 비싼 대가를 치르게 될 수도 있소. 그러나 어쩌면 내가 잘못 들은 것인지도 모르지. 당신은 대체 누구요?

남자 알아맞힐 수 있다면 용한 일이지요.

시장 무엇 하는 놈인지는 모르지만, 네 이놈, 네 최후가 어떻게 될 것인지는 잘 알겠다!

남자 (매우 침착한 태도로) 오, 아주 겁나게 나오시는군. (같이 온 여자에게) 어떻게 하면 좋을까, 그렇다면 내가 누군지 밝혀야 하겠지?

여비서 보통 우리는 좀더 여유를 가지고 대하는데요.

남자 그러나 저분들이 워낙 조급해하니 말이야.

여비서 아마 나름대로 이유가 있어서겠죠. 하기야 우리는 어디까지나 손님이니까 이곳의 관례를 따르는 것이 좋겠습니다.

남자 그럴 법한 말이야. 그렇지만 이 선량한 사람들이 좀 당황해하지 않을까?

여비서 실례를 범하는 것보다는 좀 당황하게 하는 편이 낫겠죠.

남자 그것도 그럴 법한 말이야. 그렇지만 아직도 몇 가지 마음에 걸리는 게 있는데…….

여비서 둘 중 하나겠죠…….

남자 말해보지…….

여비서 즉 신분을 밝히시든가, 안 밝히시든가 둘 중 하나죠. 밝히시면 저들이 곧 알게 되겠지요. 만약 밝히지 않으시면 자기들이 알아내겠지요.

남자 아주 명쾌한 논리야.

총독 어쨌든 이제 그만 해! 적절한 조치를 취하기 전에 마지막으로 내 다시 묻겠다. 너는 대체 누구며, 원하는 게 무엇인가?

남자 (여전히 태연한 태도로) 나는 페스트요. 그럼 당신은?

총독 페스트?

남자 그렇소. 그래서 나는 당신의 자리가 필요한 거요. 정말 안됐습니다. 하지만 내겐 이제부터 해야 할 일이 많습니다. 어떻겠습니까, 두 시간의 여유를 드린다면? 그 정도면 나에게 모든 권력을 인계하는 데 충분하겠죠?

총독 듣자 듣자 하니까 도가 지나치군! 그런 터무니없는 소리를 하면 벌을 받아 마땅하다. 야, 위병!

남자 잠깐! 나는 그 누구에게도 강요할 생각은 없습니다. 신사적으로 대하는 것을 원칙으로 삼고 있으니까요. 내 행동이 의외여서 놀랐다는 점 충분히 이해합니다. 아무튼 당신은 나라는 사람을 잘 모르고 있으니까요. 그러나 내가 구태여 실력 행사에 들어가도록 만들지 말고 곱게 당신의 자리를 인계해주시기를 간곡히 부탁드리고자 합니다. 어떻습니까, 내 말을 액면 그대로 믿어줄 수는 없으실는지?

총독 더 이상 허송세월할 시간이 없다. 벌써 농담이 너무 길어졌어. 이자를 체포하라!
남자   그렇다면 할 수 없죠, 단념할 수밖에. 그러나 일이 이렇게 되니 정말이지 난처하군요. 그렇다면 비서, 말살 절차를 밟도록 할까?

> 남자가 민병대원 한 명에게 팔을 내민다.
> 여비서가 보라는 듯이 수첩에 씌어진 무엇인가를
> 줄을 그어 삭제한다. 둔탁한 소리가 난다.
> 문제의 민병대원이 쓰러진다.
> 여비서가 쓰러진 시체를 검사한다.

여비서   모두가 규정대로입니다, 각하. 세 가지 표시가 나타나 있습니다. (딴사람들을 향해서, 친절하게) 표시가 하나면 그 사람이 수상쩍다는 뜻이고, 둘이면 감염되었다는 뜻이고, 셋이면 말살이 결정되었다는 뜻입니다. 더할 수 없이 간단하죠.
남자   아 참, 깜빡했군, 이 사람이 바로 내 비서입니다. 이미 여러분은 이 사람을 알고 계셨겠지만 만나는 사람들이 워낙 많다 보니…….
여비서   그러니 무리도 아니죠! 결국에는 제가 누군지를 다들 알아보게 되지만요.
남자   천성이 낙천적인 사람이죠, 안 그렇습니까? 명랑하고 불평이 없고, 또 단정하고 깨끗해서…….

여비서 그런 것이 무슨 자랑거리라고요. 싱싱한 꽃이나 웃음에 둘러싸여 있으면 일하기가 훨씬 편하거든요.

남자 훌륭한 원칙이야! 그러면 이제 본론으로 돌아가볼까요. (총독에게) 어떻습니까, 내가 농담을 하고 있는 것이 아니라는 게 충분히 증명되었나요? 아무 할말이 없는 겁니까? 좋습니다, 당연히 놀라셨겠죠. 그러나 이건 정말 나로서도 본의가 아닙니다, 이 점은 믿어주셔야겠습니다. 나도 가능한 한 타협적으로 해결했으면 싶었죠. 즉 상호간의 신뢰를 바탕으로, 당신과 나와의 약속을 보증삼아, 이를테면 명예협정 같은 것이 되었으면 했습니다. 하기야 지금도 늦지 않았으니 잘할 수 있습니다. 어떻습니까, 두 시간의 여유라면 충분하다고 생각하시는지요?

       총독은 부정의 뜻으로 고개를 좌우로 흔든다.

남자 (여비서를 돌아다보며) 이거 정말 불쾌한 일이군!
여비서 (고개를 내저으며) 고집통이에요! 이 무슨 뜻밖의 말썽이람!
남자 (총독에게) 그렇지만 나는 꼭 당신의 동의를 얻어야 되겠습니다. 당신의 찬성 없이는 아무 일도 하고 싶지 않습니다. 그것은 내 원칙에 어긋나는 일이니까요. 따라서 내가 제의하는 이 작은 개혁을 당신이 기꺼이 찬성해주실 때까지 내 비서가 필요한 만큼의 말살 절차를 밟게 될 것입니다. 그럼 비서, 준비되었나?
여비서  연필을 깎을 동안만 잠시 기다려주시죠. 그러고 나면 모든 일이 척척 잘 되어갈 것입니다.
남자  (한숨을 쉰다) 정말이지 자네의 낙천주의가 아니었다면 내일이 너무나도 힘들었을 거야.
여비서  (연필을 깎으며) 완벽한 여비서라면 만사가 늘 좋게 해결될 거라는 확신을 갖는 법이죠. 어떤 계산 착오가 있다 하더라도 결국은 바로잡을 수 있게 마련이고, 약속을 못 지켰다 해도 대개의 경우는 다시 만날 수 있다고 굳게 믿거든요. 불행한 일에도 반드시 좋은 일면이 있답니다. 전쟁 그 자체도 나름대로 효용이 있게 마련이고, 심지어 공동묘지까지도 영구 사용 허가권이 10년마다 파기되기만 하면 아주 좋은 돈벌이가 될 수 있지요.
남자  이야말로 명언이군……. 그럼 이제 연필은 다 깎았나?
여비서  네. 시작해도 좋습니다.
남자  좋아, 시작하지!

> 남자는 때마침 앞으로 나선 나다를 손가락질한다.
> 그러나 나다는 술에 취해 깔깔대고 웃는다.

여비서  이자는 아무것도 믿지 않는 종류의 인간이죠. 우리에게는 이런 종류의 인간이 쓸모가 있지 않을까요?
남자  맞는 말이야. 그러면 막료들 가운데서 하나를 골라볼까.

막료들은 공포에 사로잡힌다.

총독   잠깐!
여비서   좋은 징조 같습니다, 각하!
남자   (점잖게) 무엇을 도와드릴까요, 총독 각하?
총독   만약 내가 당신에게 자리를 양보한다면 나와 내 가족들, 그리고 막료들의 생명은 보장받을 수 있는 것인가?
남자   아, 보장하고말고요! 그러는 것이 관례입니다.

총독은 막료들과 협의하고 나서 민중을 향해 돌아선다.

총독   카디스 시민 여러분, 확신하거니와 이제는 모든 상황이 바뀌었다는 것을 여러분도 잘 알고 있을 것입니다. 여러분 자신의 이익을 위해서 지금 이곳에 등장한 새로운 세력에 이 도시를 인계하는 것이 합당할 것 같습니다. 내가 상대 측과 체결한 협정에 의해 아마도 최악의 사태는 막을 수 있을 것이며, 이렇게 해서 여러분은 언젠가 여러분에게 도움이 될 수 있는 정부가 이 마을의 성벽 밖에 엄연히 존재하고 있다는 믿음을 가질 수 있게 될 것입니다. 구태여 밝힐 필요도 없는 일이겠지만, 나는 결코 나 개인의 안전만을 걱정해서 이렇게 말하는 것이 아니고, 오로지…….
남자   잠깐, 말씀 도중에 죄송합니다만…… 당신은 이 유익한 조치에 자진해서 동의한다는 것, 그러니까 물론 이것은 자유 의사에 따른 합의라는 것을 분명히 공표해주셨으면 합니다.

> 총독이 두 사람 쪽을 바라본다.
> 그때 여비서가 연필을 입으로 가지고 간다.

총독 　물론, 나는 자유로운 입장에서 이 새로운 협약을 맺은 것입니다.

> 총독은 혼잣말로 뭐라고 중얼대다가 뒷걸음쳐 도망친다.
> 모두들 일제히 도망가기 시작한다.

남자 　(시장에게) 잠깐, 그렇게 성급하게 도망가지 말라고! 나에게는 민중의 신임을 얻을 수 있는 사람이 하나 필요해. 가능하면 그 인물을 통해서 나의 의사를 전달하고 싶으니까 말이야. (시장은 망설인다) 물론 자네가 그 일을 맡아주겠지······. (여비서에게) 이봐, 비서······.
시장 　아, 물론입죠, 큰 영광입니다······.
남자 　좋아. 그렇다면 자, 비서, 자네가 우리의 여러 가지 규칙들을 시장에게 일러주게나. 그것을 민중에게 알려서 규칙에 따라 생활하도록 해야 하니까 말이야.
여비서 　시장 및 시의회의 제안에 따라 공포된 명령······.
시장 　저는 아직 아무런 제안도 한 바 없는데요······.

여비서   우리가 그런 수고를 대신 해드리는 거죠. 또 당신도 과히 기분이 나쁘지는 않을 겁니다. 우리 쪽에서 고생해서 만든 것에 영광스럽게도 당신이 서명을 하게 되는 거니까요.

시장   그렇긴 합니다만, 그러나…….

여비서   따라서 이 명령은 전적으로 경애하는 우리 최고권자의 뜻에 따라 공포된 훈령으로서의 효력을 가지며, 병균에 감염된 시민들의 통제와 구호 활동을 규정하고 그에 관한 모든 규칙 및 감시원, 관리인, 집행인, 장의사 등 주어진 명령을 엄격히 실행할 것을 서약하는 모든 요원들을 지정하고 있다.

시장   도무지 무슨 말씀이신지 못 알아듣겠는데요.

여비서   민중들이 다소 애매모호한 것에 길이 들도록 하기 위해서 그러는 겁니다. 이해하기 어려우면 어려울수록 말을 더 잘 듣는 법이니까요. 아시겠어요? 그러면 이 명령들을 하나하나 도시 전체에 큰 소리로 고지시키도록 하시죠. 머리가 아주 둔한 자들까지도 쉽게 터득할 수 있도록 말이에요. 저기 전령들이 오는군요. 얼굴이 모두 상냥하게 생긴 것을 보니 저들의 입에서 나오는 말들은 기억 속에 잘 새겨질 것 같군요.

전령들 등장.

민중   총독이 도망친다. 총독이 도망친다!
나다   당연한 권리야, 당연한 권리라니까. 국가가 곧 총독인걸. 국가를 보호해야지.
민중   국가가 곧 총독이었지. 그렇지만 이젠 아무것도 아냐. 그 놈이 도망치고 난 이 마당에서는 페스트가 곧 국가야.
나다   그게 어쨌다는 거야? 페스트든 총독이든 국가는 국가야.

> 민중들은 우왕좌왕하며 도망칠 구멍을 찾고 있는 듯.
> 그 가운데서 전령 한 사람이 앞으로 나선다.

전령 1   병균에 오염된 모든 가옥은 대문 중앙에 '우리는 모두가 형제다'라고 써붙이고 반경 1피트의 검은색 별을 그려 표시할 것. 해당 가옥의 폐쇄 명령이 해제되기 전에 별을 지울 경우에는 법에 따라 엄벌에 처함.

> 전령 1 물러난다.

목소리   법이라니 무슨 법?
다른 목소리   물론 새로운 법이지.
코러스   높은 사람들은 늘 입버릇처럼 우리를 지켜주겠노라고 했지. 그런데 지금은 우리만 외롭게 남았네. 마을 구석구석에 끔찍한 안개가 짙어지기 시작하며 과일 냄새, 장미꽃 향기를 조금씩 몰아내고 계절의 광채를 희미하게 퇴색시키고 여름의 환희를 짓눌러버리네. 아, 카디스, 바다의 도시! 어제까지만 해도 해협 저 너머 아프리카의 정원들을 쓰다듬고 지나와서 더욱 짙어진 사막의 바람에 우리 마을 아가씨들의 전신이 혼곤해지더니. 그러나 이제 그 바람은 잠들어버렸네. 마을을 정화시켜줄 수 있는 것은 오로지 그 바람뿐이었는데. 높은 사람들은 절대로 아무 일 없을 것이라고 입버릇처럼 말하곤 했지. 그런데 다른 사람들 말이 맞았어, 지금 무슨 일이 일어나고 있다네. 마침내 일이 벌어지고 말았네. 도시의 성문이 열려 있을 때 어서 도망쳐야겠네. 일단 성문이 잠기면 불행의 도가니 속에 갇혀버리겠네.

전령 2   모든 필요불가결한 식료품은 차후 당국이 관리한다. 다시 말해서 새로운 체제에 충성하는 모든 자들에게 최소한의 공평한 몫을 배급할 예정이다.

제1의 성문이 닫힌다.

전령 3   하오 아홉 시를 기해서 일제히 소등한다. 여하한 개인도 당국의 정식 통행증 없이는 공공의 장소에 머물거나 도로를 통행할 수 없다. 통행증은 언제나 자의적인 결정에 따라 극소수에게만 발행한다. 이상의 조치를 위반하는 자는 예외 없이 법에 정해진 바에 따라 엄벌에 처한다.

군중의 소리 (점점 세게)

── 대문이 닫힌다.
── 대문이 모두 닫혔다.
── 아니, 전부 닫힌 것은 아니다.

**코러스**  아! 아직 열려 있는 문으로 달려가자! 우리는 바다의 아들딸들. 그곳으로 가야 한다. 성벽도 없고 대문도 없는 곳으로. 모래는 입술처럼 신선하고 전망은 눈이 피곤할 만큼 광대한 그 고장으로 가야 한다. 바람을 맞이하러 달려가자! 바다로! 드디어 바다로, 자유의 바다로! 물이 씻어주고 바람이 해방시켜주는 그곳으로!

**군중의 소리**  바다로! 바다로!

다급한 탈출 소동.

**전령 4**  병균에 감염된 자에 대한 일체의 구조 행위는 엄격하게 금지한다. 환자가 발생한 경우에는 즉시 당국에 고발하여 처리를 의뢰한다. 특히 동일 가족 간의 고발을 장려하는 바이며, 그 경우 이른바 양민 배급이라고 하여 일상적 식량 배급의 두 배를 할당하여 보상한다.

제2의 성문이 닫힌다.

**코러스**  바다로! 바다로! 바다가 우리를 구해줄 것이다. 질병도 전쟁도 바다에는 손대지 못하네. 숱한 정부가 세워지고 멸망하는 것을 바다는 보았다네! 바다는 오직 붉게 타오르는 아침 빛과 초록으로 저물어가는 저녁 빛을 보여주고, 저녁에서 아침까지 별들이 쏟아지는 밤 동안 그칠 줄 모르고 철썩이는 파도 소리를 들려줄 뿐!

오, 고독이여, 사막이여, 소금의 세례여! 바다 앞에, 바람을 받으며 태양을 마주 보고 혼자 서보자. 묘지처럼 굳게 닫힌 저 도시들로부터, 공포에 빗장 질린 저 인간들의 얼굴로부터 마침내 해방되도다! 어서 가자! 어서 가자! 인간과 그의 공포에서 누가 나를 구해주랴? 일년의 절정에서, 잘 익은 과일들과 변함 없는 자연, 너그러운 여름 속에 던져진 나는 행복했네! 나는 세계를 사랑하고 있었네. 거기에 스페인과 내가 있었네. 그러나 이제는 파도 소리가 들려오지 않는구나. 오직 저 떠들썩한 소음과 공포와 모멸과 비열함뿐. 땀과 고통으로 천근만근이 된 내 형제들, 이제는 너무 무거워 들어올릴 수도 없는 내 형제들뿐. 누가 나에게 돌려주려나, 망각의 바다를, 난바다의 저 고요한 물을, 굽이굽이 흐르는 강길, 숨어버린 그 물살의 행로를? 바다로! 바다로! 성문이 닫히기 전에 바다로!

목소리   자, 빨리! 송장 옆에 있었던 그자에게 손대지 마!
목소리   벌써 표시가 되어 있다!
목소리   저리 비켜, 비키라니까!

              그들이 그 남자를 때려눕힌다. 제3의 성문이 닫힌다.

목소리    아, 위대하고 무서운 신이시여!

목소리    자, 빨리! 필요한 것만 가지고 가, 매트리스와 새장을! 개 목걸이를 잊지 말아! 시원한 박하 항아리도 잊지 말아! 바다로 가는 동안 그걸 씹어야지!

목소리    도둑이야! 도둑이야! 저놈이 수놓은 테이블보를 훔쳤다. 내 결혼식 때 받은 것인데.

                도둑을 쫓는다. 붙잡아서 때려눕힌다. 제4의 성문이 닫힌다.

목소리    감춰, 그건 감추라니까! 우리가 먹을 식량을 감춰!

목소리    길 떠날 준비를 전혀 못해놨어, 빵 한 조각만 줘, 우리는 형제들이 아닌가. 그 대신 자개 박은 내 기타를 줄게.

목소리    이 빵은 어린것들에게 줄 거야, 알았나? 형제라고 나서는 사람들한테 줄 것이 아냐. 친척에도 촌수가 있거든!

목소리    빵 좀 줘, 있는 돈 전부를 줄 테니 빵 한 조각만!

                                    제5의 성문이 닫힌다.

코러스    자, 빨리! 열린 성문은 하나뿐이다! 재난은 우리보다 걸음이 빠르다네. 재난은 바다를 싫어하네, 우리가 바다로 가는 것을 원치 않는다네. 밤은 고요하고 돛대 저 위로 별들이 흘러가네. 여기서 페스트가 무얼 하겠는가? 페스트는 우리를 제 밑에 두고 싶어한다네. 제 나름대로 우리를 사랑하고 있는 거야. 페스트도 우리의 행복을 바라지만, 그것은 우리가 원하는 행복이 아니라 페스트가 원하는 행복인 거야. 그것은 강요받은 즐거움, 차가운 삶, 영원한 행복이라네. 모든 것이 고정되어, 우리의 입술에 지난날 같은 선선한 바람을 느낄 수 없다네.

**목소리** 신부님, 우리를 버리고 가지 마세요, 우리는 신부님의 가난한 사람들입니다.

*신부가 도망간다.*

**가난뱅이** 신부님이 도망간다! 신부님이 도망간다! 제발 옆에 데리고 있어주세요! 저를 보살펴주는 것이 신부님의 일이 아닌가요! 저는 신부님을 잃으면 마지막입니다!

*신부는 도망쳐 사라진다.*
*가난뱅이는 길에 쓰러지며 소리친다.*

**가난뱅이** 스페인의 기독교도들이여, 그대들은 이제 버림받았소!

**전령 5** (또박또박 잘라서 분명히 말한다) 자, 끝으로 명령의 요약이다.

*페스트와 여비서가 시장 앞에서*

미소를 지으며 서로 축하한다는 듯이 고개를 끄덕인다.

**전령 5**   공기를 통한 일체의 전염을 피하기 위하여, 말하는 것 자체도 감염의 수단이 될 가능성이 있으므로, 시민 각자는 초(醋)를 먹인 솜을 항상 입 속에 물고 다닐 것을 명령한다. 이 조치는 질병을 예방할 뿐만 아니라 시민들의 분별 있는 언동과 침묵을 유도하는 데 그 목적이 있다.

이 순간부터 사람들은 저마다 입 속에 손수건을 틀어넣고 사람들의 목소리와 오케스트라의 음량이 다 같이 줄어든다. 여러 사람의 목소리로 시작되었던 코러스가 단 한 사람의 목소리로 변하더니 결국은 불룩해진 사람들의 입이 봉해진 가운데 완전한 침묵 속에서 마지막 팬터마임이 진행된다.
마지막 성문이 쾅 하고 닫힌다.

**코러스**   아, 비참하도다! 비참하도다! 우리만이 페스트와 함께 외롭게 남았으니! 마지막 성문도 닫혀버렸네! 아무 소리도 들려오지 않네. 이제 바다는 너무 멀어졌다네. 이제 우리는 고통 속에 잠기고 나무도 물도 없는 이 좁은 마을 안에서 맴돌 수밖에 없구나. 잠을 곳 하나 없이 높고 미끄러운 문들은 굳게 잠기고 울부짖는 군중들만 소용돌이치고 있다네. 마침내 카디스는 살육의 의식이 치러질 검은색과 붉은색의 투우장이 되었구나. 형제들이여, 우리가 지은 죄

계엄령   185

보다 우리가 받는 고난이 너무 가혹하구나. 이 같은 감옥 살이를 할 만큼 죄지은 기억이 없으니! 우리의 마음이 순결하지는 않았지만 우리는 세계와 여름을 사랑하였네. 그것만으로도 구원받을 만하지 않은가! 이제 바람은 그쳐버렸고 하늘은 텅 비었구나! 우리는 오래오래 입 다물고 살아야겠네. 그러나 공포의 재갈이 우리의 입을 틀어막기 전에 마지막으로 다시 한번 사막 한복판에서 외치리라.

> 울부짖는 소리들, 그리고 침묵.
> 오케스트라는 잦아들고 종소리만 남아 울린다.
> 다시 나지막한 혜성의 소리가 들린다.
> 총독궁에 페스트와 여비서가 다시 모습을 나타낸다.
> 여비서가 앞으로 나오며 한 발짝씩 옮길 때마다
> 한 사람씩의 이름을 지우고 그 몸짓 하나하나마다에
> 타악기가 박자를 맞춘다. 나다의 낄낄대고 비웃는
> 소리가 들리고 시신들을 실은 첫 짐수레가 삐걱거리며
> 지나간다. 페스트가 무대 배경의 가장 높은 곳에
> 버티고 서서 무슨 손짓을 한다. 움직임과 소리,
> 모든 것이 멈춘다. 페스트가 입을 연다.

**페스트** 이제 내가 지배자다. 이건 엄연한 사실이며 따라서 당연한 권리다. 그러나 이것은 이론의 여지가 없는 권리이므로 제군들은 오로지 복종할 뿐이다.

더군다나, 오해가 있어서는 안 되겠다, 나는 지배하는 것도 내 방식으로 지배한다. 그러므로 내가 기능한다고 말하

는 편이 더 적절할 것이다. 여러분 스페인 사람들은 다소 공상적인 데가 있어서 나를 암흑의 왕이나 아니면 무슨 화려하게 차려 입은 벌레쯤으로 보려고 할지도 모른다. 제군들은 꼭 무언가 비장한 것이 있어야 직성이 풀리는 것이다. 그건 이미 널리 알려진 사실이다! 그러나, 천만의 말씀! 나는 왕홀도 지니지 않았고 그저 무슨 하사관 같은 모습을 하고 있다. 이것이 제군들의 기분을 상하게 만드는 나만의 방식이다. 사실 제군들은 좀 기분을 상해봐야겠다. 이제부터 배워둘 것이 한두 가지가 아니다. 제군들의 왕은 손톱에 때가 까맣게 끼었고 엄격한 제복 차림이다. 이 왕은 옥좌에서 군림하는 게 아니라 의자에 앉아 근무한다. 그의 궁전은 막사요, 그의 사냥막은 법정이다. 계엄령이 발효 중인 것이다.

그러므로, 똑똑히 들어라, 내가 나타나면 비장미 따위는 자취를 감춘다. 행복을 갈구하는 저 우스꽝스러운 초조감, 연인들 특유의 저 얼빠진 낯짝, 풍경을 음미하는 이기적 취미, 버르장머리 없는 풍자 같은 것들은 물론, 비장미를 엄금한다. 그 대신에 나는 조직을 제공하겠다. 처음에는 다소 거북하게 느껴질지 모르나 결국 탁월한 조직이 돼먹지 않은 비장미보다 낫다는 것을 깨닫게 될 것이다. 따라서 이 훌륭한 사상의 모범을 보이기 위하여 우선 남자와 여자를 분리하는 것부터 시작한다. 이것은 법률과 동등한 효력을 갖는다.

민병대 위병들이 지시대로 한다.

제군들의 그 허식은 이제 끝이다. 이제는 좀 진지해질 때다!
내 말을 이미 잘 알아들었으리라고 믿는다. 오늘 이후로 제군들은 질서 있게 죽는 것을 배우는 거다. 지금까지 제군들은 스페인식으로 닥치는 대로, 이를테면 어림짐작으로 적당히 죽었다. 매우 덥다가 갑자기 주워져서 죽었고, 혹은 노새가 발을 헛디디는 바람에 죽었고, 혹은 피레네 산맥의 능선이 푸르게 변해서 죽었고, 봄의 과달키비르 강이 외로움 타는 자에게 매력적으로 보여서 죽었다. 논리의 쾌감을 위해 사람을 죽이는 것이 한결 더 고상한 일인데도 불구하고 이익이나 명예 같은 것을 위해서 사람을 죽이는 상스러운 자들이 있기 때문에 죽었다. 그렇다, 제군들은 제대로 죽는 것을 모르고 지냈다. 여기서 죽고 저기서 죽고, 이자는 침대에서 죽고 저자는 투우장에서 죽었다. 정말이지 제멋대로였다. 그러나 다행스럽게도 이런 무질서를 이제부터는 관리하게 된다. 모든 사람이 정해진 명단의 순서에 따라 꼭 한 방식으로 죽게 된다. 각자 자신의 카드를 갖고 있어서 더 이상 아무렇게나 닥치는 대로 죽는 일은 없을 것이다. 이제부터는 운명이 현명해져서 사무실을 차린 것이다. 제군들은 장차 통계 속에 포함되어 드디어 무엇엔가 쓸모있게 될 것이다. 왜냐하면, 말해두는 것을 깜빡 잊었는데, 제군들도 죽는다, 물론이다, 그러나 죽고 난 뒤에, 혹은 그 전에 화장될 테니까 말이다. 그 편이 훨씬 더 깨끗하고 또 계획의 일부이기도 하다. 스페인 지역부터 그렇게 하기로 정했다!

제대로 죽기 위하여 줄 맞추어 정렬한다, 바로 이것이 중요하다! 그 대가로 나는 제군들에게 특혜를 베풀겠다. 그러나 사리에 안 맞는 생각을 하거나, 제군들의 표현처럼 머릿속에 광란을 일으키거나, 사소한 열정으로 큰 반항을 초래하는 일이 없도록 조심하는 것이 좋다. 나는 그런 자가 발전을 제거해버리고 논리로 대체했다. 나는 별나게 굴거나 이성에 어긋나는 것은 질색이다. 따라서 오늘부터 제군들은 합리적이 되는 것이다. 즉, 배지를 다는 것이다. 사타구니에 표시가 나타난 자는 누구에게나 보일 수 있도록 겨드랑이 밑에 가래톳 표시의 별을 달아야 한다. 그래야 말살시켜야 할 대상이라는 표시가 되는 것이다. 그 외의 사람들, 아무 관련이 없다고 확신한 나머지 일요일에 투우장에 가서 줄을 서는 자들은 너희 수상한 용의자들을 멀리할 것이다. 그러나 너무 섭섭하게 생각할 것은 없다. 그 사람들도 관련이 없는 것은 아니다. 그들도 이미 내 명단에 올라 있으므로 나는 어느 한 사람도 빠뜨리는 법이 없다. 모두가 용의자다. 이만하면 훌륭한 시작이다.

더군다나 이런 모든 것 때문에 감정이 메말라버리는 것은 아니다. 나도 새들과 첫물의 바이올렛과 처녀들의 신선한 입술을 사랑한다. 때로는 그런 것이 기분을 상쾌하게 해주니까. 사실 나는 이상주의자다. 내 속마음은……. 아니 내가 좀 감상적이 된 것 같다. 이 정도로 해두는 게 좋겠다. 그러면 지금까지의 이야기를 간단히 요약해보자. 나는 제군들에게 침묵과 질서와 절대적인 정의를 제공한다. 내게 고마워하라고 요구할 생각은 없다. 내가 제군들을 위해서 하는 일은 극히 당연한 것이다. 그 대신에 나는 제군들의 적극적인 협력을 요구하는 바이다. 내 직무는 이제 시작된 거다.

— 막 —

# 제2부

카디스의 광장. 무대 좌측에는 묘지 문지기의 집이 있고,
우측에는 부두가 있다. 그 가까이에 판사의 집.
막이 오르면 죄수복을 입은 무덤 파는 인부들이
시체들을 거두고 있다. 무대 뒤에서 짐수레가
삐걱거리며 굴러오는 소리가 들린다.
짐수레가 들어와 무대 중앙에서 멈춘다.
죄수들은 거기에 시체들을 싣는다.
그리고 짐수레가 문지기 집 쪽으로 간다.
짐수레가 묘지 앞에 멈춘 순간, 군악이 울려퍼지고
문지기 집의 벽 일부가 관객석을 향해 열린다.
문지기 집은 학교의 체육관과 흡사하다. 여비서가
그곳에 버티고 앉아 있고, 그보다 약간 낮은 곳에
식량 배급권을 교부하는 데 쓰이는 듯한 탁자가 몇 개
놓여 있다. 그 중 한 탁자의 뒤편에 흰 수염을 기른
시장이 직원들에 둘러싸여 있다. 음악 소리가
더 커진다. 반대쪽에서는 위병들이 민중들을
몰아서 문지기 집 앞으로, 안으로 남녀별로
따로 데리고 간다. 무대 중앙에 조명.
궁전 꼭대기에서 페스트가 인부들을 지휘하고 있다.
인부들이 무대 주변에서 움직이고 있다는 것이

느껴질 뿐 모습은 보이지 않는다.

**페스트**  자, 제군들, 빨리빨리 해야지. 정말 이 마을에서는 일의 속도가 나지 않는군. 이자들은 부지런히 일할 줄을 몰라. 한가하게 놀기만 좋아하는 게 뻔해. 나는, 손놓고 쉬는 것은 군대 막사에서나 줄을 서서 순번을 기다릴 때밖에 생각할 수 없단 말이야. 그렇게 쉬는 거야 좋지. 마음도 손발도 비어 있으니까. 즉, 복적 없는 휴식이니까. 자, 빨리들 움직여! 내 탑을 세우는 작업을 끝내야 해, 감시 체계가 서질 않았어. 마을 주위에 뾰족뾰족한 울타리를 치는 거다. 저마다 나름대로의 봄이 있는 법. 나의 봄은 쇠붙이 장미꽃이 피는 거다. 자, 불가마에 불을 지펴라, 우리의 환희의 불이다. 야, 민병! 내가 눈독 들이고 있는 집들에 별 표시를 붙여라. 그리고 비서, 자네는 명단을 준비해서 존재 증명서들을 작성하도록 하게!

*페스트가 반대쪽으로 퇴장한다.*

**어부**  (합창대장 역이다) 존재 증명서라니, 뭣에 쓰는 겁니까?
**여비서**  무엇에다 쓰냐고? 아니, 신분 증명서도 없이 어떻게 살아나가죠?
**어부**  그런 것 없이도 지금까지 잘 살아왔는데요.
**여비서**  지금까진 통치를 받지 않고 살았으니까 그렇지요. 그러나 이제부터는 통치를 받는 겁니다. 그리고 지금 정부의 방침은 언제나 증명서가 반드시 필요하도록 한다는 거예요. 빵이나 마누라는 없이 지낼 수 있지만, 정식 증명서, 무엇이든 증명하는 증명서 없이는 지낼 수 없지요.

어부    우리 집은 삼대에 걸쳐 그물 던지는 일을 하며 살아왔고 일도 빈틈없이 잘만 했죠. 그까짓 글씨 적힌 종이 조각 같은 것 없이도 말입니다, 아시겠어요?

목소리    우리 집은 대대로 고깃간으로 벌어먹고 살아왔지. 양을 잡는 데 증명서 같은 것은 필요 없었다고.

여비서    당신네들은 무정부 상태에서 살아온 것이다 이겁니다! 사실 우리는 도살장 일에 대해 반대하는 것은 절대로 아닙니다. 그 반대죠! 다만 거기에다 완벽한 장부 기장을 추가한 것뿐이죠. 그 점이 바로 우리의 장점이죠. 그리고 그물 던져 잡는 일이라면 우리도 상당한 실력이라는 것을 알게 될 겁니다.

시장님, 서류 양식은 가지고 계신가요?

시장    네, 여기 있습니다.

여비서    민병! 저분 좀 이리로 데리고 와요!

                민병이 어부를 앞으로 나서게 한다.

시장    (읽는다) 성명, 직업.

여비서    그건 다 아는 것이니 좋아요. 빈 칸은 나중에 본인이 메우도록 해요.

시장    이력.

어부    무슨 말인지?

여비서  당신의 생애에서 중요한 사건들을 거기다 적는 거예요. 당신이 어떤 사람인지 알게 해주는 한 방법이죠!

어부    내 인생은 내 것인데요. 사적인 것일 뿐 딴사람하고는 전혀 상관없는 일이에요.

여비서  사적인 일! 그런 말은 우리에게는 안 통해요. 중요한 것은 물론 당신의 공적인 생활이죠. 더군다나 당신에게 허용된 유일한 생활이 바로 그겁니다. 시장님, 차례로 물어보세요.

시장    결혼은?

어부    1931년에 했죠.

시장    결혼의 동기는?

어부    동기라니! 성질 나서 못 참겠네!

여비서  그런 항목이 들어 있어요. 개인적인 것으로 남겨두지 않고 공적인 사실로 만드는 좋은 방법이지요.

어부    사내로 태어나면 누구나 다 그러니까 나도 마누라를 얻은 거죠.

시장    이혼했나?

어부    아니, 상처했습니다.

시장    재혼했나?

어부    아뇨.

여비서  왜요?

어부  (격한 어조로) 아내를 사랑했으니까요.

여비서  이상하네! 왜요?

어부  뭐든 다 설명할 수 있는 건 아니잖아요?

여비서  조직적인 사회에서라면 설명할 수 있지요!

시장  전과는?

어부  그건 또 뭐요?

여비서  유죄 판결을 받은 적이 있나요, 절도, 위증, 강간 같은?

어부  전혀!

여비서  아주 깨끗한 분이군요, 그럴 줄 알았어요! 시장님, 이렇게 기입하세요. 요 감시 대상.

시장  시민 정신은?

어부  언제나 마을 사람들을 위해서 한다고 했죠. 가난한 사람이 오면 생선 한 마리라도 주었지 빈손으로 돌려보내진 않았다고요.

여비서  그런 식의 대답은 안 돼요.

시장  아, 그거라면 내가 설명해주죠! 시민 정신으로 말할 것 같으면, 아시다시피 그건 내 전문이죠! 잘 듣게, 질문의 요지는, 자네가 현존하는 질서를, 단지 그것이 존재한다는 이유만으로 지키는 인간이냐 아니냐 이걸세.

어부  그게 옳고 도리에 맞는 것이라면야 지키죠.

여비서  수상쩍은데! 시민 정신은 수상쩍다고 적어넣으세요! 그러면 마지막 질문을 읽어주시죠.

시장   (간신히 판독하여 읽는다) 존재 이유는?

어부   에이, 빌어먹을! 그런 뚱딴지 같은 잡소리를 나더러 어떻게 알아먹으란 말이오!

여비서   그건, 당신이 어떤 이유로 살고 있는지 말해보라는 겁니다.

어부   이유라니요! 사람이 사는 데 무슨 이유가 있다는 거요!

여비서   그것 보세요! 시장님, 잘 기억해두세요, 이자는 자기의 존재가 정당화될 수 없다는 것을 스스로 인정하고 있어요. 따라서 우리 쪽에서는 유사시에 일을 처리하기가 아주 쉽게 된 겁니다. 그러니까 당사자인 당신도 지금 발급하는 존재 증명서가 왜 임시의 시한부 증명서인지 더 잘 이해하게 된 겁니다.

어부   임시든 아니든 간에 빨리 내주기나 하시구려. 어서 집으로 돌아가고 싶으니. 식구들이 기다리고 있어요.

여비서   물론이죠! 그러나 그 전에 건강 증명서를 제출해야 돼요. 그 서류는 몇 가지 수속 절차를 거쳐 이층의 서무부 유예과 분국에서 교부합니다.

> 어부 퇴장. 그 사이에 시체를 실은 짐수레가 묘지 입구에 도착하여 시체 내리는 작업이 시작된다. 그러나 술에 취한 나다가 고함을 지르며 짐수레에서 뛰어내린다.

나다   난 죽지 않고 살아 있다니까!

> 인부들이 나다를 다시 짐수레에 실으려 한다.

나다는 뿌리치고 빠져나와서 문지기 집으로 들어간다.

나다   아니, 왜들 이러는 거야! 죽었는지 살았는지는 보면 알 거 아냐! 오! 실례!

여비서   괜찮아요. 이리 와보세요.

나다   저 친구들이 나를 짐수레에다가 주워 담은 거예요. 단지 술이 좀 과했을 뿐인데! 그저 말살하고 보자는 거지!

여비서   말살하다니, 무엇을?

나다   뭐든 다지, 이 예쁜이야! 말살하면 말살할수록 일은 잘되거든. 모조리 다 말살해버린다면, 그야말로 천국이지! 예를 들어서, 저기 좀 봐요, 사랑을 속삭이는 한 쌍의 연인! 난 저런 건 딱 질색이야! 저런 게 눈앞을 지나가면 난 침을 뱉어버려. 물론 뒤에서. 앙심 품는 것들도 있거든! 그리고 저 애새끼들 좀 봐요, 거지 같은 것들! 그리고 저 멍청한 몰골의 꽃들이며 늘 그 턱인 저 강들! 암, 말살해야지, 말살해야 해! 그게 나의 철학이야! 신은 이 세계를 부정하지만 나는 신을 부정한다고! 허무여, 만세! 유일하게 존재하는 건 허무뿐이야!

여비서   하지만 그 모든 것을 어떻게 다 말살하죠?

나다   마시는 거지, 죽어 없어질 때까지 마시는 거지.

여비서   그건 안 좋은 방법인데요! 우리가 하는 방식이 훨씬 나아요! 그런데 당신의 이름은?

나다   무(無).

여비서  뭐라고?

나다  무.

여비서  이름이 뭐냐니까.

나다  그게 내 이름이야.

여비서  아, 그래! 그런 이름의 소유자라면 우린 함께 할 일이 무척 많겠는데! 자, 이쪽으로 와봐. 우리 왕국의 관리로 쓰겠어.

어부 등장.

여비서  시장님, 우리 친구 무씨에게 잘 좀 가르쳐주시죠. 그 동안에 거기 민병들, 당신들은 우리 배지를 팔도록 하세요. (그녀는 디에고가 있는 곳으로 다가간다) 안녕하세요, 이 배지 하나 사주시겠어요?

디에고  무슨 배지죠?

여비서  페스트의 배지지 뭐겠어요. (잠시 후) 사실, 안 사도 상관은 없어요. 강제적인 것은 아니니까요.

디에고  그렇다면 안 사겠소.

여비서  좋아요. (빅토리아에게 가까이 간다) 당신은?

빅토리아  나는 당신을 알지도 못하는데요.

여비서  좋아요. 하지만, 분명히 말해두지만 이 배지를 달지 않겠다는 사람은 반드시 다른 휘장을 달고 다닐 의무가 있어요.

디에고  그건 또 뭡니까?

여비서   배지를 달고 다니기를 거절한 사람들의 배지죠. 이렇게 해두면 한눈에 당장 상대가 어떤 사람인지 알 수 있죠.

어부   잠깐 실례합니다만……

여비서   (디에고와 빅토리아를 돌아보며) 그럼 또 만나요. (어부에게) 또 무슨 일이죠?

어부   (점점 더 화를 내며) 지금 막 이층에 갔더니 다시 여기 와서 존재 증명서를 받아 오라고 합디다. 그게 없으면 건강 증명서를 줄 수가 없다고.

여비서   그야 당연하죠.

어부   당연하다니, 그게 무슨 소립니까?

여비서   그것 봐요, 그걸 보면 이 마을이 정상적으로 통치되고 있다는 것을 알 수 있어요. 확신하거니와 당신네들은 모두 유죄예요.[3] 제멋대로 통치를 받았다는 바로 그 죄죠. 물론 당신네들 스스로가 유죄라는 것을 자각해줘야겠지만. 그런데 당신네들은 지칠 대로 지쳐서 녹초가 되기 전에는 스스로 유죄라고 생각하지 않거든요. 그러니까 이쪽에서 당신들을 지쳐빠지게 해주는 거죠. 당신네들이 지칠 대로 지치면 그 다음은 저절로 잘 되어나갈 테니까요.

어부   아무튼 그 존재 증명선가 뭔가 하는 건 받을 수 있는 건가요?

여비서   원칙적으로는 안 되죠. 존재 증명서를 받자면 우선 건강 증명서가 필요하니까. 아무리 봐도 뾰족한 수가 없네.

어부   그렇다면 어떻게 되는 거죠?

여비서   그렇다면 이젠 이쪽의 기분 여하에 달려 있는 거죠. 하지만 기분이란 게 다 그렇듯이 이쪽의 기분도 단기적이죠. 그러니까 특별히 봐줘서 그 증명서를 발부해주겠어요. 단 일주일밖에 유효하지 않아요. 일주일 뒤에는 또 그때 가서 보기로 하고.

어부   그때 가서 보다니, 뭐요?

여비서   기한 연장이 가능한지 어떤지를.

어부   연장이 안 된다면요?

여비서   당신의 존재가 더 이상 보장되지 못하니까 아마 말살의 수속을 밟게 되겠죠. 시장님, 이 증명서를 열세 통 작성해 주세요.

시장   열세 통이나요?

여비서   그래요! 본인에게 한 통, 사무 처리에 열두 통이 필요하니까요.

                              무대 중앙에 조명.

페스트   자, 필요 없는 대공사를 시작하도록 하지. 비서, 자네는 추방 대상자와 강제 수용 대상자의 수를 적당히 안배해주게. 가용 인력이 충분하도록 무죄인 놈들을 자꾸 유죄로 만들어야 해. 중죄범들은 추방하고! 장차 일손이 모자라게 될 것이 분명해! 조사, 등록 작업은 어느 정도 되었나?

여비서   지금 하고 있어요. 모든 것이 순조롭게 진행되고 있습니다. 착한 이 동네 사람들도 이제 제 마음을 이해한 것 같아요.

페스트   자네는 금방 마음이 물러지는 게 탈이야. 툭하면 사람들이 마음을 이해해주기를 바란단 말씀이야. 우리의 직업이 직업인지라 그런 태도는 결점이 돼. 자네 말마따나 그 착한 자들은 물론 아무것도 이해하지 못했어. 그러나 그런 것은 중요한 게 아냐! 중요한 건 그자들이 이해하는 게 아니라 실시하는 거야. 아니 이건 정말 의미심장한 표현인데, 안 그런가?

여비서   무슨 표현 말씀이신지?

페스트   실시한다[4]는 표현 말이야. 자, 너희들은 실시하는 거다. 실시! 알았지! 멋진 표현인걸!

여비서   정말 멋져요!

페스트   정말 멋지지! 모든 의미가 다 들었거든! 우선 사형 집행인데, 이 얼마나 흐뭇한 이미지인가. 다음은 처형당하는 자가 스스로 자기의 처형에 협력한다는 의미니,[5] 이거야말로 모든 훌륭한 정부의 목적이며 강화 수단이 아닌가!

무대 안쪽에서 떠드는 소리.

페스트   저건 뭔가?

여자들의 코러스가 술렁거린다.

여비서 여자들이 법석을 떨고 있는 거예요.
코러스 이 여자가 할말이 있답니다.
페스트 앞으로 나와요.
여자 (앞으로 나온다) 제 남편은 지금 어디에 있죠?
페스트 아, 그거였군! 소위 인간적 마음이라는 거군! 무슨 일이 있었나, 남편에게?
여자 집에 돌아오지 않았어요.
페스트 흔히 있는 일이지. 걱정할 거 없어. 벌써 좋은 보금자리를 찾은 거겠지.
여자 그이는 남자답고 자신을 존중할 줄 아는 사람이에요.
페스트 물론 불사조 같은 사내겠지! 비서, 한번 조사해보게.
여비서 이름!
여자 성은 갈베스, 이름은 안토니오.

   여비서는 수첩을 들여다보고 나서 페스트에게 귓속말을 한다.

여비서 아이고, 생명에는 지장 없으니 안심하세요.
여자 생명이라니 무슨?
여비서 호화판 별장 생활이죠!
페스트 그렇지, 시끄럽게 떠들어대서 다른 녀석들과 함께 추방해버렸지. 목숨은 살려뒀어.
여자 (뒤로 물러서며) 무슨 짓을 한 거예요?

페스트   (몹시 화가 난 듯 신경질적으로) 한 곳에 집단 수용했지. 지금까지 그자들은 뿔뿔이 흩어져가지고 경박하게, 말하자면 좀 희박하게 살아왔거든! 이젠 좀더 단단하게, 집중적으로 생활을 하게 된 거야!

여자   (코러스 쪽으로 도망친다. 코러스는 대열을 풀어서 여자를 안으로 맞아들인다) 아, 비참해요, 내게 왜 이런 비참한 일이!

코러스   아, 비참해라, 우리에게 왜 이런 비참한 일이!

페스트   조용히 해! 그렇게 우두커니 서 있지만 말고 무엇이든 일을 해! 하는 일이 있어야지! (꿈을 꾸듯이) 저들은 자신들을 집행한다, 열심히 일한다, 자신들끼리 한 곳에 집중한다. 문법이란 좋은 거야, 골고루 써먹을 수 있거든!

      문지기 집에 불이 켜진다. 거기 나다가 시장과
      같이 앉아 있다. 그의 앞에는 민원인들이 줄을 서 있다.

한 남자   생활비가 올라서 월급 가지고는 턱도 없다니까요.

나다   우리도 알고 있어. 그래서 새 급여표를 만들었어. 이제 막 작성이 끝났다고.

남자   몇 퍼센트나 올랐는데요?

나다   (읽는다) 아주 간단해! 급여표 제108호. "각 직업 간의 급여 재조정에 관한 법령. 본 법령은 기본급의 폐지와, 예상되는 최고 급여액에 도달할 자격을 가진 변동 직급의 무조건 자유화를 규정한다. 급여표 제107호에 의거하여 명목상 승인된 가산액을 공제한 경우, 변동 직급에 대해서는 실질적인 재조정 조항과 관계없이, 여전히 앞서 폐지된 기본급에 의거하여 산출한다."

남자   그렇다면 얼마가 증액되는 셈입니까?

나다   증액은 나중 문제야. 지금은 급여표만 정한 거지. 급여표를 한 장 늘렸을 뿐이야.

남자   도대체 그 급여표를 가지고 뭘 한다는 겁니까?

나다   (소리를 질러댄다) 그거나 먹으라는 서시! 사, 다음 사람. (다른 남자가 앞으로 나온다) 가게를 열어볼 생각이라고. 참 좋은 생각이야, 좋다고. 그러면 우선 이 서류를 작성하지. 손가락에 잉크를 찍고. 여기, 여기에다 눌러. 됐어.

남자   손은 어디서 씻죠?

나다   손을 어디서 씻는다? (서류를 뒤져본다) 씻는 데는 없어. 그런 것은 규정에 없어.

남자   그렇지만 그냥 이러고 있을 수는 없잖습니까?

나다   왜? 사실 그런 거야 아무러면 어떤가. 어차피 네겐 마누라를 건드릴 권리도 없는데. 또 너한테는 오히려 잘된 거지.

남자   어째서 잘됐다는 거죠?

나다   그래, 욕이 되니까 잘되었다는 거야. 다시 가게 문제나 얘기해보지. 너는 어느 쪽 규칙을 적용받고 싶나? 일반 규정 제5조와 관련한 제16호 공문 제62장 제208조인가, 아니면 특별 규정과 관련한 제15호 공문 제207조 제27항인가, 어느 쪽이야?

남자   이쪽도 저쪽도 나는 모르겠는데!
나다   물론! 알 리가 없지, 이 친구야. 나도 모르니까. 그래도 좌우간 결정은 해야 하니까, 너한테는 양쪽을 다 적용해보기로 하지.
남자   정말 고마워요, 나다.
나다   고마워하기에는 아직 일러. 왜냐할 것 같으면, 한쪽 조문을 적용하면 너는 가게를 열 권리를 얻게 되지만 다른 한쪽 조문을 따르게 되면 가게에서 물건을 팔 권리를 잃게 되니까.
남자   그건 또 무슨 영문이죠?
나다   명령이야!

                      한 여자가 얼빠진 표정으로 들어온다.

나다   무슨 일이지?
여자   우리 집이 징발되었어요.
나다   그럴 수도 있지.
여자   무슨 관청 사무실로 만들어버렸어요.
나다   당연하지!
여자   그렇지만 나는 길바닥에 나앉고 말았어요. 대신 집을 하나 준다고는 했지만요.
나다   그것 보라고, 다 생각이 있어서 그러는 것 아닌가!
여자   네, 그렇지만 신청서를 내서 그것이 통과되어야 한대요.

그때까지는 어린애들이 길바닥에 나앉아 있어야 한단 말이에요.
나다  그럴수록 신청서를 내야지. 이 서류를 기입하라고.
여자  (서류를 집어들고) 곧 해결될까요?
나다  긴급을 요한다는 증명만 있으면 곧 될 수도 있지.
여자  그게 뭔데요?
나다  더 이상 길바닥 생활을 않도록 하는 것이 너로서는 긴급을 요한다는 일종의 증명서지.
여자  내 어린것들이 당장 길바닥에 나앉아 있으니 그것들에게 집을 얻어주는 일보다 더 긴급한 일이 어디 있겠습니까?
나다  어린애들이 길바닥에 나앉았다는 것만 가지고는 집을 못 주지. 증명서가 있어야 집을 주는 거야. 그건 별개의 문제라고.
여자  그런 말은 생전 처음 들어보네요. 악마나 하는 말이지 원, 그걸 알아들을 사람은 아무도 없어요.
나다  당연하지. 같은 나라 말을 하면서도 서로 알아듣지 못하게 하려는 거니까. 내 말 알아듣겠나, 잘 들어두라고. 우리는 지금 완벽한 순간에 다가가고 있어. 모두가 다 지껄여대지만 아무 응답도 없는 그런 순간, 한 마을 안에서 서로 맞붙어 싸우는 두 가지 말이 어찌나 지독하게 서로서로를 파괴하는지 결국 모든 것이 침묵과 죽음이라는 최후의 완성 단계를 향해서 나아갈 수밖에 없는 그런 순간 말이야.
여자  (모두 함께 말한다) 정의라는 것은 어린아이들이 배불리 먹고 추위에 떨지 않는 것. 정의라는 것은 우리의 어린것들이 살아나가는 것. 나는 그 아이들을 환희의 땅에 낳아놓았네. 바다는 그들에게 세례의 물을 주었네. 그 아이들에게 다른 재화는 필요 없다네. 어린아이들을 위해서 내가 바라는 것은 일용할 빵과 가난한 사람들의 잠뿐이라네. 하찮은 그것마저 당신은 거절하네. 당신이 불행한 사람들에게 빵마저 거절한다면 그 어떤 사치로도, 그 어떤 멋진 말로도, 그 어떤 신비스러운 약속으로도 당신의 그 죄는 용서받지 못하리.

**나다** (모두 함께 말한다) 서서 죽는 것보다는 차라리 무릎 꿇고 사는 쪽을 택하는 거다. 그러면 세계는, 교수대처럼 직각을 이룬, 조용한 죽음들과 이제부터 얌전해질 개미떼들이 함께 누리는 질서를 찾게 된다. 목장도 없고 빵도 없는 이 청교도의 천국에서는, 서류와 영양가 있는 서식들로 포식한 행복한 족속들이 만물의 파괴자이며 너무나 감미로웠던 지난날의 광란을 지우느라 정신 없는 훈장 단 신 앞에 엎드린 가운데 대문자의 날개를 단 경찰 천사들이 돌아다닌다.

**나다** 허무 만세! 이젠 아무도 서로를 이해할 수가 없게 되었으니 드디어 완벽한 순간이로구나!

> 무대 중앙에 조명.
> 오막살이집들, 철조망, 망루,

그리고 기타 여러 가지 적대적인 시설들이 부각되어 보인다. 마스크를 쓴 디에고가 쫓기는 듯한 걸음걸이로 등장한다. 그 시설들과 민중들, 그리고 페스트의 모습이 그의 눈에 띈다.

디에고  (코러스를 향하여) 스페인은 어디로 갔나? 카디스는 어디로 갔나? 어쩌면 이 세상 어느 곳에서도 볼 수 없는 이런 꼴이 되었단 말인가! 사람이 살 수 없는 딴세상이 되었구나! 왜 너희는 말이 없느냐?
코러스  무섭도다! 아, 바람이라도 일었으면······.
디에고  나도 무서워. 무서우면 무섭다고 소리치는 것이 좋다. 자, 소리 높이 외쳐보라. 그러면 바람이 대답할 것이다.
코러스  우리는 전에는 나라의 백성이었는데 지금은 오합지졸에 지나지 않는구나! 전에는 부탁받고 살았는데 지금은 소집당한 신세! 전에는 빵과 우유를 서로 바꾸었는데 지금은 배급받는 신세! 우리는 제자리에서 맴돌고 있다네! (발을 구른다) 우리는 발을 구르며, 아무도 남을 돕지 못한다고, 제자리에서, 남이 정해준 자리에서 기다릴 수밖에 없다고 말하네! 고함친들 무슨 소용이 있나? 우리의 여자들은 욕망을 자아내던 그 꽃 같은 얼굴들을 잃어버렸네. 이제 스페인은 사라져버렸네! 우리 모두 발을 구르며 제자리에서 맴돌고 있구나! 아, 괴로워라! 우리는 스스로를 짓밟고 있네! 굳게 닫힌 마을 속에서 숨이 막히네! 아, 정말 바람이라도 일었으면······.

페스트　이제 좀 영리해졌군. 자, 이리 와, 디에고, 이제는 알았 겠지?

> 하늘에서 사람을 말살하는 소리.

디에고　우리는 죄가 없다!

> 페스트가 껄껄대며 웃는다.

디에고　(고함친다) 무죄란 말이다! 이 살인자야, 내 말 알아들었 어, 무죄란 말을?
페스트　무죄라! 그런 건 몰라!
디에고　그렇다면 이리 와봐. 어느 쪽이든 강한 쪽이 죽이는 거 다.
페스트　제일 강한 거야 물론 나지, 이 무죄 놈아. 똑똑히 봐.

> 페스트가 위병들에게 손짓하여 디에고에게 덤벼들게 한다. 디에고는 도망친다.

페스트　뒤를 쫓아! 놓치면 안 돼! 도망치는 놈은 모두 우리 거 다! 표시를 하라.

> 위병들이 디에고의 뒤를 쫓는다. 이중 무대 위에서

추적의 팬터마임. 호루라기 소리, 경보 사이렌.

**코러스**  한쪽은 도망치네. 무서워서, 무섭다고 말하네. 자제력을 잃고 광란 상태에 빠졌다네! 그러나 우리는 얌전해졌네. 우리는 통치받는 신세. 그러나 사무실의 고요 속에서 우리는 억지로 참고 견디는 기나긴 외침에 귀를 기울인다네. 그것은 강제로 이별당한 사람들의 마음의 울부짖음이니 정오의 햇빛 쏟아지는 바다, 저녁놀 질 때 풍겨오는 길대의 향기, 우리네 여자들의 싱싱한 팔에 대해 말해주는 외침이라네. 우리의 표정은 굳게 봉인되고, 한 걸음 한 걸음 세어서 걷고 시간도 일일이 정해져 있다네. 그러나 우리의 가슴은 침묵을 거부하네. 명단도, 등록 번호도, 끝없이 긴 성벽도, 유리창에 씌운 쇠창살도, 총부리가 삐죽삐죽 솟는 신새벽도 거부하네. 우리의 마음도 어둠과 숫자뿐인 이 무대장치를 벗어나 집에 닿으려고, 그래서 마침내 몸을 숨길 은신처를 되찾으려고 뛰어가는 사람처럼 거부하네. 그러나 유일한 은신처는 바다뿐인데 이 성벽이 가로막고 있다네. 바람아 불어다오, 그러면 우리도 마침내 숨 쉴 수 있을 텐데…….

과연 디에고가 어느 집 안으로 뛰어들어간다.
위병들이 문 앞에서 보초를 서고 있다.

페스트   (고함치며) 그놈에게 표시를 해! 그놈들 전부에게 표시를 하라! 그놈들이 입 밖에 내지 않은 말도 들릴 수 있어! 놈들은 이제 항의하지 못하게 되었지만 놈들의 침묵이 이를 가는 소리를 내고 있단 말이야! 그놈들의 주둥아리를 으스러뜨려라! 주둥아리에 재갈을 물리고 우리의 슬로건을 가르쳐줘라! 노상 똑같은 말만 되풀이하면서 드디어 우리가 필요로 하는 착한 시민이 될 때까지 말이다.

> 그때, 무대의 천장으로부터 일련의 슬로건이 마치 확성기를 통해 나오듯이 진동하는 소리로 쏟아진다. 그 소리는 반복될수록 더욱 커져서 입을 다물고 있는 코러스를 압도하다가, 결국에는 소리가 끊기고 완전한 침묵이 가득 찬다.

페스트   페스트도 하나, 백성도 하나!
집합하라! 실시하라! 할 일에 몰두하라!
자유 둘보다 훌륭한 페스트 하나가 낫다!
추방해라, 고문해라, 그래도 여전히 무엇인가는 남는다!

> 판사의 집에 조명.

빅토리아   안 돼요, 아버지. 비록 전염되었다 해도 그 늙은 하녀를 인계해서는 안 돼요. 저를 키워주었고, 한마디 불평도 없이 아버지의 시중을 들어준 사람이란 것을 잊으셨어요?
판사 내가 한번 정한 일에 누가 감히 간섭해?
빅토리아 아버지가 모든 것을 다 결정할 수는 없어요. 고통에게도 결정권이 있는 거예요.
판사 나의 역할은 이 집을 지키고 병의 침입을 막는 데 있다. 그리고…….

갑자기 디에고가 들어온다.

판사 누구 허락을 받고 여기에 들어왔나?
디에고 무서워서, 얼떨결에 들어왔습니다! 페스트에게서 도망쳐 오는 길입니다.
판사 페스트를 피하지는 못해! 넌 벌써 그 표시를 달고 있어. (판사는 디에고의 겨드랑이 밑에 달려 있는 표시를 가리킨다. 침묵이 흐른다. 멀리서 두세 번 호루라기 부는 소리가 들린다) 당장 이 집에서 나가.
디에고 저를 여기 좀 있게 해주세요! 여기서 내쫓으면 놈들은 저를 다른 환자들 속에 섞어놓을 거예요. 그렇게 되면 함께 시체더미가 되고 말아요.
판사 나는 법에 몸 바친 사람이다. 너를 받아줄 수는 없어.
디에고 옛날 법에 몸 바치셨죠. 그거 새로운 법과는 아무 상관이 없어요.
판사 내가 법을 지키는 것은 법의 내용 때문이 아니야, 그것이

법이니까 지키는 거다.

디에고  그러나 그 법이 범죄라면요?

판사  범죄가 법이 되면 그건 더 이상 범죄가 아닌 거다.

디에고  그렇다면 미덕을 벌해야 하겠군요!

판사  그래, 그걸 벌할 수밖에. 그것이 감히 법의 정당성을 문제 삼는다면.

빅토리아  아버지, 아버지가 그러시는 것은 법 때문이 아니라 두려움 때문이에요.

판사  이 젊은이도 두려워하고 있어.

빅토리아  그러나 이 사람은 아직 아무것도 배반하지 않았어요.

판사  장차 배반하게 된다. 누구나 다 배반하지, 누구나 다 두려우니까. 누구나 다 두려워하지, 순수한 사람은 아무도 없으니까.

빅토리아  아버지, 저는 이 사람의 것이에요, 아버지도 승낙해주셨어요. 어제 이 사람을 저에게 주셨는데 오늘 저에게서 빼앗아가실 수는 없어요.

판사  나는 너의 결혼을 승낙한 게 아니다. 네가 집을 나가는 것을 승낙한 거지.

빅토리아  아버지가 저를 사랑하지 않는다는 것은 알고 있었어요.

판사  (빅토리아를 바라보며) 여자란 누구든 다 질색이야.

누군가 난폭하게 문을 두드린다.

위병 (밖에서) 수상한 자를 숨긴 죄로 이 집을 봉쇄한다. 이 집의 모든 거주자는 감시 대상이다.

디에고 (큰 소리로 웃는다) 보시다시피 법이란 정말 좋은 것이군요. 그렇지만 이건 좀 새로운 법이라서 명판사인 당신도 잘 모르셨겠죠. 이제 드디어 판사도 피고들도 증인들도 모두 다 한통속이 되고 말았군요!

> 판사 부인, 어린 아들, 그리고 딸이 들어온다.

부인 대문을 봉쇄해버렸어요.

빅토리아 우리 집은 폐쇄되었어요.

판사 이 사람 때문이야. 그러니까 이 사람을 고발해야겠다. 그러면 봉쇄를 해제해주겠지.

빅토리아 아버지, 명예를 위해서도 그렇게는 못 하십니다.

판사 명예란 남자들 사이의 문제야. 그런데 이제 이 마을에는 남자라곤 없어졌어.

> 호루라기 소리가 나고 달음박질하는 소리가 차츰 가까이 들려온다. 디에고가 귀를 기울이고 있다가 겁에 질린 눈으로 사방을 두리번거리더니 갑자기 어린 소년을 붙잡는다.

디에고 똑똑히 보시오, 법관 나리! 조금이라도 움직였다가는 당신 아들의 입에다가 이 페스트 자국을 문질러버리겠소!

빅토리아  디에고, 그건 비겁해요.

디에고  비겁한 자들만 사는 이 도시에서는 무슨 짓을 해도 비겁하지 않아.

부인  (판사에게 매달리며) 약속하세요, 카사도! 이 미친 사람이 원하는 대로 하겠다고 하세요.

판사의 딸  안 돼요, 아버지, 이건 우리와는 관계없는 일이에요.

부인  얘가 하는 말은 듣지 마세요. 제 동생을 미워하고 있는 애니까요.

판사  애 말이 옳아. 이건 우리와는 관계가 없어.

부인  당신도 마찬가지예요, 내 아들을 미워하고 있어요.

판사  맞아, 당신 아들이지.

부인  오! 남자답지 못해요, 옛날에 용서한 일을 지금에 와서 또 끄집어내다니.

판사  난 용서한 적 없어. 법에 따라 남들 눈에 이 아이의 아버지 노릇을 했을 뿐이야.

빅토리아  그게 정말이에요, 어머니?

부인  너도 나를 경멸하는구나.

빅토리아  아녜요. 그렇지만 모든 것이 한꺼번에 무너지는 것 같아서, 마음의 중심을 잡을 수가 없어요.

　　　　　　　　　　판사가 문을 향해 한 걸음 내디딘다.

디에고    마음은 갈팡질팡해도 법이 지탱해주는 것 아니겠어요, 판사님? 우리는 모두 형제들이죠! (그는 소년을 자신의 앞에 세운다) 너도 마찬가지야. 그러니까 형제의 키스를 해주지.

부인    잠깐, 디에고, 제발 부탁이야! 저이처럼 모질게 행동하진 말아줘, 저이도 누그러질 거야. (문 쪽으로 달려가서 판사 앞을 가로막고 선다) 양보하시는 거죠, 그렇죠?

판사의 딸    왜 양보를 해야 하나요? 거추장스럽기만 한 이 사생아가 아버지와 무슨 상관이에요!

부인    입 닥쳐! 샘이 나서 못살더니 앙심만 남았구나. (판사에게) 늙어서 죽을 날이 머지 않은 당신이니 잘 알고 있겠지요, 이 세상에서 바랄 것이라곤 편안한 잠과 마음의 평화뿐이라는 걸. 이대로 모른 체하고 있다가는 외로운 잠자리에 혼자 남아 눈도 붙이지 못한다는 걸 알잖아요.

판사    내 곁에는 법이 있어. 내겐 법만이 휴식이야.

부인    당신의 법에 침이라도 뱉고 싶군요. 나에게도 권리는 있어요. 사랑하는 사람들끼리 서로 떨어지지 않을 권리, 죄지은 사람이 용서받을 권리, 뉘우친 사람이 명예를 되찾을 권리가 있단 말이에요! 그래요, 당신의 법에는 침이라도 뱉고 싶어요. 전에 그 대위의 결투 신청에 당신이 비겁한 구실을 대며 도망쳤을 때도, 거짓말을 하고서 징병을 피했을 때도 법이 당신 편에 서주던가요? 못된 고용주의 학대에 못이겨 당신을 찾아온 처녀를 당신 침대에 끌어들이려고 했을 때도 법이 당신 편에 서주었나요?
판사  닥쳐, 이 여편네야!
빅토리아  어머니!
부인  아니다, 빅토리아, 입 다물지 못하겠다. 오랜 세월 동안 나는 입 다물고 살아왔다. 그것도 나의 명예를 위해서, 하느님의 자비를 위해서 그랬다. 그러나 이제 명예 같은 것은 없어졌어. 그래서 내 아들의 머리칼 하나가 내겐 하느님보다도 더 소중하단 말이다. 나도 이젠 입 다물지 않겠어. 이 사람에게 적어도 이 말만은 해두어야겠다, 당신 같은 사람은 절대로 권리의 편이 아니라고. 알겠어요, 카사도? 권리는 고통받고 신음하며 살아가면서도 희망을 버리지 않는 사람들의 편에 있는 거예요. 그건 약삭빠르게 계산하여 재물을 쌓는 사람들 편에 있지도 않고, 있을 수도 없어요.

디에고가 소년을 놓아준다.

판사의 딸  그런 건 간통의 권리에 지나지 않아요!
부인  (소리치며) 물론 나도 내 잘못을 부정하진 않는다. 차라리 온 세상 사람들에게 내 잘못을 소리쳐 말하겠다. 그렇지만 비참한 삶을 통해서 배웠어, 육체는 과오를 저지르지만 마음은 범죄를 저지른다는 것을 말이다. 사랑의 정열을 못 이겨 저지르는 과오는 동정받아 마땅한 거야.
판사의 딸  암캐들이야 동정하고말고요!

부인   그래! 암캐들에게는 즐기라고, 새끼를 치라고 배가 있는 거니까!

판사   이 사람아! 그런 변론은 성립될 수 없어! 이런 말썽을 일으킨 이자를 고발하겠어! 이중의 만족을 위해 고발하겠어, 법과 증오의 이름으로.

빅토리아   딱하기도 하세요. 드디어 실토를 하셨군요. 지금까지 오로지 증오심으로 판결해놓고는 법의 이름으로 장식을 하셨죠. 가장 좋은 법도 아버지의 입에서는 쓴맛이 나요. 아무것도 사랑해본 일이 없는 사람의 그 쓰디쓴 입이니까요! 아, 정말 구역질이 나고 숨이 막혀요! 자, 디에고, 우리를 모두 그 팔에 안아줘. 모두 다 같이 썩어버리는 거야. 그러나 아버지만은 그대로 사시게 놔둬, 사는 것이 벌이니까.

디에고   건드리지 마, 이런 꼴이 된 우리 모두가 부끄러워.

빅토리아   나도 부끄러워요, 부끄러워서 죽을 지경이야.

          디에고가 갑자기 창문을 넘어 뛰어나간다. 판사도 달려간다.
          빅토리아는 숨겨진 문을 통해 도망쳐 나간다.


부인   곪은 데가 터질 때가 왔구나. 하긴 우리만의 일이 아니지, 도시 전체가 같은 열병에 걸려 있는걸.

판사   개 같은 년!

부인   저런 사람이 판사라니!

> 암전. 문지기 집에 조명.
> 나다와 시장이 나갈 채비를 한다.

나다　전 지역의 모든 지휘관들에게 명령이 내렸어. 관할 주민들에게 새 정부에 대한 지지를 묻는 투표를 실시하라고.

시장　쉬운 일이 아닌데. 몇몇은 반대 투표를 할 가능성이 있으니까!

나다　아냐, 적당한 원칙을 세워서 실시하면 돼.

시장　적당한 원칙?

나다　적당한 원칙에 따른다면 투표는 자유야. 다시 말해서, 정부를 지지하는 표만이 자유롭게 표명된 것으로 간주되는 거지. 선택의 자유가 암암리에 구속을 받는 일이 없도록 하기 위하여, 그 밖의 표들은 선취 방식으로 계산에서 제외하는 거야. 즉, 제외된 표의 삼분의 일에 비례해서, 분할 연기명 투표를 기권표 지수에 연동시키는 거야. 확실히 알겠지?

시장　확실하긴 한데……. 아무튼 알 것 같네.

나다　훌륭해요, 시장님. 알든 모르든 간에 요것만은 잊지 말아야 해. 즉, 이 방법을 실시함으로써 정부에 반대하는 표는 모두 무효로 계산해야 된다는 것 말이야.

시장　그렇지만 투표는 각자 자유라고 했잖아?

나다　사실 자유지. 단, 반대표는 자유가 보장된 투표가 아니라는 원칙에서 출발할 뿐이야. 그런 것은 모두 감정적인 표니까, 결국 광적인 정열의 제약을 받은 거다, 이런 말씀이야.

시장  거기까지는 생각 못했는데!

나다  그건, 자유란 무엇인지에 대해서 당신이 똑바로 알고 있지 못했기 때문이야.

> 무대 중앙에 조명. 디에고와 빅토리아가 달려와 무대 전면으로 나온다.

디에고  도망치고 싶어, 빅토리아. 마땅히 해야 할 의무가 무엇인지 알 수가 없어. 뭐가 뭔지 모르게 되고 말았어.

빅토리아  내 곁에서 떠나지 말아줘. 해야 할 의무는 사랑하는 사람 곁에 있는 거야, 단단히 마음 먹어.

디에고  그러나 나 자신에 실망한 채 너를 사랑하는 것은 자존심이 허락하질 않아.

빅토리아  누가 너 자신에 실망하게 만들었는데?

디에고  항상 빈틈 없는 너지 누구야.

빅토리아  우리 자신을 위해서도 그런 식으로 말하지 마. 그러지 않으면 나는 당신 앞에 쓰러져서 내 비열한 면을 다 보여주고 말게 될 것 같아. 당신 말은 틀렸어. 난 그렇게 강하지 못해. 허점투성이야. 당신에게 나를 다 맡기고 있었던 때를 생각하면 기운이 다 빠져나가. 금방이라도 쓰러질 것 같아. 당신 이름만 들어도 가슴속이 차오르던 그 시절은 어디로 갔지? 당신 모습이 보이기만 하면 마음속에서 '대지의 신'이라고 외치는 목소리가 들리는 것 같던 그 시절은 어디로 갔지? 그래, 나는 마음이 약해, 비겁하게 후회만 하고 있어. 지금 이렇게 쓰러지지 않고 있는 것은 사랑의 충동이 나를 앞으로 떠밀어주기 때문이야. 만약 당신이 내 눈앞에서 사라지고 이 질주가 멈춘다면 나는 그냥 콱 쓰러지고 말 거야.

디에고  아, 너를 꼭 껴안을 수만 있다면, 이 손발을 너의 손발에 얽어매고 끝없는 잠 속으로 깊이 빠져들 수만 있다면!

빅토리아  어디 그렇게 해봐.

> 디에고가 천천히 그녀 쪽으로 걸어간다. 빅토리아도 그에게로 다가선다. 두 사람은 상대에게서 시선을 떼지 않는다. 서로 껴안으려는 순간 그들 사이에 여비서가 불쑥 나타난다.

여비서  무슨 짓을 하고 있는 거예요?

빅토리아  (소리친다) 사랑을 하고 있어요, 보면 몰라요!

> 하늘에서 끔찍한 소리.

여비서  쉿! 입 밖에 내면 안 되는 말이 있어요. 그런 말은 금지라는 걸 알고 있을 텐데. 이걸 좀 봐요.

여비서는 디에고의 겨드랑이 밑을 탁 쳐서
두 번째 표시를 찍는다.

여비서   지금까지는 그냥 혐의 정도였지만 이젠 완전히 감염된 겁니다. (디에고의 얼굴을 쳐다본다) 안됐네요, 미남인데. (빅토리아에게) 미안해요. 그러나 난 여자보다는 남자가 더 좋아요. 남자들과는 어딘가 통하는 데가 있거든요. 자, 그럼 안녕.

디에고는 또다시 자신의 몸에 찍힌 새로운 표시를
끔찍하다는 듯이 바라본다. 미친 듯한 눈초리로 주위를
돌아보더니 빅토리아에게 달려들어 힘껏 껴안는다.

디에고   아, 너의 그 아름다운 모습이 미워. 내가 죽은 뒤에도 여전히 그대로 남아 있을 테니까! 딴놈들 좋은 일이나 해줄 그 아름다움이 저주스러워!

그는 빅토리아를 으스러지도록 껴안는다.

봐! 이제부터 난 혼자가 아니야! 나와 함께 썩어 없어지는 게 아니라면 너의 사랑인들 무슨 소용이 있겠어!

빅토리아   (발버둥친다) 아, 아파! 나 좀 놔줘!

디에고   아! 내가 무서워? (미친 사람처럼 웃는다. 빅토리아를 흔들며) 그 사랑의 검은 말[馬]은 어디로 갔지? 좋은 일이 있을 때는 사랑해주고 불행해지면 줄행랑을 치나! 제발 나와 같이 죽어다오!

빅토리아 　죽겠어, 당신과 같이! 그렇지만 당신과 적이 되어 죽는 건 싫어! 지금 그 두려움과 증오의 얼굴이 나는 싫어! 이걸 놔줘! 당신 속에서 옛날의 다정했던 모습을 스스로 찾게 해줘. 그러면 내 마음도 다시 입을 열 거야.

디에고 　(그녀를 반쯤 놓아주며) 혼자 죽기 싫어! 이 세상에서 내게 가장 소중한 것이 고개를 돌리고 나를 따라오지 않으려고 해!

빅토리아 　(디에고에게 몸을 내맡기며) 아! 디에고, 꼭 가야 한다면 지옥에라도 가겠어! 당신의 모습이 되살아났어……. 내 다리가 당신 다리에 닿아 이렇게 떨리고 있어. 자, 내 몸의 저 밑에서 솟아오르는 이 외침을 틀어막게 키스해줘, 터져 나오려고 해, 아, 나와…… 아!

　　　　　디에고는 열광적으로 키스한다. 이윽고 그녀에게서 떨어져,
　　　　　떨고 있는 그녀를 무대 중앙에 혼자 남겨놓는다.

디에고 　나를 봐! 아냐, 괜찮아, 당신은 아무렇지도 않아! 아무런 표시도 없어! 이런 광란이 언제 끝나는 걸까!

빅토리아 　돌아와. 난 지금 추워서 떨고 있어! 조금 전까지만 해도 당신의 가슴이 내 손을 뜨겁게 달구고 내 온몸의 피가

불꽃같이 타오르고 있었는데! 그런데 지금은…….

디에고  안 돼! 나 혼자 있게 내버려둬. 이 고통에 정신을 집중해야 돼.

빅토리아  돌아와줘! 내가 바라는 것은 오직 한 가지뿐이야. 당신과 같은 열병에 걸려 녹초가 되고, 같은 상처를 아파하며 한 목소리로 외치고 싶은 거야!

디에고  안 돼! 이제부터 나는 다른 사람들과 사는 거야, 표시를 가지고 있는 사람들과 말이야! 그들의 고통은 생각만 해도 끔찍스럽고 추악해서 지금까지는 손도 대기 싫었어. 그런데 결국 나도 그들과 똑같은 불행 속에 빠져버렸어. 그들은 이제 나를 필요로 해.

빅토리아  당신이 죽게 된다면 내겐 당신의 몸을 묻어줄 흙까지도 부러워질 거야.

디에고  너는 딴세상 사람이야, 살아 있는 사람들의 편이니까!

빅토리아  나를 오랫동안 꼭 껴안아주기만 하면 나도 당신과 함께 있을 수 있어!

디에고  놈들은 사랑을 금지해버렸어! 나는 있는 힘을 다해서 널 그리워하고 있어!

빅토리아  안 돼, 안 돼, 제발! 저들이 무얼 원하는지 알았어. 한사코 사랑을 불가능하게 만들려는 거야. 그렇지만 나는 꼭 이겨내고 말 테야.

디에고  나는 아무래도 이겨낼 수가 없어. 너와 함께 나누고 싶었던 건 패배가 아닌데!

빅토리아   나는 아직 온전해! 나는 내 사랑밖에는 모르는 여자야! 이젠 아무것도 무섭지 않아. 당신 손만 꼭 쥐고 있으면 하늘이 무너진다 해도 난 행복을 외치며 스러지겠어!

> 울부짖는 소리가 들린다.

디에고   다른 사람들도 저렇게 외치고 있어!
빅토리아   내 귀에는 죽음의 소리조차 안 들려!
디에고   저걸 봐, 저기!

> 시체를 실은 짐수레가 지나간다.

빅토리아   내 눈에는 이제 아무것도 안 보여! 사랑에 눈이 멀어 버렸어.
디에고   그러나 하늘에 가득 찬 고통이 우리를 짓누르고 있는걸!
빅토리아   내 사랑을 떠메고 있기에도 나는 너무 바빠. 그런 와중에 다른 사람들의 고통까지 짊어질 수는 없어! 그런 건 남자나 할 일이야. 쓸모도 없고, 소득도 없으면서 한사코 고집하는 그런 일! 당신네 남자들은 그런 일에 매달리느라고 진정으로 힘든 투쟁은 외면하잖아. 유일하게 자랑스러워할 만한 승리일 텐데 말야.
디에고   우리가 당하고 있는 이 억울한 고통 외에 이 세상에서 극복해야 할 것이 뭐가 또 있어?

빅토리아  당신 속에 있는 바로 그 불행! 그것만 극복한다면 나머지는 저절로 해결되는 거야.

디에고  나는 혼자야. 혼자 힘으로 감당하기에는 너무 엄청난 불행이야.

빅토리아  내가 옆에 있잖아, 무기를 손에 들고!

디에고  너는 어쩌면 그렇게 아름다우냐! 겁에 질리지만 않았으면 너를 힘껏 사랑해줄 텐데!

빅토리아  나를 사랑할 의지만 있다면 그렇게까지 겁에 질리지는 않을 텐데!

디에고  너를 사랑해. 그러나 나는 어느 쪽이 옳은 건지 모르겠어.

빅토리아  겁에 질리지 않는 쪽이 옳아. 내 마음엔 겁이 없어! 내 마음은 밝고 드높은 오직 한 줄기 불꽃으로 타오르고 있어. 우리네 산사람들이 서로 신호할 때 쓰는 저 봉화처럼. 내 마음도 그 봉화처럼 당신을 부르고 있어……. 아! 오늘이 바로 요한 성인의 축제일이야!

디에고  시체더미 한복판의!

빅토리아  시체더미 속이든 초원이든 내 사랑만 있으면 되잖아? 적어도 사랑은 그 누구에게도 해를 입히지 않아, 사랑은 너그러워! 당신의 그 광기, 그 보람 없는 헌신은 도대체 누구를 위한 거지? 어쨌든 나를 위한 건 아냐, 아니고말고. 나는 당신의 한마디 한마디에 난도로 찔리는 것같이 가슴이 아파!

디에고  그렇게 울지 말아, 정신 차려! 오, 기가 막혀! 어쩌다가 이런 불행이 닥쳤을까! 옛날 같으면 그 눈물을 내가 다 마셨을 텐데, 그 쓴맛에 입이 타도록. 올리브나무에 달린 나뭇잎들만큼 많은 키스를 네 얼굴에 퍼부어주었을 텐데.

**빅토리아**   아, 이제야 옛날의 당신으로 되돌아왔군! 바로 그거야. 당신이 잃어버렸던 언어가 바로 그거야! (두 손을 내민다) 어디 봐, 옛날의 당신이 되살아났는지…….

디에고는 뒷걸음치며 몸에 붙은 표시를
손으로 가리킨다. 빅토리아는 손을 앞으로 내민 채 주저한다.

**디에고**   너 역시 무서워하고 있는 거야…….

빅토리아가 표시들에 손을 갖다 댄다.
디에고가 놀라 뒤로 물러선다.
빅토리아가 두 팔을 내민다.

**빅토리아**   어서 이리 와! 이젠 무서워할 게 전혀 없어!
그러나 신음 소리와 저주의 소리가 점점 더 높아진다.
디에고는 정신나간 사람처럼
주위를 한 번 훑어보더니 도망쳐 사라진다.

**빅토리아**   아, 외로워!
**여자들의 코러스**   우리 여자들의 할 일은 지키는 일! 이번 일은 우리 힘에 너무나 벅차. 이 일이 어서 끝나기를 기다려야지. 겨울이 올 때까지, 자유의 시간이 찾아올 때까지 우리의 비밀을 지키려네. 남자들의 울부짖는 소리가 그치는 날에는 그들이 우리에게 돌아와, 없으면 살 수 없는 것들을 달라고 하겠지. 자유로운 바다의 추억들, 구름 한 점 없는 여름의 하늘, 사랑의 변함 없는 향기들 같은 것을. 9월의 소낙비를 맞는 낙엽들처럼 우리는 기다리네. 낙엽은 한 순간 공중을 날다가 이윽고 물에 젖어 무거워져 땅바닥에 넙죽 엎드리고 말지. 우리도 지금은 땅바닥에 엎드려 지내지. 등을 굽히고, 저 모든 싸움터의 절규가 숨가빠 잦아들기를 기다리면서, 우리의 내면 저 밑바닥에서 행복한 바다의 느린 파도가 부드럽게 신음하는 소리에 귀를 기울이네. 잎 떨어진 편도나무에 서리꽃이 덮이면 첫번째 희망의 바람기를 느끼며 슬그머니 몸을 일으키려네. 머지않아 두 번째 봄이 돌아오면 허리를 펴리. 우리가 사랑하는 이들이 우리를 향해 걸어오리. 그들의 발소리가 가까워올수록, 소금과 물때로 끈적거리는, 진한 향기 가득 실은, 무거운 나룻배가 밀물져오는 파도에 떠들려 마침내 짙은 바닷물 위로 떠오르듯이 우리도 마침내 일어서리라. 오, 바람아 일어라, 바람아 일어라…….

암전. 부두에 조명. 디에고가 등장하여 저 멀리, 바다가 있는 쪽에서 사람 기척을 발견하고 소리쳐 부른다.

무대 안쪽에 남자들의 코러스.

디에고   야호, 야호!
어떤 목소리   야호, 야호!

한 뱃사공이 나타난다.
그의 머리만이 부두 위로 솟아나 보인다.

디에고   무얼 하고 있나?
뱃사공   식량을 운반하고 있습니다.
디에고   마을로?
뱃사공   아뇨. 마을의 보급은 원칙적으로 관청에서 하고 있지요. 물론 배급권으로. 나는 빵과 우유를 공급합니다. 저기 앞 바다에 배가 몇 척 닻을 내리고 있는데, 몇 가족이 감염을 피해서 거기 틀어박혀 있어요. 나는 그 사람들의 편지를 가지고 왔다가 돌아갈 때는 식량을 운반해다 주죠.
디에고   그렇지만 그런 일은 금지되어 있을 텐데.
뱃사공   관청에서는 못 하게 하지만 나는 글씨를 읽을 줄 모르고, 또 전령들이 새로운 법을 알릴 때 나는 멀리 바다에 나가 있었죠.
디에고   나를 좀 데려다주게.
뱃사공   어디로요?
디에고   바다로, 그 배가 있는 곳으로.

계엄령   231

뱃사공  그건 금지되어 있는뎁쇼.

디에고  그러나 자네는 그 법을 읽을 줄도 모르고 듣지도 못했잖나.

뱃사공  아! 관청이 아니라 배에 있는 사람들이 금지한다고요. 당신은 안심할 수 없는 사람이니까요.

디에고  어째서 안심할 수 없다는 거지?

뱃사공  결국 당신은 그걸 지니고 있을지도 모르거든요.

디에고  지니다니 무엇을?

뱃사공  쉿! (주위를 살펴본다) 뭐는 뭐예요, 씨앗이지! 당신이 그 씨앗을 지니고 올지도 모른다는 거죠.

디에고  필요한 돈은 내겠네.

뱃사공  자꾸 그렇게 밀어붙이지 마세요. 마음 약해지잖아요.

디에고  돈은 얼마든지 있네.

뱃사공  정말 약속하는 거죠, 양심을 걸고?

디에고  물론이지.

뱃사공  자, 그러면 타세요. 물길은 좋습니다.

        디에고가 뛰어오르려 한다. 그러나 그 순간
           등 뒤에 여비서가 나타난다.

여비서  안 돼요! 그 배에 타지 말아요.

디에고  뭐라고?

여비서  예정에 없는 일이에요. 그리고 또, 난 당신이 누군지 알아요. 도망칠 사람이 아니죠.
디에고   그 누구도 내가 떠나는 것을 막진 못해요!
여비서   내가 마음 먹으면 못할 것이 없어요. 난 당신을 붙들어야겠어요, 당신에게 용무가 있거든요. 내가 누군지는 잘 알죠?

그녀는 마치 디에고를 끌어당기려는 듯이 약간 뒤로 물러선다. 디에고가 그녀를 따른다.

디에고   죽는 것은 아무렇지도 않아. 그렇지만 더럽게 죽는 것은······.
여비서   그 기분 잘 알아요. 사실, 나는 그저 단순히 명령에 따라 실시하는 것뿐이에요. 그렇지만 동시에 당신에 대해서는 몇가지 권한을 부여받고 있어요. 말하자면 일종의 거부권이라고나 할까요.

그녀는 수첩을 뒤적인다.

디에고   나 같은 종류의 사람들은 다만 이 대지의 아들일 뿐이에요!
여비서   나도 바로 그 말을 하고 싶었던 거예요. 어떤 의미에서는, 당신은 내 것이란 말이에요! 어떤 의미에서만 그렇다는 말입니다. 어쩌면 내가 바라는 그런 의미에서는 아니겠지만······이렇게 당신을 바라보고 있으면 말이에요. (꾸밈

없는 태도로) 사실 난 당신이 맘에 들어요. 하지만 내겐 받은 명령이 있는지라.

> 그녀는 수첩을 만지작거리며 장난을 한다.

디에고   당신의 웃는 얼굴을 보는 것보다는 차라리 미움을 받는 것이 낫겠어요. 나는 당신을 경멸합니다.
여비서   좋으실 대로. 사실, 이렇게 당신하고 이야기를 나누는 것은 규칙에 어긋나는 일이죠. 너무 지친 나머지 내가 좀 감상적이 된 모양이죠. 늘 골치 아픈 계산만 하다 보면, 오늘 저녁 같은 때는 자신도 모르는 사이에 좀 긴장이 풀려 버리기도 해요.

> 그녀는 손가락으로 수첩을 빙빙 돌린다.
> 디에고가 그것을 가로채려고 한다.

여비서   안 돼요, 정말. 억지 쓰지 말아, 이 사람아. 대체 그 속에 뭐가 적혀 있을 것 같아요? 그냥 수첩이라고요. 그걸로 충분하거든요. 정리 노트라고나 할까, 반은 메모장이고 반은 파일철 같은 거죠. 다이어리도 있고. (웃는다) 개인용 메모장에 불과하다 이거에요!

> 마치 애무라도 하려는 듯이 그녀는 한쪽 손을 그에게

내민다. 디에고가 깜짝 놀라 뱃사공 쪽으로 물러선다.

디에고   아! 벌써 가버리고 없네!
여비서   저런, 정말 갔네! 자기 딴에는 자유로운 몸이라고 생각하는 모양이죠. 다른 사람들과 마찬가지로 이미 다 등록되어 있는데.
디에고   당신이 하는 말은 앞뒤가 안 맞아요. 아시다시피, 남자들이 못 참는 것이 바로 그런 거예요. 제발 집어치워요.
여비서   그러나 이건 지극히 간단한 일이죠. 나는 사실만 말하고 있는 거예요. 어떤 도시든 다 그곳에 해당하는 파일이 만들어져 있어요. 이건 카디스 거죠. 빈틈 없는 조직이라서 누락된 사람이 단 한 명도 없다는 것을 알아두세요.
디에고   한 사람도 누락되지 않았다지만 전부 다 도망치고 있잖아요.
여비서   (화가 나서) 천만에, 무슨 말을 하는 거예요! (생각에 잠기며) 그렇지만 예외가 있기는 하죠. 가끔, 한 사람쯤은 빠뜨릴 수도 있을 거예요. 그러나 그 사람도 결국에 가서는 꼬리를 잡히고 말아요. 사람들은 나이가 백 살이 넘으면 자랑삼아 떠들고 다니죠. 바보같이. 그러면 곧 신문에 나요. 이쪽은 가만히 기다리고만 있으면 돼요. 아침에 신문을 받아 훑어보면서 거기 난 이름들을 체크해요. 우리 용어로 원본 대조를 하는 거죠. 그러니까 한 사람도 놓치는 일이 없는 거예요.

디에고   그러나 그 사람들은 백 년 동안이나 당신들의 존재를 거부한 거예요. 이 도시 전체가 당신들을 부정하고 있듯이.
여비서   백 년쯤은 아무것도 아녜요! 너무 근시안적으로 보니까 뭐 대단한 것이나 되는 것 같죠. 나는 말이에요, 전체를 본다 이겁니다. 아시겠어요. 37만 2천 명이나 되는 이름이 적힌 파일 속에서 단 한 사람쯤, 그게 어떻다는 거예요, 비록 백 살을 먹은 사람이라 하더라도 말입니다! 더욱이 이쪽은 나이 스무 살을 넘지 않은 사람들로 벌충하고 있는데. 그러면 평균이 되는 거죠. 조금 일찍 말살하는 것뿐이에요. 이렇게…….

그녀는 수첩에 적혀 있는 어떤 이름을 줄을 그어 지운다.
순간 바다에서 울부짖는 소리가 들리고
물 속으로 사람이 빠지는 소리.

여비서   어머나, 내가 생각도 안 해보고 그냥 줄을 그었네! 아, 그 뱃사공이군요! 우연이죠!
디에고는 벌떡 일어서서 혐오와
공포에 가득 찬 눈으로 그녀를 쳐다본다.

디에고   속이 뒤집혀 못 참겠군! 당신 정말 질색하겠어.
여비서   불쾌한 직업이란 거 알고 있어요. 진력이 나는 때도 있지만, 그러다가 또 열중하게 되죠. 가령 처음에는 좀 엉겼어요. 그러나 이제는 숙달되었답니다.

그녀가 디에고에게 가까이 간다.

디에고    가까이 오지 말아요.
여비서    머지않아 더 이상 실수는 없게 될 겁니다. 비결이 있죠. 그야말로 완벽한 기계 같은 거죠. 두고 보면 알 거예요.

그녀는 한마디 한마디 할 때마다 디에고에게<br>다가가더니 그의 몸에 닿을 듯한 거리에 선다.<br>디에고는 분노에 떨며 그녀의 멱살을 잡는다.

디에고    집어치워요, 그런 더러운 연극은 집어치우라고! 자, 뭘 망설이는 거야? 할 일을 빨리 하라고. 너보다 한결 우월한 나를 더 이상 놀리지 말고. 어서 나를 죽이라니까. 정말 그것만이 절대로 우연을 허락하지 않는다는 그 알량한 체제를 구하는 유일한 방법이잖아. 아! 오직 전체적 시각에서만 본다고 했던가! 십만 명, 그 정도는 되어야 흥미를 끈다 이거지. 그건 통계 숫자고, 통계 숫자는 말이 없어! 그걸로 곡선을 그리고 그래프를 만들지, 안 그래! 몇 세대에 걸친 수많은 사람들을 다루는 거야, 그게 더 쉽거든. 일은 조용하고 한가한 잉크 냄새 속에서 진행되지. 그러나 똑똑히 알아둬, 고립된 딱 한 사람의 인간, 이건 좀 귀찮은 존재야. 자신의 희로애락을 큰 소리로 나타내거든. 나만 해도, 목숨이 붙어 있는 한 마구 떠들어대며 너희의 그 알량한 질서라는 것을 교란시키잖아. 나는 너희를 거부해, 내 존재를 송두리째 걸고 너희를 거부해!

여비서   여보!

디에고   닥쳐! 나는 생명 못지않게 죽음도 명예로워야 한다고 믿어온 사람이야. 그런데 당신의 주인들이 나타난 이래로 사는 것과 죽는 것이 모두 치욕이 되고 말았어…….

여비서   그랬죠…….

디에고   (여비서의 먹살을 잡아 흔들어대며) 그랬어, 너희는 지금 거짓말을 하고 있고, 앞으로도 이 세상이 끝나는 날까지 계속 거짓말을 일삼을 거야! 틀림없어! 나는 너희의 수법이 뭔지 다 알았어. 저들에게 굶주림과 이별의 고통을 주어서 반항할 틈이 없도록 하는 거야. 모두들 지칠 대로 지치게 만들고, 시간과 정력을 소모시켜가지고 분노할 여유도 충동도 생겨날 수 없게 만드는 거야! 저들은 제자리걸음을 하고 있으니 흐뭇하시겠어! 수는 많지만 군중 한 사람 한 사람은 혼자야. 마치 내가 혼자인 것처럼. 우리들 각자는 다른 사람들의 비겁함 때문에 혼자인 거야. 나도 그들처럼 노예가 되었고 그들과 함께 짓밟히고 있지만, 그래도 너희에게 말해두는데, 너희는 아무것도 아냐, 까마득할 정도로 끝없어 보이는 이 권력도 땅 위에 던져진 그림자에 지나지 않아. 한줄기 성난 바람만 불어도 순식간에 사라져버리고 말아. 너희는 만사를 숫자와 서류로 보면 된다고 믿었어! 그러나 너희의 잘난 사전에는 들장미와 하늘의 징조와 여름의 표정, 바다의 우렁찬 목소리와 고뇌의 순간, 그리고 인간들의 분노 같은 것은 다 빠져 있단 말이야! (여비서가 웃는다) 웃지 마, 웃지 말라고, 바보 같은 것아! 분명히 말해두지만, 너희는 파멸이야. 가장 명백해 보이는 승리의 한복판에서 너희는 이미 패배한 거야. 왜냐하면 인간에게는, 나를 똑똑히 봐, 너희가 아무리 해도 때려부술 수 없는 힘이, 두려움과 용기가 한데 섞인, 무지하면서도 영원히 승리하는, 해맑은 광기가 있기 때문이야. 바로 그 힘이 이제 막 솟아오르려 하고 있어. 그렇게 되면 너희도 깨달을 거야. 너희의 승리가 한낱 연기(煙氣)에 불과하다는 것을.

여비서가 웃는다.

디에고  웃지 마, 웃지 마!

여비서가 웃는다. 디에고가 그녀의 뺨을 후려친다.<br>
그와 동시에 코러스의 남자들이 입을 막고 있던<br>
재갈을 걷어내고 오래도록 환성을 올린다.<br>
그러나 디에고가 흥분하여 몸에 난 표시를<br>
뭉개버리게 된다. 그는 거기에 손을 대면서<br>
그 손을 물끄러미 바라보고 있다.

여비서  아주 멋져요!

디에고  이게 뭐요?

여비서  화를 내니까 정말 멋진데요! 한결 더 마음에 들어요.

디에고  이게 어찌 된 일이오?

여비서  보시다시피. 표시가 없어졌어요. 계속해요, 제대로 되어가고 있는 거예요.

디에고  그럼 나는 이제 다 나은 건가?

여비서  작은 비밀을 하나 가르쳐주죠……. 당신 말이 맞아요, 그 사람들의 수법은 그야말로 탁월해요. 그렇지만 그 완벽한 기계에도 한 가지 결함은 있어요.

디에고  그게 무슨 말이오?

여비서  한 가지 결함이 있다니까 그러네. 내가 기억하는 한, 단 한 사람의 인간이 공포를 극복하고 반항하기만 해도 기계는 삐걱거리기 시작하는 것이었어요. 기계가 아주 멈춰버린다는 말은 아녜요. 그럴 리 없죠. 하지만 아무튼 삐걱거리기 시작해요. 때로는 아주 마비되어버리는 경우도 있어요.

침묵.

디에고  왜 나에게 그런 말을 하는 겁니까?

여비서  사실 말이지, 이런 일을 하고 있다고는 하지만 마음 약해질 때가 왜 없겠어요. 게다가 당신 혼자서 그걸 발견했으니까 용하죠.

디에고   만약 내가 당신을 때리지 않았어도 나를 눈감아줄 셈이었나요?

여비서   아니죠. 나는 당신을 처치하러 온 거니까요, 규칙대로.

디에고   그렇다면 내가 더 센 거로군?

여비서   아직도 공포심을 느껴요?

디에고   아니오.

여비서   그렇다면 이제 나는 당신을 전혀 건드릴 수 없게 됐네요. 그것도 규정에 있어요. 그러나 분명히 말해두지만, 내가 이 규정에 찬성한 것은 이번이 처음이에요.

> 여비서가 조용히 퇴장한다. 디에고는 자기 몸을 만져보고 다시 한번 손을 들여다본다. 그리고 갑자기 신음소리가 나는 쪽으로 고개를 돌린다. 조용한 가운데 그는 재갈이 물린 어떤 환자 쪽으로 간다. 무언의 장면. 디에고는 손을 내밀어 재갈을 벗긴다. 다름 아닌 앞서 등장했던 어부다. 두 사람은 말없이 서로 쳐다본다. 이윽고.

어부   (힘들게) 안녕하시오, 형제. 너무 오랫동안 말을 못했소.

> 디에고가 그에게 미소를 지어 보인다.

계엄령   241

어부     (하늘을 처다보며) 아니, 저게 뭐지?

> 과연 하늘이 훤해져 있다. 가벼운 바람이 일면서
> 어떤 성문을 흔들고, 천 조각을 몇 개 펄럭이게 한다.
> 재갈을 벗은 민중들이 이제 두 사람을
> 둘러싸고 하늘을 처다본다.

디에고     바닷바람이 이는군…….


— 막 —

# 제3부

카디스의 주민들이 광장에서 활발하게 움직이고 있다.
그들보다 조금 높은 곳에 버티고 서서 디에고가
작업을 지시한다. 눈부신 빛을 받아
페스트가 세운 건조물이 드러난다. 그러나 이전보다는
더 체계가 잡혀서 오히려 무시무시한 느낌이 덜하다.

디에고　별 표시를 전부 없애버려요!

사람들이 표시를 없앤다.

디에고　창문들을 열어요!

창문들이 열린다.

디에고　바람을 쐬요! 바람을! 환자들을 한 곳으로 모으고.

사람들의 움직임.

디에고  이젠 더 이상 겁낼 것 없어요. 그게 제일 중요해요. 일어설 수 있는 사람은 모두 일어서요! 왜 꽁무니를 빼요? 자, 모두 얼굴을 들어요. 자랑스러운 순간입니다! 재갈을 팽개쳐버리고 나와 함께 다 같이 소리쳐봅시다. "이젠 아무것도 무섭지 않다."

양팔을 쳐든다.

오! 거룩한 반항이여, 살아 있는 거부여, 민중의 자존이여! 재갈에 입이 막혔던 저 사람들에게 그대의 절규하는 힘을 주라!

코러스  형제여, 우리는 그대의 말에 귀를 기울이네. 이제 희망이 싹트기 시작하도다, 올리브와 빵만 먹고 살며, 당나귀 한 마리가 전 재산이라 일년에 겨우 두 번, 생일날과 결혼식날에야 포도주를 입에 대는 우리네 가난뱅이들에게도 이제 희망이 싹트기 시작하도다! 그러나 아직도 해묵은 두려움이 마음에서 떠날 날이 없구나. 올리브와 빵이 생명에 맛을 보태나니. 비록 가진 것은 없어도 생명과 함께 모든 것을 잃을까 두려워라!

디에고  만사를 될 대로 되라고 버려둔다면 그대들은 올리브와 빵과 생명을 잃으리라! 빵만이라도 간직하려거든 그대들은 오늘 공포를 이겨야 한다. 깨어나라! 스페인이여, 깨어나라!

코러스  우리는 가난하고 무지하도다. 그러나 듣건대 페스트는 일년의 절기를 따른다고 하였네. 페스트에도 싹이 터서 돈 아나는 봄이 있고 열매가 맺는 여름이 있다네. 겨울이 오면 페스트도 어쩌면 죽어 없어지리. 그런데 형제여, 지금이 겨울인가, 분명 지금이 겨울인가? 지금 일기 시작한 바람은 정녕 바다에서 불어오는가! 우리는 언제나 가난의 금전으로 대가를 치렀네. 우리는 정녕 피의 금전으로 대가를 치러야 하는가?

여자들의 코러스  또다시 남자들의 사업 이야기! 우리네 여인들이 찾아와 간곡히 이르노니, 부디 상기하시라, 허심탄회의 순간을, 빛나는 날들의 카네이션 꽃을, 순한 양의 검은 털을, 스페인의 향기를! 우리는 약해서 뼈대 굵은 그대들과 맞서서는 아무것도 못하지. 그러나 그대들이 무슨 일을 하든, 그 어둠의 난투극 속에서도 우리네 꽃 같은 살을 부디 잊지 마시라!

디에고  우리의 몸에서 살을 깎아내는 것도 페스트요, 사랑하는 연인들을 갈라놓고 빛나는 날들의 꽃을 시들게 하는 것도 페스트다! 그러므로 무엇보다 먼저 페스트와 싸워야지!

코러스  지금이 정녕 겨울인가? 숲속의 떡갈나무에는 여전히 반드럽고 작은 열매들 주렁주렁 열려 있고, 줄기에는 벌떼가 자욱하구나! 아니지, 아니야! 아직은 겨울이 아니야!

디에고  그러나 노여움의 겨울을 건너질러야지!

코러스  그러나 우리는 이 길의 끝에서 희망을 만날까? 아니면 절망하여 죽어야 하나?

디에고   누가 절망을 말하는가? 절망은 재갈이다. 포위당한 이 도시의 침묵을 찢는 것은 오직 희망의 천둥 소리, 행복의 번갯불이니. 자, 일어서라, 벌떡 일어서라! 빵과 희망을 지키려거든 증명서 따위는 찢어버려라. 관공서의 유리창을 때려부숴라! 공포의 행렬에서 벗어나 온 하늘에 메아리치도록 자유를 외쳐라!

코러스   우리보다 더 가난한 사 어디 있더냐! 희망은 우리의 유일한 자산, 어찌 희망 없이 살아가리요? 형제여, 우리는 모두 이 재갈을 벗어던지자! (해방의 함성) 아, 메마른 대지 위에, 더위로 갈라진 균열 사이로 이제야 처음으로 단비가 내리네! 모든 것 푸르게 되살아나는 가을, 바다에서 신선한 바람이 불어오네. 희망이 파도처럼 우리를 밀어 올리누나.

디에고 퇴장.<br>
디에고와 같은 높이의 반대편에서 페스트 등장.<br>
여비서와 나다가 그 뒤를 따라 나온다.

여비서   대체 이게 어떻게 된 거야? 이젠 멋대로 지껄여대는 거야? 자, 여러분, 다시 재갈을 물어요!

무대 중앙의 몇 사람이 재갈을 다시 문다.

남자들은 디에고 주위에 모여 일사분란하게 움직인다.

페스트 저들이 꿈틀거리기 시작하는군.
여비서 네, 늘 하는 짓인걸요!
페스트 그렇다면 좀더 엄하게 다루어야겠는걸!
여비서 그렇다면 좀더 엄하게 하죠!

여비서는 수첩을 펴서 뒤적거린다. 좀 따분하다는 표정.

나다 자, 확 해치웁시다. 방향은 제대로 잡았으니까요! 규칙대로 하느냐, 규칙을 무시하느냐, 바로 여기에 모든 도덕이 있고 모든 철학이 있는 겁니다! 그러나 각하, 내 생각으로는 좀더 화끈하게 해치웠으면 싶은데.
페스트 말이 많다!
나다 화끈한 성격이라서 그래요. 형씨들과 같이 일하면서 배운 게 많아요. 말살과 숙청, 이게 바로 내 성경 말씀입니다. 그러나 지금까지는 그럴듯한 이유를 찾지 못했죠. 이제는 규칙대로 한다는 이유가 생긴 거죠.
페스트 규칙만 가지고 뭐든 다 말살하는 건 아니야. 넌 딴 길로 새고 있어, 조심해!
나다 사실, 형씨들이 오기 전에 여러 가지 규칙이 먼저 있었다고요. 단지 어디에나 통용되는 일반 규칙이 없었을 뿐이죠. 즉 전체 회계의 잔액을 뽑고, 전 인류를 블랙 리스트에

올리고, 생활 전체를 목록화하고, 전 우주를 항시 징발 가
능하게 대기시켜서, 하늘과 땅을 마침내 평가 절하하는 일
이 남아 있었는데……

페스트    가서 네 일이나 해, 이 주정뱅이야. 비서, 그럼 시작하
지!

여비서    무엇부터 시작할까요?

페스트    그냥 닥치는 대로, 그래야 더 충격 효과가 있거든.

> 여비서가 이름 둘을 말소한다. 둔탁한 경고음.
> 두 사내가 쓰러진다. 군중이 주춤한다. 작업 중이던
> 사람들이 깜짝 놀라 멈춘다. 페스트의 위병들이
> 들이닥쳐서 집집마다 문전에 십자 표시를 달고,
> 창문들을 닫고, 시체를 마구 들쑤신다.

디에고    (무대 저 안쪽에서 침착한 어조로) 자, 죽음의 신이여 멋대
로 해봐라. 그 정도는 무섭지 않아!

> 군중이 밀린다. 사람들은 다시 작업을 시작한다.
> 위병들 퇴각. 같은 팬터마임이 이번에는 반대로
> 되풀이된다. 민중들이 앞으로 나아가면 바람이 불고,
> 위병들이 반격을 해오면 바람이 잦아든다.

페스트    저놈을 지워!

여비서　불가능합니다.

페스트　왜?

여비서　이젠 무서워하지 않는걸요.

페스트　그래? 음, 놈이 아는 걸까?

여비서　대강 눈치를 챈 것 같아요.

　　　　　　　　여비서가 말소 작업을 한다. 연이어 둔탁한 소리.
　　　　　　　　다시 군중이 밀린다. 앞과 같은 장면이 되풀이된다.

나다　멋있군! 마치 파리떼처럼 쓰러지는구나! 그냥 이 지구를 통째로 날려버렸으면!

디에고　(조용한 목소리로) 쓰러지는 사람들을 모두 구해요.

　　　　　　　　다시 군중이 밀린다. 앞과 반대되는 팬터마임.

페스트　저놈, 너무 지나친데.

여비서　과연 대단하군요.

페스트　왜 그런 맥빠진 어조로 말하는 거야? 설마 그자에게 가르쳐준 것은 아니겠지.

여비서　아뇨. 아마 자기 힘으로 깨달았을 거예요. 요컨대 선천적인 자질이 있는 거예요.

페스트　선천적인 자질이 있는지 모르지. 그렇지만 난 나대로 수가 있어. 다른 방법을 써야 돼. 이번엔 자네 차례야.

페스트 퇴장.

코러스  (재갈을 벗고) 아! (안도의 한숨) 처음으로 상대가 물러서 누나. 압박이 좀 느슨해지고, 하늘이 긴장을 풀고 숨을 돌리네. 페스트의 검은 태양 때문에 바닥이 말랐던 샘에 다시 물소리가 돌아왔네. 여름이 가네. 이젠 포도 시렁의 포도도, 멜론도, 푸른 콩도, 신선한 야채도 얻지 못하리. 그러나 희망의 샘물이 넘쳐나 모진 지표를 부드럽게 적시며 우리에게 약속하네. 겨울의 안식을, 따끈한 군밤을, 아직도 알이 푸른 첫 옥수수를, 비누 맛이 풍기는 호두를, 난롯가에 앉아서 마실 우유를…….

여자들  우리는 무지몽매한 여인들입니다. 그러나 이 풍부한 것들이 너무 비싸서는 안 되죠. 이 세상 어디에서 어떤 주인을 섬기든, 언제나 손 뻗치면 구할 수 있는 신선한 과일만은 있는 법. 가난한 사람 몫의 포도주, 마른 포도나무 가지로 지핀 모닥불은 있는 법, 그 모닥불 가에서 모든 것이 지나가기를 기다려야지요…….

판사 집에서 판사의 딸이 창문으로 뛰쳐나와
여자들 속으로 달려가 숨는다.

여비서  (민중들 쪽으로 내려간다) 이건 꼭 무슨 혁명이라도 일어난 것 같잖아! 여러분도 잘 알다시피 그런 상황은 아닌데.

더군다나 이젠 민중이 혁명을 일으키는 시대가 아니에요. 그런 건 완전히 시대 착오라고요. 이젠 혁명에 민중 봉기 따위는 안 어울려요. 지금은 만사에 경찰이면 족해. 심지어 정부를 전복하는 일조차도. 따지고 보면 그 편이 낫잖아요? 민중들이 그냥 편안히 쉬고 있으면 훌륭한 지도자들이 그들 대신 생각도 해주고 그들에게 적당한 양의 행복도 결정해주니 말이에요.

어부  당장 가서 저 빌어먹을 곰치의 배때기를 갈라놔야겠어!

여비서  이봐요, 여러분, 그 정도로 해두는 것이 좋지 않을까요! 일단 어떤 질서가 수립되고 난 뒤 그걸 바꾸자면 항상 비싼 대가가 수반되는 겁니다. 비록 그 질서가 도저히 견딜 수 없는 것으로 보인다 해도 어쩌면 어느 정도 타협의 여지가 있을지도 모르는 일이지요.

한 여자  타협이라니 어떻게?

여비서  내가 어떻게 알겠어요! 그러나 여성 여러분이 모를 리 없지요, 혼란에는 반드시 희생이 따르는 법이니 막대한 손해가 따르는 승리보다 때로는 현명한 타협이 더 낫다는 걸 말이에요.

> 여자들이 여비서 옆으로 다가간다. 몇몇 남자가 디에고의 그룹에서 멀어져 나온다.

디에고  저 여자의 말을 들으면 안 돼요. 상투적인 말뿐이라고요.

여비서  뭐가 상투적이에요? 나는 도리에 맞는 이야기를 했을 뿐이에요.

한 남자  당신이 말하는 타협이란 게 뭔데…….

여비서  물론, 잘 생각해야 될 문제죠. 그러나 예를 들어서, 당신네들과 함께 위원회를 결성해가지고 거기서 누구와 누구를 말살할지를 다수결로 결정할 수도 있지 않을까요. 즉, 이 수첩이 가지는 말살의 기능을 위원회가 완전히 장악하는 거죠. 물론 이것은 어디까지나 예를 들어본 것에 불과하지만…….

> 여비서가 수첩을 흔들어 보인다.
> 한 남자가 그것을 빼앗는다.

여비서  (화를 내는 척하며) 그 수첩 이리 돌려줘요! 그게 얼마나 중요한 것인지 알면서 그래요. 거기에 적힌 당신네 이름들 중 어느 한 이름을 지우기만 하면 그 사람은 즉시 죽고 말아요.

> 남자들과 여자들이 그 수첩을 든 사람을 에워싼다. 흥분된 분위기.

──  이제 됐군!
──  이제 아무도 죽지 않게 되었어!

—— 이제 살았다!

>그런데 갑자기 판사의 딸이 나타나서
>수첩을 거칠게 빼앗아가지고 한구석으로 달려가더니,
>재빨리 수첩을 훑어보다가 어딘가에 줄을 긋는다.
>판사의 집에서 비명 소리와 더불어
>어떤 사람의 몸이 퍽 하고 쓰러지는 소리가 난다.
>한 무리의 남녀가 판사의 딸에게 급히 달려간다.

소리   아, 망할 것! 말살해야 할 것은 바로 너야!

>누군가의 손이 그녀에게서 수첩을 빼앗아간다.
>모두가 책장 전체를 넘긴다. 그녀의 이름을 발견하자
>어떤 손이 그 이름에 줄을 긋는다.
>비명도 내지 못한 채 딸이 쓰러진다.

나다   (고함친다) 나가자! 전원 합심하여 말살에 매진! 이제 중요한 것은 남을 말살하는 것이 아니라 우리 서로를 말살하는 것이다! 바야흐로 우리는 모두 다 손에 손 잡고 억압하고 억압당하도다! 자, 나가자, 투우여! 모두를 깨끗이 싹쓸이 하자!

>나다가 나간다.

한 남자   (덩치가 큰 사람으로, 수첩을 손에 쥐고 있다) 맞는 말이야, 약간의 청소가 필요해! 너무나 좋은 기회야! 우리가 배고파 죽을 지경이었을 때 단물만 빨고 있던 망할 놈들을 때려눕혀야 돼!

> 다시 페스트가 모습을 나타내더니 한바탕 너털웃음을 터뜨린다. 그 동안 여비서는 페스트 옆의 자기 자리로 다소곳이 되돌아간다. 모든 사람이 고개를 쳐들고 움직이지 않은 채 이층 무대에서 기다리고 있다. 한편 페스트의 위병들은 사방으로 흩어져서 페스트의 무대장치와 표시들을 전과 같이 복원시켜놓는다.

페스트   (디에고에게) 이렇다니까. 저 작자들이 시키지 않아도 일을 다 해주는군! 그래도 너는 저놈들을 위해 수고할 보람이 있다고 생각하는 거야?

> 그러나 이층 무대로 뛰어 올라간 디에고와 어부는 수첩을 든 남자에게 달려들어 따귀를 때리고 그를 땅바닥에 쓰러뜨린다. 디에고가 수첩을 집어서 찢어버린다.

여비서   소용없어. 복본이 하나 있으니까.

>
> 디에고가 남자들을 반대편으로 밀친다.

디에고  어서 일을 해야 합니다! 당신들은 놀림감이 되고 있는 거예요.

페스트  저들은 자신들을 위해서 겁을 내지만 미워할 때는 남들만 미워하잖아.

디에고  (페스트 앞으로 되돌아오며) 공포도 없고 미움도 없다. 이것이 바로 우리의 승리다!

>
> 디에고편 남자들의 기세에 밀려 위병들이 조금씩 후퇴한다.

페스트  조용히 해! 나한테 걸리면 술은 초가 되고 과일은 시들어버려. 열매가 달리려고 할 때 포도 넝쿨이 말라 죽고, 말라서 불쏘시개로 쓸 만해지면 다시 푸르게 되살아나지. 난 너희의 그 단순 소박한 기쁨 같은 건 질색이야. 부자도 못 되면서 자유롭다고 우쭐대는 놈들의 나라가 나는 싫어. 감옥도, 사형 집행인도, 권력도, 피도 내 손 안에 있는 거야! 이 도시를 싹 쓸어서 없애버릴 거야. 그 잔해 위에서, 완벽한 사회들의 멋진 침묵 속에서 드디어 역사가 종언을 고하게 될 거야. 그러니 조용히 하라고, 그러지 않으면 모든 것을 다 짓밟아버리고 말 테다.

무시무시한 소란 속에서 투쟁의 팬터마임, 주리를 트는 막대기의 마찰 소리. 웅얼거리는 소리, 말살당하여 쓰러지는 소리. 물결처럼 밀려오는 구호 소리. 그러나 투쟁이 점차 디에고측에 유리하게 전개되면서 차츰 소음은 잦아들고 아직 다소 불분명한 채로나마 코러스가 페스트의 소리를 뒤덮어버린다.

**페스트**  (광기 어린 몸짓으로) 아직 인질들이 내 손에 남아 있어!

그가 신호를 한다. 페스트의 위병들이 무대를 떠나는 한편 다른 사람들이 무리를 짓는다.

**나다**  (궁전 꼭대기에서) 항상 뭔가는 남아 있는 법이지. 모든 것이 계속하지 않기를 계속하는 거야. 내 관공서들 역시 계속 돌아가지. 도시가 무너지고 하늘이 폭발하고 인간들이 이 지상에서 모습을 감추어도 관공서는 여전히 정각에 문을 열고 허무의 세계를 관리할 것이다! 영원은 바로 나야, 이 나다야. 그리고 내 천국은 오랜 고문서와 스탬프와 압지가 구비된 관공서야.

나다 퇴장.

**코러스**  놈들이 도망친다. 승리 속에서 여름이 끝나고 있다. 결국 인간이 승리하는 날이 오는구나! 그리하여 승리는 사랑의 비를 맞는 우리네 여자들의 육체의 모습으로 오는구나. 보라, 행복에 겨워 빛을 발하는 뜨거운 육체는 마치 벌들이 잉잉대는 9월의 포도송이처럼 탐스러워. 그 배의 언저리에는 포도밭에서 거둬들인 수확물들이 쏟아지네. 취기 어린 젖가슴의 저 꼭지에서는 포도 따기가 한창일세. 아아, 나의 사랑이여, 욕망이 잘 익은 과일처럼 터진다, 마침내 육체의 영광이 흘러 넘친다. 하늘 구석구석에서 신비로운 손들이 꽃을 건네고 황금의 술이 다할 줄 모르는 샘처럼 솟는구나. 이제 승리의 향연이다. 우리의 여인들을 맞으러 가자!

침묵 속으로 들것이 운반되어 들어오고
거기에는 빅토리아가 누워 있다.

디에고  (달려가서) 아아, 이렇게 된다면 차라리 죽이든가 죽든가 해야겠구나! (그는 이미 숨이 끊어진 듯한 시체 옆으로 다가선다) 아아, 찬란하고 의기양양하고 사랑처럼 야성적인 이여, 내게 얼굴 좀 돌려줘! 돌아와줘, 빅토리아! 내가 쫓아갈 수 없는 저 세상으로 가버리지 말아다오! 내 곁을 떠나지 말아, 흙 속은 차가워. 오, 내 사랑, 오, 내 사랑! 아직 우리가 살고 있는 이 땅의 가장자리를 놓지 말고 꼭 잡아! 떠내려가면 안 돼! 내가 살 날이 아득한데 그대가 죽는다면 대낮도 캄캄할 텐데!

여자들의 코러스  이제 우리는 진실 속에 섰네. 지금까지는 진담이 아니었네. 그러나 이 시간, 눈앞에 남은 것은 고통하며 몸부림치는 육체로구나. 저 끝없는 절규, 가장 아름다운 언어, 만세 부르는 죽음. 이윽고 몸소 찾아온 죽음이 사랑하는 여인의 목젖을 쥐어뜯는구나! 그제야 사랑이 되살아나네, 이미 때는 늦었는데.

빅토리아가 신음한다.

디에고  아직 늦지 않았어, 다시 일어날 거야. 한 번 더 나를 똑바로 봐, 검은 불꽃처럼 타오르는 머리칼, 사랑으로 빛나는 그 얼굴로 횃불처럼 꼿꼿하게. 나는 투쟁의 어둠 속까지 눈부신 그 얼굴을 지니고 갔었지. 그렇고말고, 나는 너를 지니고 그 어둠 속으로 갔었지. 마음만 먹으면 못할 게 없었어.

빅토리아  당신은 나를 잊어버리겠지, 디에고. 반드시 잊고 말거야. 당신의 마음만으론 내 부재를 막지 못해. 마음만으론 불행을 감당 못해. 아아, 잊히는 걸 알면서 죽는 것은 너무나 가혹한 형벌이에요.

빅토리아가 얼굴을 돌린다.

디에고  난 당신을 잊지 않아. 나의 기억은 나의 삶보다 더 명이

길 거야.

**여자들의 코러스** 아아, 고통하는 육신이여, 지난날 그토록 탐나던, 대낮의 빛처럼 당당하던 육신이여! 남자는 불가능을 이루겠다고 절규하고 여자는 온갖 괴로움을 다 당하네. 몸을 굽혀, 디에고! 너의 고통을 외치고 스스로 책망하라. 뉘우칠 때가 왔어! 도망친 자여! 내 육신이 너의 고향이었는데, 이 육신 없이는 너는 아무것도 아닌데! 기억만으로는 아무것도 되찾지 못해!

> 페스트가 가만히 디에고의 곁으로 다가온다.
> 그들을 갈라놓고 있는 것은 빅토리아의 육신뿐이다.

**페스트** 그래, 단념하는 거야?

> 디에고는 절망적으로 빅토리아의 시신을 바라본다.

**페스트** 힘이 모자라지! 겁에 질린 눈이야. 내 눈을 보라고, 흔들림 없는 힘찬 눈이지.
**디에고** 이 여자를 살려놓고 대신 나를 죽여라!
**페스트** 뭐라고?
**디에고** 교환하자는 거야.
**페스트** 무슨 교환?
**디에고** 이 여자 대신 내가 죽고 싶단 말이다.

페스트   피로해지면 그런 생각을 하게 되지. 이것 보라고, 죽는다는 것은 그리 기분좋은 일이 못 돼. 이 여자를 위해서 할 수 있는 가장 큰 일은 이미 다 한 거야, 그 정도로 해둬.

디에고   이건 가장 피로할 때가 아니라 가장 강할 때 하게 되는 생각이야!

페스트   나를 보라고, 나야말로 힘 그 자체란 말이야!

디에고   제복을 벗어보지.

페스트   무슨 소리를 하는 거야!

디에고   옷을 벗으란 말이야! 힘을 자랑하는 인간이 제복을 벗으면 얼마나 꼴불견인가 보시지.

페스트   그럴지도 모르지. 그러나 그들의 힘은 제복을 고안했다는 데 있어!

디에고   나의 힘은 그 제복을 거부하는 데 있어. 내가 제시한 조건을 다시 한번 생각해봐.

페스트   잘 생각해보고 말해. 살아 있다는 것은 좋은 거야.

디에고   내 인생 따위는 아무것도 아니야. 소중한 것은 내가 살아가는 이유란 말이야. 나는 개와는 달라.

페스트   그렇다면 처음으로 피우는 담배의 맛, 그러면 그것도 별것 아니란 말인가? 한낮에 매립지에 감도는 먼지 냄새, 저녁 무렵의 비, 미지의 여인, 두 잔째의 포도주, 이런 것들도 별것 아니라고 할 텐가?

디에고   별것 아닌 건 아니지. 그러나 이 여인이 나보다 더 훌륭하게 살 거야.

페스트 　안 돼! 네가 다른 사람들 일에 참견하지 않는다고 약속하면 몰라도.

디에고 　일이 이쯤 되면 이젠 그만두고 싶어도 그만둘 수가 없어. 너라고 봐줄 수는 없어!

페스트 　(어조를 바꾸어) 이것 봐. 이 여자 대신에 네가 생명을 내놓겠다니 부득이 승낙할 수밖에 없군. 이 여자는 구제될 거야. 그러나 나에게도 흥정할 것이 하나 있어. 이 여자의 생명을 네게 돌려주고 두 사람이 도망치게 해줄 테니 이 도시를 내 마음대로 처리할 수 있도록 맡겨주겠나?

디에고 　안 돼. 나는 내 힘이 어떤 것인지 알고 있어.

페스트 　그렇다면 솔직히 털어놓고 얘기하자. 내게 중요한 것은 모든 것을 다 지배하느냐 아니면 아무것도 지배하지 못하느냐. 네가 내 손아귀에서 빠져나가면 이 도시 전체도 빠져나가는 거다. 그게 법칙이야. 어디서 난 것인지는 모르지만 옛날부터의 법칙이야.

디에고 　나는 알아! 그 법칙은 해묵은 세월의 공동(空洞) 속에서 나오는 것이야. 그것은 너보다 위대하고 너의 교수대보다 더 높은 자연의 법칙이야. 우리가 승리한 거야.

페스트 　아직 단정하긴 일러! 나는 이 여인의 몸을 인질로 잡고 있으니까. 이 인질은 내 마지막 카드야. 잘 봐. 한 여자가 생명의 얼굴을 가질 수 있다면 그건 바로 이 여자야. 이 여자는 살아 있을 가치가 있고 너도 살리려고 애쓰고 있어. 나도 이 여인을 돌려주지 않을 수 없는 입장이야. 그러나 너의 생명이나 이 도시의 자유와 바꾼다는 조건에서야. 자, 한쪽을 선택해.

디에고는 빅토리아를 응시한다.
무대 저 안쪽에서 재갈 물린 사람들의 신음 소리.
디에고는 코러스 쪽을 돌아본다.


디에고 죽는다는 것은 괴로운 거야.
페스트 그야 괴롭지.
디에고 그러나 누구에게나 다 괴로운 거야.
페스트 당찮은! 이 여인을 사랑하는 십 년은 저 사람들이 누리는 백 년 동안의 자유와는 전혀 다른 가치가 있는 거야.
디에고 이 여인에 대한 사랑은 나만의 왕국이야. 그러므로 내 마음대로 해도 좋아. 그러나 저 사람들의 자유는 저들의 것이야. 그러니 내 마음대로 할 수는 없는 거야.
페스트 남에게 해를 끼치지 않고 행복해질 수는 없지. 그것이 이 세상의 공평한 정의야.
디에고 그런 정의를 인정하려고 내가 이 세상에 태어난 것은 아냐.
페스트 누가 인정하라고 했나! 이 세상의 질서는 네가 바라는 대로 변하는 것이 아냐! 그걸 바꾸고 싶으면 너의 꿈 같은 것은 버려두고 현존하는 것들만 고려해서 생각해.
디에고 싫어. 그런 수법쯤은 나도 잘 알고 있어. 살인을 없애려면 남을 죽이지 않을 수 없다. 불의를 고치기 위해서는 무리한 방법을 쓰지 않을 수 없다. 이미 수백 년 동안 이런 식의 논리가 계속되어온 거야. 이미 몇백 년 동안 너와 같은 지배자들은 세상의 상처를 치료한다는 구실로 그 상처를 곪게 만들면서도 그 비법을 여전히 자랑해왔어. 왜? 그들의 코앞에서 비웃어주는 사람이 아무도 없기 때문이야!

페스트 　내가 행동으로 보여주니까 아무도 비웃지 못하는 거야. 나는 능률적이야.

디에고 　물론 능률적이지. 실용적이기도 하고. 도끼처럼.

페스트 　아무튼 인간들을 유심히 살펴보기만 하면 돼. 그러면 그 어떤 정의도 그들에게는 쉽게 통한다는 걸 알 수 있어.

디에고 　이 도시의 성문이 모두 닫히고부터 나는 언제나 그들을 살펴볼 수 있었어.

페스트 　그럼 이젠 알겠군. 그들이 앞으로도 너를 여전히 외톨박이로 남겨두리란 것을. 그런데 혼자 남은 자는 망하게 되어 있어.

디에고 　아니, 그렇지 않아! 만약에 내가 혼자뿐이었다면 만사가 쉬웠을 거야. 그러나 싫든 좋든 그들은 나와 함께해.

페스트 　사실 알량한 양떼지. 그러나 더러운 냄새가 나는 양떼야.

디에고 　그들이 순수하지 않다는 것은 나도 알아. 나도 마찬가지로 순수하지 못해. 그리고 나도 그들 가운데서 태어났어. 나는 나의 도시를 위해서, 나의 시대를 위해서 살아가는 거야.

페스트  노예들의 시대지!

디에고  자유인들의 시대야!

페스트  어이가 없군. 눈 닦고 찾아봐도 없던데. 자유인이 대체 어디 있지?

디에고  너의 도형장과 납골당에 있지. 노예들이 왕좌에 앉아 있으니까.

페스트  그 자유인이라는 사람들에게 한번 내 경찰 제복을 입혀 봐. 그들의 꼴이 어떻게 되는지 알게 될 거야.

디에고  사실 그들도 비열하고 잔혹한 인간이 될 수는 있어. 그렇기 때문에 그들 역시 너와 마찬가지로 권력을 가질 권리가 없지. 어떤 인간도 절대 권력을 가져도 좋을 정도의 미덕을 갖출 수는 없어. 그러나 또한 그렇기 때문에 그 사람들은 너와는 달리 동정받을 권리가 있는 거야.

페스트  비열함이란 바로 그들이 지금 살고 있는 그런 삶을 말하는 거야. 째째하고 옹색하고 늘 어중간한 삶 말이야.

디에고  그 어중간한 높이에서 나는 그들과 통하는 거야. 만약 내가 그들과 나누어 가진 가난한 진리에 충실치 못하다면 내 속에 지닌 더 위대하고 더 고독한 것에 어떻게 충실할 수 있겠어?

페스트  내가 아는 단 하나의 충실함은 바로 경멸이야. (안뜰에 의기소침하여 서 있는 코러스를 가리킨다) 저기를 좀 봐! 경멸할 만하잖아.

디에고   내가 경멸하는 것은 가해자들뿐이야.[6] 네가 무슨 짓을 하든 저 사람들은 너보다 위대해질 수 있어. 그들이 어쩌다가 살인을 저지른다 해도 그것은 일시적으로 머리가 돌아서 그러는 거야. 그런데 너는 법칙과 논리에 의해서 몰살시키고 있어. 머리를 푹 숙이고 있는 저들의 모습을 비웃지 말아. 수백 년 전부터 공포의 혜성이 그들의 머리 위를 지나고 있잖아. 겁먹은 저들의 모습을 비웃지 말아. 수백 년 전부터 그들은 죽어가고 있고 그들의 사랑은 갈기갈기 찢기고 있어. 그들이 범한 가장 무거운 죄에도 언제나 변명이 있지. 그렇지만 어느 시대에나 그들에게 저질러진 죄악에는, 결국 네가 너의 독특하고 비열한 질서에 따라 법칙화하겠다고 착상해낸 그 죄악에는 변명의 여지가 없어. (페스트가 디에고 쪽으로 걸어간다) 나는 시선을 떨구지 않겠어!

페스트   떨구지 않겠지, 보면 알아! 자, 솔직히 말해주지, 너는 이제 막 최후의 시련을 이겨냈어. 만약 네가 이 도시를 양보했다면 너는 이 여인을 잃을 뿐 아니라, 너 자신도 함께 파멸했을 거야. 지금 당장 이 거리가 자유를 찾을 가능성은 충분히 있어. 아무튼 너 같은 무모한 작자가 하나 있어서……. 무모한 자는 물론 죽는다. 그러나 조만간에 나머지는 구원을 받게 되는 거야. (우울하게) 그 나머지란 건 구원받을 가치가 없는데 말이야.

디에고   무모한 자는 죽는다…….

페스트  왜! 이젠 자신이 없어졌나? 그게 아니겠지. 주저의 순간, 바로 그런 거겠지! 결국 긍지를 버릴 수는 없는 거야.

디에고  나는 명예에 굶주리고 있었어. 그런데 이제 명예를 되찾을 수 있는 곳은 죽은 사람들의 세상뿐인가!

페스트  내 말이 바로 그 말이었다니까. 결국은 긍지가 그들을 죽이는 거야. 그러나 나 같은 늙은이에겐 이것도 무척 피곤한 일이야. (모진 목소리로) 준비하시지.

디에고  준비는 되어 있어.

페스트  보라고, 표시가 생기지 않았나. 상당히 아플 거야. (디에고는 자신의 몸에 또다시 나타난 표시들을 끔찍하다는 듯 노려본다) 여기야! 죽기 전에 좀 괴로워하라고. 적어도 그게 내 규칙이야. 미칠 지경으로 증오심이 끓어오를 때 남의 괴로움은 감미로운 이슬 같은 거야. 좀 신음해보라고, 좋았어. 이 도시와 작별하기 전에 네가 괴로워하는 꼴이나 좀 구경해보기로 하지. (여비서를 돌아보며) 자! 이제부터는 자네가 할 일일세!

여비서  필요하다면 해야죠.

페스트  벌써 피곤해졌나?

　　　　　여비서가 고개를 끄덕이며 수긍한다. 순간 그녀의 모습이
　　　　　돌변하여, 죽은 사람의 가면을 쓴 노파가 되어버린다.

페스트  벌써부터 그렇게 생각하고 있기는 했지만 아무래도 자

네에겐 증오심이 좀 부족한 것 같아. 그러나 나의 증오에는 새로운 제물이 필요해. 자, 빨리 서둘러. 그리고 장소를 바꾸어서 다시 시작해야지.

여비서   사실 저는 증오만으로 몸을 지탱할 수는 없어요. 그건 제 할 일이 아니니까요. 하지만 그건 어느 정도 당신 탓이기도 해요. 카드만 들여다보며 일을 하다 보니 별로 정열이 일지 않아요.

페스트   그런 건 다 말에 불과해. 그리고 의지할 힘이 필요하다면…… (무릎을 꿇고 털썩 주저앉는 디에고를 가리키며) 저자를 처치하면서 파괴의 즐거움이나 맛보지그래. 그게 자네의 역할 아닌가.

여비서   그렇다면 파괴해보죠. 그러나 아무래도 마음이 편하지 않네요.

페스트   대체 무엇 때문에 내 명령에 이유를 다는 거지?

여비서   기억 때문이지요. 저에게는 옛날의 추억이 몇 가지 있어요. 당신을 만나기 전에 저는 자유로웠고 우연과 손을 잡고 있었어요. 당시엔 저를 싫어하는 사람이 아무도 없었어요. 저는 모든 것에 끝손질을 하는 여자, 여러 가지 사랑을 고정시키고 모든 운명에 어울리는 형태를 부여하는 여자였어요. 전 그야말로 안정감 그 자체였어요. 그러나 당신이 나타나서 저를 논리와 규칙에 몸 바치는 신세로 만들었어요. 전에는 남을 돕는 수단이었던 이 손을 망쳐놓고 말았어요.

**페스트**  대체 누가 자네한테 도움을 청하는데?

**여비서**  불행을 이길 힘이 없는 사람들이죠. 다시 말해서 거의 모든 사람들이요. 그 사람들과 함께 의기투합하여 일을 하기도 했죠. 저는 제 나름대로의 방식으로 존재했어요. 그런데 오늘날 그들에게 폭력을 가하는 입장이 되고 보니 모두가 마지막 숨을 거두는 순간까지 저를 거부해요. 아마도 그렇기 때문에, 저는 당신이 죽이라는 저 사람을 좋아했던 것 같아요. 저 사람은 저를 자유롭게 선택해주었어요. 자기 나름대로 제게 동정을 느낀 거죠. 저는 만날 약속을 해주는 사람들을 좋아해요.

**페스트**  내 기분을 건드리면 어떻게 되는지 알지? 우리에게 동정이란 필요 없어.

**여비서**  그 누구한테도 연민을 느끼지 않는 사람들말고 대체 누가 동정 따위를 필요로 하겠어요! 제가 저 남자를 좋아한다는 것은 저 남자를 부러워한다는 뜻이에요. 우리네 정복자들 세계에서는 사랑이란 그야말로 비참한 모습이에요. 당신도 그걸 잘 알고 있어요. 그런 점에서 우리가 남들에게서 동정을 받을 만하다는 것도 알고 있어요.

**페스트**  그만 해, 명령이야!

**여비서**  당신도 그걸 잘 알고 있고, 또 남들을 죽이기만 하다 보면 자신의 손에 죽는 사람들의 결백함이 부러워진다는 것도 알고 있어요. 아, 오직 한 순간만이라도 이런 끝없는 논리를 중지하고, 마침내 어떤 사람의 품에 기대고 있다는 꿈에 잠겨보고 싶어요. 저는 어둠의 그림자들이 싫어요. 그래서 저 모든 비참한 사람들이 부러워 죽겠어요. 그래요, 지금 저기 있는 저 여자까지도 (빅토리아를 가리킨다) 부러워요. 생명을 되찾아 살아나봤자 경악한 나머지 짐승처럼 소리나 내지를 것이 뻔한 저 여자까지도! 적어도 저 여자는 자신의 고통에 기댈 수는 있을 테니까요.

디에고가 거의 쓰러지려고 한다.<br>페스트가 그를 안아 일으킨다.

**페스트** 이봐, 일어서라고! 저 여자가 해야 할 일을 하지 않는 한 끝은 오지 않아. 보다시피 저 여자는 지금 한창 감정 놀음에 빠져 있어. 그러나 걱정할 건 없어. 할 일은 반드시 할 테니까. 그러는 것이 규칙이고 임무야. 잠시 기계가 좀 삐걱거리고 있을 뿐이지. 그 기계가 아주 멎어버리기 전에, 이 바보야, 너에게 이 도시를 돌려주마!

환희를 외치는 코러스.<br>페스트가 코러스 쪽으로 돌아선다.

그렇지, 나는 이만 가겠다. 그렇다고 너무 의기양양해하지 말라고. 나는 만족하고 있으니까. 여기서도 우리는 일을 잘해냈어. 내 이름이 유명해졌으니 좋은 일 아닌가. 너희가 결코 나를 잊지 못한다는 것을 난 분명히 알고 있다. 내 얼굴을 잘 보아둬. 이 세상의 유일한 권력을 마지막으로 다시 한번 잘 보아두라고!

너희의 진정한 주권자의 모습을 분명히 알아보고 두려움을 배워야 해. (웃는다) 지금까지 너희는 신과 우연을 두려워한다고 했지. 그렇지만 너희의 신은 만사를 분간할 줄 모르는 아나키스트였어. 그는 권력자이면서도 착할 수 있다고 생각했지. 그러다 보니 앞뒤가 맞지도 않고 솔직하지도 못하게 된 거야. 사실이 그런걸. 반면에 나는 오직 권력만을 택했어. 즉, 지배하는 것만을 택한 거야. 이젠 그게 지옥보다 더 확실한 것임을 너희들도 알잖아.

수천 년 전부터 나는 너희의 도시와 들판을 시체더미로 뒤덮었어. 리비아와 검은 에티오피아의 사막은 내 시체들로 비옥해졌어. 페르시아도 내 시체들의 땀으로 기름진 옥토가 되었지. 나는 아테네를 정화의 불로 가득 채웠고, 그 해변을 무수한 화형의 장작불로 밝혔고, 그리스의 바다를 회색빛이 될 정도로 인간들의 재로 뒤덮었어. 신들조차도, 저 한심한 신들조차도 그걸 보고 마음속으로 진저리를 쳤지. 그리고 신전이 있던 자리에 기독교의 대사원들이 들어서게 되자 우리의 흑기사들은 그 대사원들을 절규하는 인간의 몸뚱어리들로 메워놓았어. 오대륙 구석구석까지, 몇 세기에 걸쳐서 나는 쉬지도 않고, 초조해하지도 않고 오로지 살육만을 계속해왔어.

그 정도면 물론 괜찮은 성적인 셈이지. 일리 있는 착상이기도 했고. 그러나 아주 만족할 만한 착상은 못 되는 것이었어……. 나 자신의 소신을 굳이 밝히라면 이렇게 말하겠어. 사람 하나 죽이는 것, 그건 속 시원한 맛은 있지만 실속이 없어. 결과적으로 그건 노예 하나만한 가치도 없거든. 가장 이상적인 것은 선택된 소수의 죽음을 통해서 다수의 노예들을 손에 넣는 것, 바로 그거야. 오늘에야 비로소 그 기술이 완성 단계에 이르렀지. 바로 그 덕분에 우리는 필요한 만큼의 인간들만 죽이고 욕보인 다음에 민중 전체를 무릎 꿇게 만들게 되는 거야. 그 어떤 아름다움도, 그 어떤 위대함도 우리를 거역하지 못해. 우리는 모든 것을 다 이기게 되는 거야.

**여비서**  모든 것을 다 이기죠. 단, 긍지만은 예외죠.

**페스트**  긍지 역시 결국은 힘이 빠지고 말걸…….

인간은 생각보다 영리한 존재거든. (멀리서 소란스러운 움직임, 나팔 소리) 잘 들어봐! 마침내 내가 다시 개입할 기회가 왔어. 이제야 너희의 옛 주인놈들이 되돌아왔지만 두고 보라고, 남의 상처는 보지 못하는 소경이고 손끝 하나 까딱하지 않은 채 망각에 젖어 있을 테니. 바보 같은 주인놈들이 싸우지도 않고 승리에 도취한 꼴을 보면 너희는 결국 진력이 나고 말 거야. 잔혹한 것을 보면 반항심이 생기지만 어리석은 것을 보면 용기가 꺾여버리는 법이야. 우매한 놈들에게 영광 있으라. 바로 그들이 내 길을 열어주지 않는가! 그들이 내게 힘을 주고 희망을 주도다! 언젠가는 모든 희생이 헛되다고 느껴진 나머지 마침내 너희의 그 돼먹지 못한 반항의 끝없는 절규가 침묵할 날이 올 것이야. 그날이면 노예의 결정적인 침묵 속에서 나의 참된 지배가 시작될 것이다. (웃는다) 어때, 이건 그저 집요하게 밀어붙이기만 하면 되는 문제 아니겠어? 그러나 걱정할 건 없어. 나는 고개를 푹 숙인 채 오래 버틸 수 있는 놈이니까.

페스트가 무대 안쪽으로 걸어간다.

**여비서** 저는 당신보다 더 많이 살았으니 알아요. 저들의 사랑도 그에 못지않게 고집스럽다는 것을.
**페스트** 사랑? 그게 뭔데?

페스트 퇴장.

**여비서** 자, 여인이여, 일어나라! 이제 나는 지쳤어. 끝을 내야겠어.

빅토리아가 일어선다. 그와 동시에 디에고가 쓰러진다.<br>
여비서는 어둠 속으로 잠시 숨는다.<br>
빅토리아가 디에고에게 달려간다.

빅토리아  아, 디에고, 우리의 행복을 어떻게 한 거야?

디에고  잘 있어, 빅토리아. 나는 이대로 만족이야.

빅토리아  그런 말 말아, 내 사랑. 남자들이나 하는 그런 말, 남자들이나 하는 그 끔찍한 말. (운다) 죽는 것에 만족해하다니, 누구에게도 그럴 권리는 없어.

디에고  나는 만족해, 빅토리아. 할 일을 다 했으니까.

빅토리아  아냐. 하늘을 거역해서라도 당신은 나를 택해야 했어. 이 세상 전부보다 나를 택해야 했어.

디에고  나는 죽음과 계산을 끝낸 거야. 그것이 나의 힘이야. 그러나 그 힘은 다른 모든 것도 다 먹어치우는 힘이야. 그래서 행복이 끼여들 자리가 없는 거야.

빅토리아  당신의 힘이 나와 무슨 상관이야? 내가 사랑한 것은 한 남자야.

디에고  이 투쟁 속에서 나는 다 소진되어버렸어. 나는 이제 더 이상 남자가 아니야. 그러니 죽는 것이 낫지.

빅토리아  (디에고에게 몸을 던지며) 그럼 나도 데리고 가줘…….

디에고  안 돼, 이 세상은 너를 필요로 해. 여자들이 있어야 어떻게 살아야 하는지 배우지. 우리 남자들이 할 줄 아는 것은 죽는 것뿐이야.

빅토리아  아, 침묵 속에서 서로 사랑하고 괴로워해야 할 것을 괴로워하는 것이 오히려 훨씬 더 간단했는데, 안 그래? 겁을 내던 당신이 더 나았어.

디에고  (빅토리아를 바라본다) 나는 혼을 다 바쳐 너를 사랑했어.

빅토리아    (소리친다) 그것만으로는 부족했어. 아, 안 돼! 그것만으로는 아직 부족했던 거야! 당신의 혼만 가지고 무엇 하게!

여비서가 디에고의 몸에 손을 대려 한다.
단말마의 마임이 시작된다.
여자들이 빅토리아 쪽으로 달려가서 그녀를 에워싼다.

여자들    이 사람에게 화 있으라! 우리 여인들의 몸을 버리고 가는 남자에게 화 있으라! 무엇보다도 남자들을 보내고 혼자 남은 우리 여인들, 남자들이 오만하게도 개조하겠다던 이 세상을 오랜 세월 두고두고 무거운 짐처럼 혼자 지고 가는 우리 여인들 비참해라! 아아, 모든 것을 다 구하지는 못하는 것이니 적어도 사랑의 집이라도 지키는 것을 배우세! 페스트여 올 테면 오라, 전쟁이여 올 테면 오라, 모든 창을 닫아 걸고 그대들 곁에서 우리가 다함께 최후까지 방어하리라. 그렇게 하면 생각만 가득하고 말로만 살이 찐 이런 고독한 죽음이 아니라 사랑의 처절한 포옹 속에 그대들과 우리가 다 같이 하나가 된 죽음을 알게 되리라! 그러나 남자들은 관념이 더 좋은 모양. 어머니로부터, 연인으로부터 도망쳐 나가서 모험을 찾아 쏘다니다가 자국도 없는 상처를 입고 찔리지도 않고 죽임을 당하네. 망령을 뒤쫓는 고독한 사람들아, 대답 없는 하늘 아래서 불가능한 결합을 부르짖으며 고독에서 고독으로 방황하다가 최후의 고립, 사막 속의 죽음을 향해 걸음을 재촉하는 외로운 사냥꾼들아!

> 디에고가 죽는다.
> 여자들의 탄식 속에 바람이 점차 거세어진다.

여비서  여러분, 울지 마세요. 대지를 좋아하던 사람이었으니 대지도 다정하게 맞아줄 거예요.

> 여비서 퇴장. 빅토리아와 여자들이
> 디에고를 떠메고 무대 한쪽으로 간다.
> 그런 가운데 무대 뒤의 여러 가지
> 소리가 더욱 또렷해진다.
> 지금까지와는 다른 음악이
> 울려온다. 성벽 위에서 나다의
> 울부짖는 소리가 들린다.

나다  이제들 왔군! 옛날 것들이 왔군. 예전에 있었던 자들, 화석이 된 자들, 무사태평한 자들, 안락만 일삼는 자들, 궁지에 몰린 자들, 꼼꼼한 자들, 요컨대 말쑥하게 면도하여 윤택한 낯짝으로 단단히 자리를 틀고 앉은 전통이 돌아왔군. 한결같이 안도의 한숨, 이제 다시 시작하게 되었다네. 물론 제로에서 다시 시작한다네. 자, 허무의 재단사가 왔구

계엄령 277

나, 그대들 모두 치수에 맞는 옷을 지어 입겠네. 그러나 법석 떨지 말라, 저들의 것이 더 나은 방법. 자기 불행을 외쳐대는 자들의 입을 막는 대신 놈들은 자신의 귀를 막는구나. 지금까지 우리는 벙어리였는데 이제부터는 귀머거리가 되려 하네. (군악 연주) 주의하라! 역사를 쓰는 자들이 돌아온다. 이제 영웅들을 좀 돌봐야겠네. 그들을 서늘한 곳에 넣어 차게 해야지. 무덤돌 밑에 묻어야지. 그걸 가지고 불평하진 말게, 무덤돌 저 위에는 너무나 복잡한 사람들의 사회. (무대 저 안쪽에서 공식적인 식전이 팬터마임으로 전개된다) 저기 좀 보라고. 저들이 도대체 무엇을 하고 있을 것 같은가? 서로 훈장을 달아주고 있는 거야. 증오의 향연이 여전히 벌어지고 있고, 지친 대지는 교수대의 죽은 기둥들로 뒤덮여 있으며, 이른바 정의로운 투사들의 피가 아직도 세상의 담벼락을 장식하고 있는데 저들은 무엇을 하고 있는가? 서로 훈장을 달아주고 있다네. 즐거워하라, 이제 곧 상받는 자들의 연설이 시작되리라. 그러나 연단이 마련되기 전에 내 너희에게 내 연설을 간단히 요약해주마. 본의 아니게 나도 좋아했던 이 사내는 개죽음을 당했단 말이다. (어부가 나다에게 달려든다. 위병이 그를 제지한다) 보아라, 어부야, 수많은 정권이 지나가지만 경찰은 남도다. 그러니 한 가지 정의는 있는 셈이지.

코러스   아니다, 정의는 없다, 그러나 한계가 있다. 규칙이란 없다고 소리치는 자들이나 만사에 규칙만 적용시키려는 자들이나 다 같이 한계를 넘어서고 있다네. 성문들을 활짝 열어라, 바람과 소금기가 이 도시의 더러움을 씻어가도록.

성문들이 열리자 바람이 점점 거세게 불어온다.

나다   한 가지 정의는 있다. 구역질나는 정의 말이야. 그렇지, 너희는 또다시 시작하겠지. 그러나 그것은 내 알 바 아니야. 내게 기대할 생각은 마라. 완벽한 죄인을 대줄 생각은 없다. 이 몸은 슬퍼하는 성미가 아니라네. 오, 낡은 세상이여, 이제 그만 떠나야지, 그대의 형리들은 이제 지쳐버렸어. 그들의 증오심은 식은 지 오래라네. 이 몸은 너무 많이 알고 있어. 경멸마저도 이제는 과거사. 그러면 여러분, 안녕히. 그대들도 언젠가 알게 될 때가 있으리라. 인간은 아무것도 아니고 신의 얼굴은 끔찍한 모습임을 뻔히 알면서 제대로 살기는 틀렸다는 것을.

폭풍이 되어 거세게 부는 바람 속에서 나다는 방파제 쪽으로 달려가 바다에 몸을 던진다. 어부가 뒤를 쫓아왔다.

어부   빠져버렸구나. 미쳐 날뛰는 파도가 그를 후려치며 성난 갈기로 목을 감아 조이네. 거짓말밖에 모르던 저 입도 소금이 가득 차면 드디어 다물어지겠지. 보라! 성난 바다는 아네모네 빛. 바다가 우리에게 보복하네. 바다의 노여움은 우리의 노여움. 바다는 소리친다. 모든 바다 사람들이 한데 뭉쳐서 고독한 자들 한 덩어리 되라고. 오, 파도여, 오, 바다여. 반항하여 일어서는 자들의 조국이여, 굴복을 모르는 그대의 백성들이 여기 있다. 쓰디쓴 소금물에 절여져 깊은 바닥에서 솟구치는 거대한 파도가 그대들의 끔찍한 도시들을 단숨에 쓸어가리라.

― 막 ―

# 부록

《정의의 사람들》에 부친
서평 의뢰문과 소개의 말 / 알베르 카뮈
《정의의 사람들》 해설 / 일로나 쿰
《계엄령》 서문 / 피에르 루이 레

## 《정의의 사람들》에 부친
## 서평 의뢰문과 소개의 말(1949)

1905년 2월 모스크바에서 일단의 사회주의 혁명당 소속 테러리스트들이 러시아 황제의 숙부인 세르게이 대공에게 폭탄을 던지는 음모를 획책하고 있었다. 이 테러 행위와 그 전후의 여러 가지 특수한 상황들이 이 《정의의 사람들》의 주제가 되었다. 사실 이 연극의 몇몇 상황들은 지극히 예외적인 것이라는 인상을 주겠지만 그것은 역사상 실제로 있었던 것이다. 차차 보면 알게 되겠지만 그렇다고 해서 《정의의 사람들》이 역사극이라는 의미는 아니다. 그러나 나의 인물들은 실제로 존재했었고 내가 말하는 바와 같이 행동했다. 나는 다만 이미 사실이었던 것에 있음직한 모습을 부여하려고 노력했을 뿐이다.

나는 심지어 《정의의 사람들》의 주인공 칼리아예프에게는 그가 실제로 지녔던 이름을 바꾸지 않고 그대로 간직하도록 했다. 나태한 상상력 때문이 아니라 가장 잔혹한 과업을 수행하는 가운데서도 변함없는 마음을 간직했던 그 남자들과 여자들에 대한 존중과 찬미의 심정 때문에 그렇게 했다. 그때 이후 우리는 진보한 것이 사실이다. 그리고 참을 수 없는 고통으로 이 예외적인 영혼의 소유자들을 짓눌렀던 증오심은 이제 안락한 체제로 변했다. 그럴수록 더욱 이 위대한 인간들의 그림자를, 그들의 올바른 반항을, 그들의 힘겨운 동지애를, 그들이 살인 행위와 일치시키기 위해 바친 그 엄청난 노력을 환기시킬 필요가 있고 그럴수록 더욱 우리의 변함없는 충정이 어디에 있는지를 말할 필요가 있는 것이다.

알베르 카뮈


카뮈는 여기에 《동부 연극》지를 위하여 다음과 같은 소개의 말을 보충했다.

나는 또한 다음과 같은 점을 분명히 해두고자 한다.
(1) 이 극의 형식으로 인하여 독자들이 잘못 생각하는 일이 없어야겠다. 나는 이 극에서 고전적인 수단들, 다시 말해서 동등한 힘과 이성을 지닌 인물들의 대결을 통해서 극적 긴장감을 얻어내려고 노력했다. 그러나 그렇다고 해서 모든 것이 다 균형을 이루고 있다거나 여기에 제기된 문제에 대하여 내가 행동의 포기를 권한다고 결론 내리는 것은 잘못이다. 나는 다만 행동 그 자체에도 한계가 있다는 점을 보여주고자 했을 뿐이다. 그러한 한계를 인정하는 행동, 만약

에 그 한계를 벗어나지 않으면 안 될 경우에는 적어도 죽음을 받아들이는 행동만이 선하고 올바른 행동이다. 오늘날 우리가 살고 있는 세계가 가증스러운 모습을 보여주고 있는 까닭은 바로 그 세계가 그와 같은 한계를 넘어설 권리를, 그 중에서도 특히 자기 자신을 그 대가로 바치지도 않으면서 다른 사람들을 죽일 권리를 스스로에게 허용하는 사람들에 의하여 만들어진 것이기 때문이다. 바로 이렇게 해서 오늘날의 정의는 온갖 정의의 살인자들에게 알리바이가 되어주고 있는 것이다.

(2) 그래서 나는 나의 두 주인공 칼리아예프와 도라를 찬미하고 사랑한다.

그리고 한마디 더. 나는 연극에 대하여 가장 열정적인 관심을 가지고 있지만 불행하게도 희극이건 비극이건 간에 오직 한 가지 종류의 극만을 좋아할 뿐이다. 연출자, 배우, 극작가로서 비교적 오랜 경험을 거치고 난 뒤 나는 언어의 묘미와 스타일이 없이는 극도 없으며 가치 있는 극작품은 한결같이 우리의 고전 비극과 그리스 비극작가들을 본받아 가장 단순하면서도 가장 위대한 인간의 운명을 송두리째 내기에 걸고 있다는 생각을 하게 된다. 그런 과거의 극에 필적하는 극을 쓰겠다고 자처하지는 못하겠지만 적어도 그런 극은 스스로에게 제시할 모델임에 틀림이 없다. 어쨌든 "심리"라든가 재미있는 일화들이라든가 참신한 상황들에 나는 관객으로서 흥미를 느끼긴 하지만 그런 것들은 극작가로서의 나에게는 아무 관심의 대상이 되지 못한다.

알베르 카뮈

## 《정의의 사람들》 해설 *

"극예술은 본질적으로 시사성의 예술이다"라고 장 루이 바로는 말한다. 그리고 그는 이렇게 덧붙인다. "따라서 우리 세대가 연극을 통해서 무엇인가 가치 있는 것을 생산해낸다면 그것이 시사적인 것에서 영감을 받은 것일 때만 가능하다."

20세기 초엽 러시아에서 진행되었던 초기 혁명가들의 활동이라는 실제 역사에서 그 주제를 빌려와 희곡 《정의의 사람들》을 집필함으로써 카뮈는 역사적 결정론과 추상화의 이름으로 집단적인 살인이 자행되던 바로 그 시대에 살인의 변호와 인류애의 변호를 연극 속에서 동일화하는 도박을 감행했다.

1946년 〈피해자도 가해자도 아닌 Ni victimes ni bourreaux〉이라

---

\* 이 글은 일로나 쿰Ilona Coombs의 저서 《연극인 카뮈 Camus, homme de théâtre》 (1968, Nizet)의 제6장 〈정의의 사람들〉, 113~130쪽을 번역한 것이다.

는 제목을 붙인 일련의 글에서 카뮈는 다음과 같이 고발한 바 있다.

우리가 공포 속에서 살게 된 것은 더 이상 설득이 불가능해졌기 때문이고 인간이 송두리째 역사 속에 던져졌기 때문이고 인간이 역사의 몫 못지않게 진실된 인간 자신의 몫, 세계와 사람 얼굴의 아름다움 앞에서 되찾게 되는 자신의 몫에 더 이상 관심을 돌릴 수 없게 되었기 때문이다. 다시 말해서 우리가 추상화의 세계, 사무실과 기계들의 세계 속에 살고 있기 때문이요, 절대적 관념과 무지막지한 메시아 사상의 세계 속에 살고 있기 때문에 그런 것이다. 자신들이 다루는 기계 속에서건 관념 속에서건 오직 자기만이 절대적으로 옳다고 확신하는 사람들 속에서 우리는 질식해가고 있다. 그러므로 오직 인간들 사이의 대화와 우정 속에서만 살 수 있는 모든 사람들에게 있어서 이 침묵은 세상의 종말이다.

이와 같은 성찰에 대하여 《정의의 사람들》은 실제로 체험한 정의의 비극을 통한 감동적 대안을 제시해 보인다. 이 비극 속에서는 가장 드높은 윤리적 요청이 가장 고귀한 절망에 이르고 있으니까 말이다.

극은 20세기 초 러시아에서 전개된다. 막이 열리면 다섯 사람의 테러리스트가 한데 모여 모의를 한다. 시인으로 쾌락과 아름다움을 애호하며 삶에 기회를 부여하겠다는 목적 하나로 살인을 감행하는 이반 칼리아예프, 그룹의 지도자이며 인정 많은 절도의 인물 보리스 아넨코프, 도형수로서의 경험 때문에 살인자가 되기로 결심한 극단주의자 스테판 페도로프, 열정적이지만 자신에 대한 확고한 믿음이 서지 않는 젊은이 알렉시스 부아노프, 그리고 사랑과 정의의 감정에 넘치지만 연민의 정 또한 억제하지 못하며 칼리아예프를 깊이 사랑하는 동시에 그에게 사랑받고 있는 도라 둘보프가 그들이다.

그들은 이제 면밀하게 세운 계획에 따라 세르게이 대공이 마차를 타고 지나갈 때 폭탄을 던져 그를 살해하려고 한다. 폭탄을 던지는 임무를 맡은 칼리아예프는 자신이 저지르는 살인행위에 대해 스스로의 생명을 대가로 지불할 준비가 되어 있다. 그러나 마지막 순간, 예기치 않게 대공의 어린 두 조카가 마차 안에 함께 타고 있는 것을 발견하자 그만 뒤로 물러나 폭탄을 던지지 못하고 만다. 내세우는 대의명분이 아무리 혁명이라고 해도 어린아이를 살해하는 행위까지 정당화될 수 있는 것은 아니기 때문이다. 그러나 이렇게 하여 거사가 지연되자 테러리스트들 사이에는 심각한 토론이 벌어지고 서로 간에 의견 차이가 노출된다. 증오심에 불타는 스테판은 테러리즘에 한계란 없다고 굳게 믿는다. 내일의 러시아를 위해서라면 희생시키지 못할 것이란 아무것도 없다. 정의에 대한 이와 같은 추상적 의식에 맞서는 것이 바로 칼리아예프와 도라의 인간주의다. 그들이 볼 때 "파괴 행위에도 어떤 질서가 있고 한계가 있는 법"이다. 결국 아넨코프의 동의를 얻어 칼리아예프는 두 번째로 거사에 성공한다. 그 결과 그는 체포되어 사형 선고를 받는다.

감옥 안에서 이 죄수는 대공비의 방문을 받는다. 대공비는 독실한 기독교신자로서 칼리아예프의 영혼을 구원하기 위해 그의 사면을 요청하겠다고 약속한다. 하지만 칼리아예프는 이를 거부한다. 그는 자신이 빼앗은 생명에 대하여 스스로의 생명으로 대기를 치름으로써 자기의 행위를 정당화한다. 마찬가지 이유로 그는, 자신의 동지들을 밀고하여 넘겨주든가 아니면 대공비의 면회를 받은 사실 때문에 공공연히 배신자로 낙인찍히든가 둘 중 한 가지를 택하라고 강요하는 경시 총감의 약속과 협박을 거부한다. 동지들이 자신을 신뢰하고 있음을 굳게 믿는 칼리아예프는 자신이 빼앗은 생명과 교환하는 의미에서 스스로의 생명을 내놓는 정의의 사람의 운명을 달게 받아들여 형장으로 나아간다. 이제 도라가 바라는 단 한 가지 소원은 죽음 속에서 사랑하는 칼리아예프와 하나가 되는 것이다. 그리하여 다음번 폭탄은 도라가 던질 것이다.

이처럼 간단하게 줄거리를 요약하는 것으로는 이 극의 밀도를 충분히 전달할 수가 없다. 이 극에서는 이성을 넘어서는 열정이 압도하고 있고, 열정 그 자체도 줄기찬 상승 운동 속에서 새로운 국면으로 전환되기 때문이다.

일반 대중 그리고 대다수 비평가들이 《정의의 사람들》에 매우 호의적인 반응을 보인 것은 한편으로는 극의 전통적인 구조, 다시 말해서 관객이 접근하기 쉬운 구조 때문이라고 할 수 있겠지만 무엇보다도 이 작품의 작자가 제기한 문제들의 직접적이고 치열한 밀도에서 기인한다고 보아야 옳다.

《칼리굴라》와 《오해》에서 극적인 힘은 부조리에 대한 반항에서 생겨나는 것이었다. 《정의의 사람들》에서 드라마의 탄력은 여러 가지 혁명들에 대한 반항, 또는 말을 바꾸어, 현대인이 혁명 또는 전쟁 속에서 언젠가는 직면할 수밖에 없는 저 어처구니없는 역설, 즉 살인을 용인하고 미래의 가능적 인간을 위하여 현재의 구체적 인간을 희생한다는 역설에서 생겨난다.

시대의 여러 우발적 사태들 속에서는 바로 그 문제가 절박하게 제기되고 있었다. 카뮈의 《정의의 사람들》이 생각할 때 혁명은 자유와 행복 속에서, 그리고 결국 그 행복과 불가분의 관계인 정의 속에서 인간들이 서로 맺는 유대에 바탕을 두는 것이어야 한다. 피에르 앙리 시몽이 지적했듯이 "수단에서의 불의를 용납한다는 것은 혁명의 정신적 실패를 그 원칙에서부터 인정하는 것이다. 그러나 수단의 순수성을 요구한다는 것은 또한 그 역사적 성공을 그 원칙에서부터 위태롭게 하는 것이다."

인간의 뜻이 지배하는 세상을 만들기 위해서는 역사에 대하여 작용하여 영향력을 행사할 수 있어야 한다. 그런데 역사의 정의(正義)는 살인적이다. 그러므로 정의와 인간애는 근본적으로 양립 불가능한 것이다. 카뮈가 이 문제를 다루는 의식의 차원에서 볼 때 《정의의 사람들》에게 가능한 단 한 가지의 선택은 하나의 생명을 파괴할 경우 또 하나의 생명을 그 대가로 지불하는 것, 다시 말해서 살인이란 "필연적이고 변명의 여지가 없는 것"이므로, 더 나은 세상의 도래를 위하여 살인을 하되 어떤 방식으로든 인간의 고통에 가담한 자신도 죽음을 당하는 것뿐이다. 카뮈 자신의 표현을 빌리면, "그들은 그러므로 비록 이념을 위하여 살인하는 것이긴 하지만 그 어떤 이념도 인간의 생명 위에 두지는 않는다. 그들은 정확하게 이념과 같은 눈높이에서 산다. 결국 그들은 죽음에 이를 정도로 그 이념을 몸으로 살면서 그것을 정당화한다." 그러나 최후의 희생에서까지도 문제가 종결되는 것은 아니다. 왜냐하면 칼리아예프에게 "이념을 위하여 죽는 것은 이념과 같은 눈높이에 존재하는 유일한 방식이며 그것이 바로 행위에 대한 정당화의 방식"이긴 하지만 다른 한편, 그는 "혹시라도 어떤 독재가 자리를 잡게 되어, 정의를 행하고자 하는 나를 살인자로 변하게 하는 것"은 아닐까 하는 어두운 예감을 갖기 때문이다. 그래서 도라는 절망에 빠진 한순간, 혁명의 정당성에 대해서마저 확신을 갖지 못한 채 망설인다. "유일한 해결 방법이 죽음이라면 우리가 택한 길은 옳지 못해. 옳은 길은 생명으로, 태양으로 인도하는 길이야."

1946년의 《작가수첩 II》는 살인의 문제가 반항의 문제와 긴밀한 관계 속에 놓이면서 카뮈의 내면에서 얼마나 절실한 관심사로 떠올라 있었는지를 말해준다. 그는 1946년 4월에 이렇게 적고 있다. "반항. 시작: 단 하나의 진지한 문제는 살인이다. 나는 내 앞에 있는 저 타자를 죽일 수 있는가, 혹은 그가 죽는 것에 내가 동의할 수 있는가를 아는 것, 내가 죽음을 부여할 수 있는가를 알기 전에는 그 어떤 것도 알지 못한다는 것을 아는 것, 바로 이것이 알아내야 할 일이다." 그리고 얼마 후 이렇게 적는다. "인간이 빵과 정의를 필요로 한다면, 그가 그 필요를 만족시키기 위하여 해야 할 일을 해야 된다면, 인간은 동시에 마음의 빵인 순수한 아름다움 또한 필요로 한다⋯⋯." 모순은 점점 더 심각해져서 마침내는 다음과 같은 말 속에 표현된 고통에 이른다. "가끔 나는 모순을 더 이상 견딜 수 없을 것이라고 느끼는 때가 있다. 하늘이 싸늘하고 자연 속의 그 어느 것 하나 지탱해주지 않을 때⋯⋯ 아! 어쩌면 죽는 편이 나을지도 모르겠다."

지금 우리는 카뮈의 사상의 심장부에 이르렀다. 인간적 정의의 요구와 행복의 요구라는 다 같이 절박한 두 가지의 부름 사이의 끊임없는 싸움 속에서만 그 모습이 드러나는 저 찢어진 의식의 심장부에 이른 것이다. 카뮈는 《반항적 인간》의 이론적 관점에서뿐만 아니라 동 시대의 여러 가지 사건들에 대하여 그가 취하는 참여의 면에서도 전자, 즉 인간적 정의에 충실하고자 한다. 그리하여 우리는 다음과 같은 여러 가지 상이한 사실들을 동일한 원칙에 바탕을 둔 것으로 간주할 수 있다. 마다가스카르에서의 억압과 폭력에 대한 항의, 1949년 사형 선고를 받은 그리스 공산당원들의 옹호 운동, 스페인의 프랑코 정권을 인정한 것에 대한 항의의 표시로 유네스코 탈퇴, 1953년 동베를린 봉기 때 뮈튀알리테 재판에서의 연설, 부다페스트 봉기시 그의 반공 항의, 아르튀르 쾨슬러와 블로크-미셸과 공동 집필한 《사형에 관한 성찰》(1957)에 논문 〈기요틴에 대한 성찰〉 발표 등이 바로 그것이다.

다른 한편 1954년 《여름》의 출간, 단편집 《적지와 왕국》(1957) 속의 몇몇 단편들 발표, 특히 1953년 《안과 겉》의 재판에 붙인 서문은 또다른 하나의 흐름, 즉 시대의 비참에 의해서도 파괴되지 않은 "저 살고자 하는 걷잡을 수 없는 욕구"가 얼마나 거센 힘으로 그의 내면을 사로잡고 있는지를 보여준다. 그리하여 그는 이렇게 술회했다. "우리 시대만큼 최선과 최악을 똑같이 대하기를 요구하는 시대는 없으므로 나는 그 어느 것 하나도 제쳐놓지 않고 이중의 기억을 정확히 간직하고 싶은 것이다. 그렇다. 세상에는 아름다움이 존재하는가 하면 모멸당하는 삶을 사는 사람들도 존재하는 것이다. 해내기가 제 아무리 어렵다 할지라도 나는 결코 그 어느 한쪽에 대해서도 불충실하고 싶지는 않다."

《정의의 사람들》의 칼리아예프는 어쩌면 카뮈의 그 어떤 인물보다도 더 확실한 작가의 대변자라고 할 수 있을 것이다. "아름다움도 있고 즐거움도 엄연히 있다"고 못박아 말하는 그는 참여적 인간과 예술가의 이중적 열망을 동시에 요약한다. 그는 또한 이렇게도 말한다. "나도 마음만 먹으면 좀더 약아질 수도 있고, 말을 아낄 수도 있고, 속마음을 내색하지 않을 수도 있고, 효율적으로 처신할 수도 있어. 다만, 내 눈에는 인생이란 것이 언제나 멋들어진 것으로 보인단 말이야. 나는 아름다움을, 행복을 사랑해! 그렇기 때문에 독재를 미워하는 거야……혁명, 물론 해야지! 그러나 그것은 삶을 위한 혁명, 삶에 기회를 주기 위한 혁명이어야 해, 내 말 알겠어?" 그래서 "우리 역사상 최후로 반항의 정신에 연민의 정신을 결합하는" 저 "섬세한 살인자들"을 우리들에게 보여주는 이 극에 대하여 카뮈 자신이 무한한 공감을 느낄 수밖에 없는 것이다. 자크 에베르토의 말에 의하면 《정의의 사람들》이야말로 이 작가의 작품들 가운데서도 그의 마음속에 유별난 자리를 차지하는 것이라니까 말이다.

《작가수첩 II》(1942년 1월~1951년 3월)는 카뮈 사상의 합류점에 위치하는 《정의의 사람들》이 어떤 과정을 거쳐 창조되었는지에 대하여 시사적인 빛을 던져준다. 이 작품의 주제들은 《반항적 인간》과 일치하는 대목이 너무 많아서 어느 것이 먼저고 어느 것이 나중인지 분간하기가 쉽지 않다. 1944년부터의 수첩의 기록에는 정의, 반항과 관련된 언급이 끊임없이 출현하는 것을 볼 수 있다. 이 두 가지 주제는 처음에 매우 일반적인 의미에서 이 두 작품과 관련되다가 점차 특별한 의미로 변해간다.

우선 1944년 말부터 카뮈는 여러 가지 다양한 타입의 혁명가들을 등장시킨 정의에 관한 한 편의 소설을 구상하기 시작한 것 같다. 1945년 말경 그 소설이 극으로 탈바꿈한다.《작가수첩 II》에서 우리는 다음과 같은 대사의 한 토막을 만나게 되는데 그것은 필경 《정의의 사람들》에 대한 생각과 관련된 것이 분명하다.

비극. C. L. E. "내가 옳다. 바로 그렇기 때문에 나는 그를 죽일 권리가 있는 것이다. 나는 이 디테일에서 멈출 수는 없다. 나는 세계와 역사에 따라 생각한다."

"L. 디테일이 인간의 삶이라면 내게 있어서 그것이 곧 세계 전체요, 역사 전체다."

반항에 관한 에세이의 계획이 깊이를 갖추고 윤곽이 뚜렷해지는 것은 1945년이다. 이 주제에 관한 일련의 기록들이 그것을 말해주고 있다. 카뮈는 《실존Existence》지에 〈반항에 관한 소고〉를 발표한다. 1945년 9월 그는 수첩에 이렇게 기록한다. "정치적 이율배반. 우리는 피해자와 가해자 둘 중에서 선택하지 않으면 안 되는 세계 속에 살고 있다.—달리 방법이 없다." 그 후 1946년 《전투Combat》지에 〈피해자도 가해자도 아닌〉이라는 제목하에 일련의 논설들이 뒤따른다. 같은해에 카뮈는 《정의의 사람들》과 《반항적 인간》에 다 같이 근거를 제공할 문헌들을 읽는 일에 몰입한다. 우리는 《작가수첩》의 한 대목에서 그에 관련된 언급을 발견할 수 있는데 그 기록은 그 무렵 카뮈가 러시아 역사에 상당한 흥미를 보이고 있음을 말해준다. "1861년 2월 19일. 러시아에 있어서 농노제도의 폐지 행위. 첫 발포(카라마조프의)는 1866년 4월 4일부터. 헤르젠의 소설 《누구의 잘못인가?》(1947) 참조. 마찬가지로 《러시아에 있어서 혁명사상의 발전》 참조."

1947년 10월부터 러시아 혁명사회주의자들에 관한 독서가 부쩍 늘어나면서 《작가수첩》에는 페트라체브스키, 비엘린스키, 도브롤루보프, 체르티체프스키, 피사레프, 헤르젠, 바쿠닌, 미하일코프스키

등의 이름이 반복해서 등장하고 톨스토이, 도스토예프스키, 레르몬 토프, 베르쟈예프 등의 독서 기록이 나타난다. 그리고 우리는 카뮈 가 보리스 사빈코프의 《어느 테러리스트의 회고》를 알게 되어 그것 을 《정의의 사람들》의 참조 틀로 사용했다는 것을 알고 있다. 그는 이 책에서 여러 대목을 빌려와서 극의 일부로 활용한다. 그는 칼리 아예프와 도라(실제는 도라 브릴리안트)의 이름을 그대로 사용하 고, 세르주 대공의 살해 실패의 전 과정, 마차 안에 어린아이들이 타 고 있는 것을 보자 실망한 나머지 칼리아예프의 팔이 축 늘어지는 모습, 동지들의 심판을 요구하는 그의 부르짖음, 그리고 대공의 살 해에 성공하고 난 직후 "대공이 살해되었어!…… 내가 그를 죽였어! 그래! 그를 죽인 것은 나야!"라고 소리치는 도라의 절규를 가감 없 이 그대로 옮겨놓는다. 그리고 경시 총감과 대공비가 감옥으로 칼리 아예프를 찾아오는 장면, 외투를 입지 않고 검은 옷 차림에 펠트 모 자만 쓴 채 교수대로 올라가는 칼리아예프의 묘사 같은 다른 디테일 들 역시 역사에 기록된 대로이다. 《오해》의 경우와 마찬가지로 카뮈 는 독자들에게 이와 같은 차용의 사실을 솔직히 공개한다. 이 점과 관련하여 그가 쓴 〈서평 의뢰문prière d'insérer〉은 《정의의 사람들》 의 창작 방식을 잘 보여준다. 그 글을 보면 우리는 극작가의 생각과 그에게 영감을 준 모티브들이 어떤 틀에서 찍혀 나온 것인지를 분명 히 알 수 있다.

그 〈서평 의뢰문〉과 1947년 무렵에 카뮈가 몰두했던 독서 내용에 서 우리는 카뮈가 역사적 사실에서 직접 빌려 쓸 수 있는 어떤 에피 소드를 얻어냈다는 사실을 확인할 수 있다. 그 에피소드는 우리 시 대의 비극 속에 편입된 어떤 개인적인 갈등을 조명하기에 충분한 내용이다.

《작가수첩》에서 《정의의 사람들》의 주제를 다룰 수 있는 가능성이 처음으로 나타나는 시점은 1947년 5~6월경이다.

테러리즘. 칼리아예프형 테러리스트의 위대한 순수성은, 그에게 살인은 자살과 일치한다는 점이다(사빈코프의 《어떤 테러리스트의 회고》참조). 생명을 생명으로 갚는다. 이 논리는 잘못된 것이지만 존중할 만한 것이다(빼앗은 생명은 자진하여 바친 생명과 같은 값이 아니다). 오늘날에는 그것이 아니라 위임에 의한 살인이다. 대가를 치르는 사람이 없다.
1905. 칼리아예프 : 육체의 희생.
1930. 정신의 희생.

극이 최초의 성찰을 중심으로 확고한 윤곽을 갖추는 것 역시 1947년 6월이다. "극 – 테러 – 어떤 니힐리스트. 도처에 폭력. 도처에 거짓. 파괴 그리고 파괴. 어떤 리얼리스트. 오크라나로 들어가야 한다. 두 사람의 칼리아예프 사이—안 돼, 보리스, 안 돼."

그 직후의 기록에는 《정의의 사람들》 가운데서도 가장 아름다운 장면들 중 하나가 통째로 담겨 있다. 도라와 칼리아예프 사이의 사랑의 장면이 그것인데 카뮈는 이 노트를 거의 고치지 않은 채 극 속에 옮겨놓는다. 《작가수첩》에서 도라는 이런 말로 끝맺는다. "우리는 이 세상 사람들이 아니야, 야네크. 우리의 몫은 피와 차가운 밧줄이야." 혹시나 어떤 비평가가 악의적으로 해석하지나 않을까 염려하여 끝내 사용하지는 않았지만 카뮈는 본래 이 극작품에 《밧줄 La Corde》이라는 제목을 붙였었는데 이 제목은 바로 이 대사에서 온 것이었다. 최종 원고에서 이 대목은 다음과 같은 내용으로 바뀌었다. "여름날을, 야네크, 기억해? 아니, 그게 아니지, 여름이 아니라 영원한 겨울인걸. 우리는 이 세계의 사람들이 아냐, 정의의 사람들일 뿐이야. 세상에는 뜨거운 열기가 있지만 그건 우리와 인연이 없어. 아! 불쌍한 정의의 사람들!"

카뮈의 상징 체계 속에서 흔히 볼 수 있는 이와 같은 변용은 1948년 봄 그가 알제리에 체류했던 사실과 관련 있는 것이 아닐까 한다. 이런 변용이 일어난 대목은 제3막 끝부분인데, 엠마뉘엘 로블레스의 말에 따르면 카뮈는 알제에 있는 그의 집에서 제4막의 첫 장면을 집필했다고 하므로 이같은 추측은 근거가 없지 않다.

1947년 여름부터 1949년까지 수첩 속에 이어지는 여러 가지 기록들은 대화의 몇몇 토막들이거나 그 희곡작품이 제시하는 갈등과 긴밀하게 관련된 것들이었다. 가령 다음과 같은 기록이 그렇다. "눈에 보이는 것이라 보긴 하지만 도무지 길이 들지 않는 늙은 공산당 투사 : '아무래도 내 마음을 치유할 길이 없단 말이야'." 또는 1948년 여름의 기록 : "역사에 대한 책임은 인간들에 대한 책임을 면제시켜 준다. 바로 이 점 때문에 그는 마음이 편한 것이다."

1949년 2월의 기록에서 카뮈는 매듭지어야 할 작품들을 열거하고 있는데 우리는 앞으로 남은 몇 달 동안 《반항적 인간》에 앞서서 처리해야 할 작업 계획 중에 《밧줄》을 가장 먼저 꼽고 있음을 눈여겨 볼 수 있다. 게다가 이미 앞에서 인용한 1949년 여름의 한 기록에서 그는 《정의의 사람들》의 극히 고전적인 순수성과 《계엄령》의 바로크적인 성격이 왜 대조적인가를 설명하고 있다. 카뮈는 거기서 자신의 작품들 하나하나마다 매번 다른 방식으로 자신의 개인성을 벗어나고 싶어한다는 점을 강조한다. 타오르는 불꽃처럼 요동치는 《계엄령》에 뒤이어 《정의의 사람들》의 서늘하고 흐릿한 빛이 나타날 때 가장 명백해지는 개인성 탈피 경향은 예술가의 내면에 자리하고 있는 서로 다른 힘들 간의 갈등에서 생겨난다. 《작가수첩》이 출판되어 나옴으로써 우리는 그 힘들의 정체를 명백히 밝혀내지는 못한다 해도 적어도 그것을 어느 만큼 예감할 수는 있게 되었다.

1943~44년 무렵의 카뮈에게 "현실성이란 것이 불가능하기 때문에(몰취미, 천박함, 인간의 깊은 요구에 대한 부적절 등)" 절대적인 자연스러움이란 불가능한 것으로 여겨진다. 그런 견지에서 인간이 하는 창조란 우리에게 주어진 무정형(無定形)의 세계를 수정하는 행위여야 마땅하다. "형태를 갖지 않은 것에 형태를 부여하는 일, 그것이 모든 작품의 목표다. 그러므로 창조만이 존재하는 것이 아니라 수정이 존재하는 것이다…… '형태'의 중요성은 바로 거기에 있는 것이다." 이른바 "수정된 창조"라고 하는 이 형태에 이르기 위하여 "모든 것을 다 해야 하고 모든 것을 다 포기해야 한다. 자연스러움 속에 자리잡을 것, 그러나 가면을 쓰고." 카뮈는 《페스트》를 발표할 무렵 이렇게 썼다. 이 가면의 이미지는 카뮈가 그 자신의 본성에 대한 경계심을 나타내는 것이다. 그리하여 그는 이렇게 말한다. "사고의 훈련이나 작품에 꼭 필요한 규율을 지키려 할 때 나를 난처하게 하는 것은 바로 상상력이다. 나는 고삐가 풀린 나머지 절도가 없는, 다소 괴물 같은 상상력의 소유자다. 그 상상력이 내 삶에서 얼마나 엄청난 역할을 했는지는 알기 어렵다. 상상력의 이 뜻하지 않은 습격에 추가하여 지적할 것은 "그 어떤 본능들의 무질서하고 치열한 힘……"의 "뿌리 깊은 무정부주의"가 가져오는 위험이다.

예술작품이 구축되기 위해서는(나는 미래시제로 말한다) 인간의 저 수치로 측량할 수 없는 힘들을 활용하지 않으면 안 된다. 그러나 동시에 그 힘들의 주위에 울타리를 쳐서 에워싸는 일도 게을리해서는 안 된다. 지금은 그 울타리가 너무 막강한 것이 되어버렸다. 그러나 그 울타리가 에워싸야 하는 것 역시 너무 막강했다. 그 둘 사이의 균형이 이루어지는 날 나는 내가 꿈꾸는 작품을 쓰도록 노력하려고 한다.

《정의의 사람들》이 상연될 무렵인 1949년 12월경의 이 술회는 이 극의 극단적이라 할 만한 간결함에 특이한 조명을 가해준다. 인물들의 영웅주의적 감정과 자기극복이라는 측면에서 코르네유의 극과 견주는 사람이 없지 않지만 이 극은 엄격한 구조와 스타일의 순수성으로 인하여 라신의 극과 일맥상통하는 면이 없지 않다. 가장 직관적인 성향의 한 비평가가 말했듯이 "카뮈는 연극에 시와 은밀한 노래의 가치를 다시 부여해주고 있다."

카뮈는 자신의 원고를 수정할 때도 바로 그와 같은 금욕적 정신으로 임했다. 로제 키요가 《전집》의 끝에 붙인 이문(異文)들에 대해서는 길게 이야기하지 않겠다. 다만 《칼리굴라》나 《오해》에 비하여 그 수가 그리 많지 않은 "이문"들은 특히 제4막, 즉 감옥 장면에 집중되어 있다는 점을 지적해두는 것이 좋겠다. 개연성의 측면에서 보면, 특히 대공비와의 면담 장면에서 가장 많은 난점을 노출시키는 제4막은 스쿠라토프와 대공비가 차례로 제시하는 자유의 유혹 앞에서 칼리아예프가 인간적 유대감의 초월성뿐만 아니라 아나키스트라는 독특한 기사도적 질서에 대한 변함없는 충실성, 나아가서는 "섬세한 살인자들"의 특징인 고등한 자살에의 편향을 재확인해 보여야 하는 자리였다. 수많은 보유(補遺)들이 말해주듯이 카뮈는 이 장면들을 여러 차례에 걸쳐서 다시 손질한 것 같다. 구조와 스타일 면에서 다 같이 가한 변화와 수정들은 가능한 한 정확하고 단순한 쪽을 지향하는 작가의 노력을 여실히 보여준다. 카뮈는 너무 특정 시대에 국한되어 있는 면을 더욱 보편적인 것으로 끌어올리고 작자 개인의 관점을 너무 분명하게 반영하는 생각들을 지우며 스타일에서 안이하게 보이는 대목을 없애려고 노력한다. 보편성, 간결함, 단순함은 언제나 그의 기본 방침이 되고 있다.

《정의의 사람들》은 1949년 12월 15일 자크 에베르토가 극장장으로 있는 에베르토 극장에서 젊은 화가 드 로네의 엄격한 무대장치와 의상, 폴 외틀리의 연출로 초연되었다. 배우들의 탁월한 연기는 대다수 비평가들로부터 호평을 받았다. 특히 기 드뮈르는 이렇게 썼다. "카뮈는 연기자들에게 자신이 뜻한 바에 완벽하게 어울리는 어떤 스타일을 살려내도록 유도하는 데 성공했다. 마리아 카자레스는 그 중에서도 압권이다. 그녀의 목소리, 몸짓, 그리고 아름다움은 그녀가 우리 시대의 유일무이하게 위대한 비극배우임을 웅변으로 증명해 보였다."

비평가들은 《정의의 사람들》에 활력을 부여하는 무대 스타일의 탁월한 자질이 작품을 쓴 작자의 개입 덕분이라는 사실을 놓치지 않고 주목했다. 앞서의 다른 작품에서도 마찬가지였지만 여기서도 카뮈의 존재는 배우들에게 커다란 힘이 되었다. 르네 파라베는 카뮈를 추억하면서 이렇게 말했다.

카뮈는 살아 움직이는 존재를 사랑한다. 그가 주로 관심을 갖는 것은 인간관계다…… 그래서 그는 끊임없이 타자와의 접촉을, "인간적인 촉촉함"을 원한다. 그는 배우라는 저 변덕스러운 존재들과 스스럼없는 관계를 맺는다. 그는 그들 각자마다 다른 언어로 말한다.

1949년 두 달 간의 남아메리카 여행에서 돌아오자 카뮈는 지난 2년 동안 그를 괴롭혔던 병이 재발하여 계획했던 작업을 중단하지 않을 수 없었다. 그래서 에베르토 극장에서 《정의의 사람들》을 연습하고 있을 때에는 병으로 인해 많은 경우 불참했지만 그래도 사정이 닿는 한 연습장으로 찾아가서 배우들을 격려했고 그들에게 필요한 열정을 옮겨주곤 했다. 아넨코프 역을 맡았던 이브 브랭빌은 다음과 같이 회고한다.

그곳에 오면 그는 균형이 맞지 않는 부분들을 단번에 찾아내곤 했다. 그리고 불과 몇 마디로 잘못된 곳을 바로잡았고 어떤 상황을 이해하기 쉽게 만들어주었다. 작업을 통해서 우리는 그 책에 담겨 있는 열정과 소박함을 다시 찾을 수 있었다. 격정적인 표현을 별로 좋아하지 않는 편인 그는 모든 것에서 직접적이고 단순했다. 그는 인물과 목소리에 대한 거의 음악적인 센스를 지니고 있었다. 처음 대본을 읽는 단계에서 그는 나에게 스테판 페도로프의 역을 맡으라고 했다가 결국 그 역은 미셀 부케에게 돌아갔다. 그 대신에 내가 그에게 아넨코프의 역을 "주라고" 하자 그는 나를 바라보며 웃더니 "그럼 됐네!" 하는 것이었다. 그뿐이었다. 그러나 그걸로 충분했다. 그리하여 《정의의 사람들》은 내게 연극과 관련된 최상의 추억으로 남았다.

카뮈가 배우들에게 보여준 이해심과 애정은 심리적인 작업을 중요시하는 태도를 통해서 나타났다. 그는 흔히 테크닉보다는 배우의 상상력에 호소하면서 상상력을 풍부하게 하기 위한 모든 수단을 동원했다. 칼리아예프 역을 맡았던 세르주 레지아니의 말에 의하면 그는 사르트르와 마찬가지로 연습을 시작할 때 우선 배우들에게 인물들을 매우 자세하게 소개하는 설명부터 했다. 그는 배우들에게 그 인물들이 어떤 경로로 탄생했는가뿐만 아니라 자신이 왜 그들을 선택했는가를 설명했다. 가령 《정의의 사람들》의 경우, 그는 매우 많은 도상자료들을 보유하고 있어서 자신이 모델로 사용했던 실제 인물들의 사진을 보여주면서 이해시키려고 노력했다. 이런 전문적인 작업은 극장을 벗어나 인근 동네에 있는 카페에 나와 앉아서 술잔을 주고받는 가운데 기나긴 대화를 통해서 계속되었다.

대체로 긍정적인 비평가들이 《계엄령》의 기억을 지우려고 애를 쓰긴 하지만 그 비평이 에누리 없이 긍정적으로만 기운 것은 아니었다. 모르방 르베스크는 다음과 같이 평했다. "연극적인 면에서 '섬세한 살인자들'은 멋진 인물상을 구성했고 작가는 그들을 최대한 활용했다. 《정의의 사람들》은 성공적인 연극이었고 전통적 틀 속에서 찍어낸 우수작이었다." 그리고 존 크뤽센크는 《정의의 사람들》에 대하여 "지금까지 카뮈가 보여준 최고의 연극적 성취"라고 말하면서, 그것은 "그의 가장 탁월한 극작품일 뿐만 아니라 전후 프랑스 무대가 이른 가장 인상적인 극중의 하나"라고 지적했다. 그러나 아쉬움을 나타내는 비평가들 또한 없지 않았다. 코르네유의 극 속에 담긴 선량한 감정들이 현대적인 문맥 속에서는 오히려 난처한 것으로 받아들여졌다. 가브리엘 마르셀 같은 사람은 이 작품의 "나이브한 면"

을 거론하면서 극이 "일련의 토론"으로 표현된 점을 비판했다. 또 어떤 비평가는 라신적인 순수성을 표현하려는 뜻을 인정하면서도 《정의의 사람들》을 그리는 선이 너무나 순수해서 기하학의 도표 같은 느낌을 줄 정도"라고 덧붙이면서 때로는 "격언조에 이를 정도의 스타일"을 구사하는 작가를 비판했다. 마찬가지로 장 모 뒤 같은 사람은 "극의 차가움"을 말하면서 이 "이념극"에서는 각 장면이 "이내 추상적인 쪽으로 기울어져버린다"고 비판했다. 제르멘 브레는 《정의의 사람들》을 보고 무대 위에서 따뜻한 체온과 감동을 찾기 어렵다고 말하면서 그것은 "카뮈가 사빈코프의 《회고록》을 너무 고분고분 따른 탓"이라고 보았다. 회고록의 톤을 너무나 엄격하게 존중하다 보니 극은 일련의 에피소드들을 이어놓은 것에 불과한 모양이 되어버렸고 인물들의 성격을 발전시킬 기회가 제한되었다는 말이다. 그리고 한계점에 이를 만큼 고도로 긴장된 분위기로 인해 지나치게 정신적인 면으로만 부각된 인물들은 육체적인 실체를, 그리하여 인간적 실체를 충분히 갖추지 못하게 되었다는 것이다.

그렇다면 과연 카뮈는 관객을 사로잡을 수 있었는가? 여론은 여러 쪽으로 갈리고 서로 대립된다. 많은 경우, 관객들은 극의 가장 중요한 축인 칼리아예프와 도라 사이의 깊은 사랑을 아주 조금밖에 감지하지 못했다는 인상을 준다. 그것은 카뮈가 이 주제를 너무나 소극적으로 처리하고 있기 때문이다. 로베르 켐프는 "많은 관객들이 칼리아예프와 도라 사이의 사랑이 얼마나 중요한지를 헤아리지 못하고 있다는 것을 알 수 있었다…… 그 까닭은 그들 서로가 상대에 대하여 느끼는 사랑이 너무나 고집스럽게 숨겨져 있기 때문이다"라고 지적했다. 그렇지만 작자의 의도는 의심할 여지가 없다. 《정의의 사람들》 첫머리에는 《로미오와 줄리엣》의 4막 5장에서 빌려온 시 "오, 사랑이여! 오, 삶이여! 삶이 아니라 차라리 죽음 속의 사랑을"이 인용되어 있고, 칼리아예프와 도라의 사랑의 장면은 카뮈의 모든 연극 작품 가운데서 아마 가장 아름다운 장면이라고 할 수 있을 정도니 말이다. 어느 누구도 죄 없이 순수한 사람이라고 자처할 수 없는 이 세계에서 인물들이 순수함을 되찾는 길은 사랑과 죽음뿐이다. 추상화가 극도에 달한 현대세계에서 개인적인 사랑은 그 본질 자체가 비판의 대상이 되고 있는 만큼, 남녀 간의 이 비극적인 문제는 바로 살인의 문제와 같은 자격으로 극의 핵심적인 자리를 차지한다. 《작가수첩》을 보면 이와 같은 문제적 국면이 무시되거나 잘못 해석되고 있다는 점을 카뮈가 얼마나 중시하고 있는지를 알 수 있다. 1959년 12월, 어떤 우둔한 비평가의 글을 본 카뮈는 이런 반응을 남겼다. "《정의의 사람들》에 관한 비평. '사랑이 뭔지를 모른다' 는 것이다. 만약 내가 불행하게도 사랑이 무엇인지 모른다고 해도, 그래서 우스꽝스럽게도 내가 사랑이라는 것에 대하여 배우게 되는 일이 생긴다고 해도 내가 학습받고 싶은 곳은 결코 파리나 그곳에서 발행하는 싸구려 잡지 속은 아닐 것이다."

　결론적으로, 어느 면으로 보나 파리 사람들은 《정의의 사람들》에서 좋은 인상을 받은 것으로 판단된다. 이 극은 《칼리굴라》와 마찬가지로 100회 이상의 공연 실적을 올렸으니 말이다. 널리 알려져 있듯이 카뮈는 《칼리굴라》와 《오해》의 내용을 수정한 바 있고 《계엄령》에 대해서도 다시 손을 댈 계획을 세우고 있었다. 그만큼 극작가로서의 직업의식에 대해 까다로운 카뮈 자신도 10년 뒤 이 극작품에 대해서는 전혀 수정할 생각이 없다고 말한 바 있다. 그는 1958년

《파리 연극》지와의 인터뷰에서 "오늘날에도 여전히 시사적이라고 할 수 있는 《정의의 사람들》을 다시 무대에 올리고 싶은 생각을 가지고 있다"고 말했다. 그리고 《계엄령》에는 수정할 곳들이 있음을 인정하면서도 그는 "《정의의 사람들》은 매번 공연을 새로 할 때마다 조금씩 바꾸는 것말고는 아무것도 수정하지 않을 생각이다"라고 덧붙였다.

기법상의 측면에서 볼 때 이 극은 물론 흠잡을 데가 없다. 극 중의 기대심리는 카뮈가 재치있게 활용하는 극적 탄력이다. 칼리아예프는 과연 폭탄을 던질 것인가 못 던질 것인가? 우리가 품은 의혹은 2막에서 어느 정도 근거를 갖는 듯하다가 무대 뒤에서 요란하게 들리는 폭발음과 더불어 관객이 축적된 긴장감에서 해방되는 3막에 와서는 완전히 사라진다. 4막에 이르면 마침내 칼리아예프의 생명과 존재 이유가 도마 위에 오른다. 그는 과연 형장으로 걸어나갈 것인가 아니면 종교와 사회의 압력에 굴할 것인가? 그는 정의의 사람이 될 것인가 아니면 살인자가 될 것인가? 이 기대와 긴장감은 제5막의 전개 과정을 통해서 다시 한번 해소된다. 칼리아예프의 태도는 확고하다. 그는 정의의 사람으로 죽음을 택한다. 그의 처형은 공포와 연민을 자아내어 새로운 극적 탄력을 생산함으로써 또다른 전개 국면을 맞는다. 그의 동지들이 그의 뒤를 따르기로 결심하는 것이다.

1955년 카뮈가 《동부 연극》지를 위해 준비한 이 극의 〈소개의 말〉을 검토해보면 《정의의 사람들》은 비극 분야에서 그가 가장 중요시하는 이론을 적용한 극작품이라는 사실을 깨달을 수 있다. 이 글에서 그는 "언어의 묘미와 스타일이 없이는 극도 없으며 가치 있는 극작품은 한결같이 우리의 고전 비극과 그리스 비극작가들을 본받아

가장 단순하면서도 가장 위대한 인간의 운명을 송두리째 내기에 걸고 있다는 생각을 하게 된다"고 밝혔다. 간단하면서도 고상한 이 말에 그대로 대응되는 것이 바로 이 극의 지극히 고전적인 구조라고 하겠는데 전체 5막으로 나누어진 이 구조는 대사가 중요한 역할을 하는 연극에 특히 잘 어울린다. 인물이 말로 들려주는 진술을 결코 과소평가할 수 없는 이 극에서 행동은 무대 밖에서 전개된다. 그리하여 극은 필연적으로 대공의 살해나 칼리아예프의 처형과 같은 역사적 사실들 자체를 에워싸고 자리잡는 토론을 바탕으로 짜일 수밖에 없다. 이런 관점에서 볼 때 고전극에서와 마찬가지로, 그리고 카뮈 특유의 시학에 따라 끊임없이 문제시되는 것은 다름 아닌 말 그 자체다. 또 이 작품의 질을 가장 잘 나타내는 속성들인 순수함, 엄격함, 적확성 등은 다름 아닌 그 언어 사용 속에서 찾지 않으면 안 될 것이다. 어조, 형식, 내용의 적확성이야말로 이 극의 가장 두드러진 특징인 것이다. 그 적확성은 조르주 우르댕이 후일 가장 넓은 의미에서 "정의의 사람 카뮈"라고 불렀던 이 예술가의 사상에 깊이 배어 있는 것으로 보인다.

《정의의 사람들》에는 《계엄령》에서와 마찬가지로 정의의 문제 못지않게 적확성이라는 중차대한 문제가 제기된다. 과연 카뮈는 〈소개의 말〉에서 "나는 다만 행동 그 자체에도 한계가 있음을 분명히 보여주고자 했을 뿐이다. 그 자체의 한계를 인정하는 행동, 그 한계를 넘어설 경우 적어도 죽음을 받아들이는 행동만이 선하고 올바른 행동이다"라고 썼다. 이처럼 한계를 넘어서지 못하도록 네메시스 신이 항상 지키고 있는 것이다. 《계엄령》의 끝부분을 장식하는 절도와 균형에의 호소는 "파괴 속에도 한계는 있다"는 도라의 외침 속으로까지 다시 연장되고 있다. 이러한 이념적 한계는 《정의의 사람들》 속에서 극의 구조와 스타일과 한 덩어리를 이룬 나머지 우리는 어떤 윤리와 미학의 혼융을 목격하게 된다.

카뮈는 다음과 같이 미리 귀띔한 바 있다. 이 극의 형태를 보고 독자가 잘못 생각해서는 안 될 것이다. 나는 이 극에서 고전적인 수단들, 다시 말해서 동등한 힘과 이성을 지닌 인물들의 대결을 통해서 극적 긴장감을 얻어내려고 노력했다.

1955년에 붙인 이 주석을 1943년의 기록인 《작가수첩》의 말(이 말은 동시에 《정의의 사람들》에 적용할 수 있겠지만)과 결부시켜본다면 우리는 극작술에 대한 그의 생각이 얼마나 일관된 것인가를 짐작할 수 있다.

비극작품의 특징은 서로 대립하는 세력들의 쌍방이 다 같이 동등하게 정당하며 살아 있을 권리를 가졌다는 사실이다. 그렇기 때문에 정당하지 못한 세력들을 그린 작품은 약한 비극이고, 그렇기 때문에 모든 것을 다 정당화하는 작품은 강한 비극이다.

"극 – 정의", 나아가서 "극 – 적확성"이라고 하는 이런 관계는 특히 카뮈의 극작품을 해명하는 열쇠라고 할 수 있다. 그런 점에서 카뮈의 연극은 장 루이 바로가 구상하는 연극의 표본이다. 다음의 글은 《정의의 사람들》에 대한 좋은 대위법을 제시해준다.

극의 무대는 서로 대립하는 힘들이 결정적인 형태로 맞부딪치는 장소다. 이렇게 조성된 갈등을 겪는 동안 이 힘들 각각은 스스로의 권리를 주장하고 이 힘들의 각각은 자기가 옳다고 굳게 믿으며 옳은 존재이고자 한다.

실제로 우리는 항상 연극에서 방대한 한판 승부를 목격한다. 서로 다른 권리들의 이와 같은 대결, 럭비 경기에서처럼 그 모든 권리들의 이러한 "충돌"로부터 정의라는 판결이 생겨나지 않으면 안 된다. 그 판결이 올바를 때에야 비로소 관객은 만족을 얻는다.

그 갈등에 참가하는 개인들과 관련하여 옳다는 것이 아니라 삶과 관련하여(이때 삶이란 말은 보편적인 의미다) 옳다는 것이다. 올바른 삶이란 무엇인가? 그것은 균형잡힌 삶이다. 올바르다는 말이 인간들의 차원을 넘어서게 되면 즉시 그 직접적인 의미와 상징적인 의미가 서로 혼동을 일으키게 된다. 그리하여 "정의"가 "적확함"의 동격이 된다.

결국 사유의 엄격함에 맞추어진 형태의 엄격함, 바로 이것이 《정의의 사람들》의 열쇠라고 해도 좋을 것 같다.

카뮈는 자신이 무대에 올린 그 토론으로 일상적인 삶 속에서도 계속 고통스럽게 살지 않으면 안 되었다. 인간과 역사 사이의 관계에 대한 근원적 관점의 차이는 카뮈를 사르트르나 공산주의적 성향의 좌파와 점차 갈라놓았다. 1946년에 이미 시몬 드 보부아르는 이렇게 지적했다. "우리의 입장이 카뮈의 마음에 들지 않았다. 그의 반공주의적 태도로 인하여 우리들 사이에는 대립이 생겼다. 1954년 12월 그는 나를 자동차로 데려다주면서 토레즈에 반대하여 드골을 옹호하는 입장을 취했다." 이와 같은 관계는 《현대》지의 공산주의적 편견이 노골화되면서 점차 악화되어가갔다. 사르트르에게 혁명이란 성스러운 것으로 이론의 여지가 없는 것인 반면 카뮈는 인간적 가치들이 역사에 우선하는 것이라고 단정하고 있었다. 1947년에 벌써 어떤 정치적 논쟁으로 인하여 카뮈는 메를로 퐁티와 절교했다. 사르트르와 좌파는《정의의 사람들》이 전제로 하는 의미에는 별로 개의치 않았지만 1951년《반항적 인간》이 출간되었을 때는 문제가 달랐다. 《현대》지에 실린 서평을 통해서 프랑시스 장송이 역사 앞에서 "아무런 역할도 하지 않으려는" 태도를 취하고 "반항에 동의의 세례를 준다"고 카뮈를 공격하자 충돌이 일어난다. 카뮈는 장송의 악의적 태도를 비난하고 그를 통해서 사르트르를 비난했다. 1952년, 사르트르의 가차없는 응수로 이 논쟁과 이미 오래 전부터 비틀거리고 있던 우정에 종지부가 찍혔다.

사르트르와 더불어 좌파 지식인 전체가 카뮈를 버렸다. 게다가 카뮈는 그와 동시에 "젊은 우파"로부터도 세찬 공격을 받고 있었다. 클로드 모리악은《페스트》를 "우리 시대의 상투적 표현"이라고 규정했다. 《반항적 인간》이 발표되자 그는 "철학적으로 매우 무용한 담론이며 정치적으로는 문제가 해결된 것으로 본다는 점에서 그만큼 더 불만족스러운 해결책"이라고 썼다. 요컨대 그것은 "일종의 기만적 형식"이라는 것이었다.

고독, 쓰라림, 질병. 이런 것이 1950년대의 결산이었다. 카뮈는 니체가 적대적인 힘과 맞설 수 있게 해주는 유일한 수단으로 꼽는 저 "활기와 생명을 불어넣어주는 힘"을 공급받지 못한 나머지 자신의 작품을 제대로 진척시킬 수 없었다. 그는 너무나도 어려운 시기를 통과하고 있었다. 그는 지속적인 의지의 힘으로《반항적 인간》을 탈고했다. 1949년 2월 《작가수첩》에는 카뮈가 스스로에게 어떤 규율을 부과하며 작업했는지를 알 수 있게 해주는 기록이 보인다. "작업에의 고집. 그 고집이 기력의 쇠퇴를 이긴다."

1952년 그의 작업 계획 속에는 소설 《최초의 인간》, 장차 《적지과 왕국》(1957)이라는 제목으로 묶이게 될 단편들, 그리고 연극으로는 《동 쥐앙》과 《악령》의 각색 등이 포함된다. 연극 쪽에서는 오직 《악령》만이 빛을 보게 된다.

카뮈는 《정의의 사람들》을 발표하고 난 다음 극작가로서는 연극 분야에서 물러난 셈이지만 그렇다고 해서 자신이 아끼고 아끼는 이 활동과 아주 인연을 끊은 것은 아니었다. 개막 공연날 저녁 몇 시간 동안에 모든 것이 다 결판나버리는 모험에 자신을 너무 소모하는 것이 두려웠던 것일까? 그 자신이 술회했듯이 그에게 창조한다는 것은 모든 기력을 소진시키는 노력이 아닐 수 없었다.

나의 자연스러운 성향은 그저 부동의 세계 속으로 굴러떨어지는 쪽이다…… 그렇지만 나는 바로 그 노력에 의하여 쓰러지지 않고 버티는 것임을 잘 안다. 그래서 단 한 순간이라도 그 점을 믿지 않게 되면 벼랑 끝으로 굴러떨어지게 된다는 것도 잘 알고 있다. 바로 이렇게 해서 나는 병과 포기하고 싶은 욕구를 극복하고 있는 힘을 다하여 머리를 쳐들어 숨을 쉬며 이겨내려고 애를 쓴다. 이것이 바로 내 식의 절망하는 방식이며 그 절망을 치유하는 방식이다.

그러므로 중요한 것은 휘청거리는 그 창조적 힘을 다스리는 일이었다. 그는 1958년의 어느 인터뷰에서 이렇게 고백했다. "나는 오랫

동안 연극 때문에 글을 못 쓰면 어쩌나 하고 걱정했다. 이제 나는 더 이상 걱정하지 않는다."

사실 카뮈는 연극에 대한 애착을 완전히 끊지 않았다. 우리는 장 질리베르와 교환한 편지를 통해서 그가 1952년 '레카미에' 극장의 예술감독직을 맡을 계획을 세우고 장 질리베르를 그의 보좌역으로 임명하려 했다는 사실을 알고 있다. 극단의 멤버로는 특히 마리아 카자레스, 도미니크 블랑샤르, 장 네그로니, 뤼시엥 보게르 등을 생각하고 있었다. 그리고 카뮈는 1953년 앙제 페스티벌 때 각색자 및 연출자로서 그가 아끼는 활동 분야로 복귀했다. 사실 그가 연극으로 복귀하게 되는 데는 여러 가지 상황이 겹쳤다. 앙제 페스티벌의 공동감독이었던 마르셀 에랑이 그에게 칼데론의 《십자가에의 경배》와 라리베의 《유령들》의 각색을 요청했었다. 1953년 마르셀 에랑이 위중한 병으로 자리에 누우면서 —— 그는 개막 공연을 이틀 앞두고 사망했다 —— 카뮈에게 자기 대신 감독 자리를 맡아달라고 부탁했다. 이렇게 하여 카뮈는 그 자신 특혜받은 장소라고 여겨왔던 연극계로 되돌아온 것이었다. 연극무대에서 그는 "내가 필요로 하는, 그리고 외로워지지 않는 가장 너그러운 방식인 그 우정과 그 집단적 모험을 되찾게 된다"고 술회했다.

연출과 번역, 각색을 통해서 카뮈는 알제리 시절의 원천에 다시 몸을 담그게 된다. 바로 황금시대 스페인 연극, 그가 언제나 찬미해 마지않았던 윌리엄 포크너 그리고 도스토예프스키가 그것이다. 그러나 그는 또한 프랑스의 대중에게 이탈리아 작가 디노 부자티를 소개하는 공로도 세웠다. 그 작가의 불안하고 암시적인 작품은 부조리한 세계와 마주한 현대인의 헐벗은 모습을 포착한 것이었다. 카뮈가

《흥미로운 케이스》라는 제목으로 각색한 이 작품은 동시대 비극에 새로운 차원으로 접근하려는 시도였다. 이 작품은 카뮈가 야외 무대가 갖는 매우 특수한 조건 속에서 연출한 작품들 전체 속에 놓고 파악해야 마땅한 예외적 경우라고 하겠다.

## 《계엄령》서문[*]

자크 코포가 생각하기에 "하나의 연극 작품은 극장에 찾아온 관람객들을 서로 갈라놓는 것이 아니라 같은 감동, 혹은 같은 웃음 속에 한덩어리가 되게 하는 것이다."[1] 이와 같이 하나됨을 통한 공감은 카뮈가 관중을 행동 속으로 합세하도록 유도할 목적으로 세 사람의 친구와 함께 집필한 희곡 《아스튀리의 반란 Révolte dans les Asturies》(1936)에서 이미 추구해본 것으로, 장 루이 바로와 협력하여 구성한 극 《계엄령》은 그와 같은 목표를 또다른 방식으로 실현해보고자 한 시도라고 볼 수 있다. 이 '삼부작 스펙터클'은 특히 코러스를 통해 한 도시 집단을 무대에 등장시킴으로써 무언중에나마

---

[*] 이 글은 1998년 갈리마르 출판사가 간행한 폴리오Folio 문고판에 피에르 루이 레 교수가 쓴 서문을 옮긴 것이다.

1) 카뮈, 〈유일한 스승 코포〉, 《연극, 이야기, 단편소설》, 플레야드 전집, 1699쪽.

객석의 참여를 호소한다. 1948년 10월 27일 파리의 마리니Marigny 극장에서 초연된 이 '스펙터클'은 관객들을 갈라놓은 것이 아니라 '비평가들의 만장일치'를 '쉽사리' 얻어낼 수 있었다. "아마도 이처럼 완전한 혹평을 선사받은 극은 거의 없을 것이다."[2] 자신의 극이 겨우 23회 공연을 끝으로 막을 내리자 카뮈는 1949년 1월 15일 장 그르니에게 보낸 편지에서 '실패작'이라고 솔직히 털어놓았다. 너무 뒤늦은 시기에 내놓은 작품이어서였을까? "해방의 분위기가 한창 고조되어 있을 때 무대에 올렸더라면 폭정에 대한 레지스탕스의 알레고리인 이 극은 좀더 많은 열광을 자아냈을지도 모른다."[3]

이 작품을 처음으로 착안한 것은 장 루이 바로였다. 그는 앙토냉 아르토의 연극적 원리에서 힌트를 얻어 다니엘 디포의 《페스트 시절의 기록》을 연극으로 각색한 작품을 만들어보겠다는 생각을 갖게 되었다. 1938년에 발표된 《연극과 그 분신》에는 과연 "연극과 페스트"라는 제목의 에세이가 실려 있는데, 거기서 아르토는 이렇게 쓰고 있다. "페스트와 마찬가지로 연극은 곪은 종양을 터뜨려 짜내기 위하여 만들어진 것이다. 연극은 페스트처럼 죽음이나 치유에 의해 해결되는 하나의 위기다. 그런데 페스트는 고등한 병이다. 왜냐하면 그것이 지나가고 난 자리에는 오직 죽음 또는 극단적인 정화만이 남기 때문이다. 마찬가지로 연극은 병이다. 왜냐하면 그것은 파괴를 통하지 않고는 획득할 수 없는 극단의 균형이기 때문이다."[4]

---

2) 카뮈, 희곡의 미국판 서문(1958), 앞의 책, 1732쪽.
3) 어쨌든 1949년 2월 《문학 소식 Bulletin des Lettres》 105호에 실린 연극평에서 빅토르 앙리 드비두르의 견해는 그러했다. 《알베르 카뮈와 연극》 60쪽에 실린 미셸 오트랑 Michel Autrand의 글 〈계엄령 혹은 무대에 올린 도시의 꿈〉에서 재인용.

카뮈와 바로는 2차대전 중에 서로 알게 되었다. 그들이 아르토에게서 서로 통하는 점을 발견했다는 사실은 1941년 카뮈가 어떤 성찰의 내용을 기록해놓은 노트로 미루어 짐작할 수 있다. "연극에 있어서의 육체:(바로를 제외하고) 현대 프랑스 연극은 한결같이 바로 이 점을 망각해버렸다."[5] 한편 장 루이 바로의 '극적 행동'인 〈어떤 어머니를 중심으로〉에 대하여 아르토는 이렇게 쓴 바 있다. "그의 공연물은 몸짓의 거역할 수 없는 행위를 증거한다. 그는 공간 속에서의 몸짓과 순간의 중요성을 당당하게 증명해 보인다."[6] 카뮈는 칼리굴라 역을 맡을 연기자로 바로를 꼽아두고 있었다. 그런데 바로는 이미 어떤 공연 약속이 있었으므로 그 요청을 받아들일 수가 없었다. 그러나 1944년 3월 19일 피카소의 《꼬리잡힌 욕망*Désir attrapé par la queue*》을 레리스의 집 방 안에서 공연한 것을 보고 그는 카뮈가 지닌 연출자로서의 재능을 높이 샀다.[7] 1947년 6월에 발표된 소설 《페스트》의 화려한 성공은 아마도 바로가 자신의 계획에 협력해달라고 카뮈에게 요청하게 된 계기가 되었던 것 같다. 이들의 협력은 앞에서 지적한 대로 실패로 끝났다. 바로는 그 실패의 이유를 분석했다. 그 자신은 아르토의 연극 원리를 구체적으로 드러내고 싶었던 데 비하여 카뮈는 아리스토파네스 쪽으로 경도되었다. 이 공연물을 희극 쪽으로 몰고 가자는 데 동의하는 순간 "어떤 비극적 성사

---

4) 《연극과 그 분신 *Le Théâtre et son double*》, 폴리오-에세, 45~46쪽.
5) 《작가수첩 Ⅰ》, 갈리마르판, 237쪽.
6) 1935년 7월 1일 《N. R. F》에 실린 글로 나중에 《연극과 그 분신》, 218쪽에 재수록되었다.
7) Olivier Todd, *Albert Camus*(Éditions Gallimard, 1996), 338쪽 참조.

극" 전통에 충실하고자 하는 카뮈의 의지가 돌출했다. 특히 바로는 이 전염병을 구원의 한 현상으로 보고자 하는 반면《전투》조직의 레지스탕스 일원이며 투사인《페스트》의 저자는 그 질병을 악의 상징으로밖에는 볼 수 없었다. 카뮈의 전 작품에는 거룩한 의도들만 넘치도록 가득 차 있다고 보는 사람들에게 발목잡힐 것을 각오하고 말해보자면, 아르토의 충실한 제자와 철학자 또는 모럴리스트가 서로 대립한 것이라고 말할 수 있을 것 같다. 이 두 저자의 서로 다른 발상으로 인하여 이미 위기에 처한 이 연극은 음악에 오네게르, 무대장치에 발튀스 같은, 유명하지만 이질적인 다른 협력자들이 가담함으로써 얻는 것보다 잃는 것이 더 많은 형편이 되고 말았다.

《칼리굴라》,《오해》와는 달리《계엄령》은 신속하게 집필되고 공연 직전에야 최종적인 제목을 정한 작품이었다. 카뮈는 1948년 여름에 이렇게 기록한다. "극의 제목. 카디스에서의 종교 재판. 제사: '종교 재판소와 사회는 진리의 두 가지 재앙이다.' 파스칼."[8]《페스트》를 위한 기나긴 준비 작업(병의 징후 연구, 그 병에 대해 한 도시의 주민들이 취하는 여러 가지 태도, 전체주의의 재앙에 대한 성찰)은 이 극작품에 많은 도움이 되어서, 카뮈 자신이 부인함에도 불구하고[9] 이 극이 소설의 각색으로 보일 정도였다.

소설《페스트》의 제3부 처음에서[10] 우리는 '계엄령'이라는 표현을 읽을 수 있다. 소설도 연극과 마찬가지로 바다에 면한 어떤 도시에서 전개되고 있고, 두 경우에 다 같이 바다는 포위당한 사람들에게

---

8)《작가수첩 Ⅱ》, 250쪽.
9) 이 극작품에 대한〈일러두는 말〉과 그 미국판에 붙인 서문(앞의 책, 1357쪽) 참조.
10)《연극, 이야기, 단편소설》, 1357쪽.

가능한 탈출구를 제공하고 있다. 전염병은 시의 변두리 서민 구역에서 출현했다가 나중에 시 중심가로 번져간다. 《페스트》에서는 이같은 구역상의 편차를 객관적인 시각에서 관찰하고 있는 데 비해 《계엄령》에서 시장은 이같은 현상을 보고 비겁하게도 안도감을 느낀다. 한편, 어떤 에피소드들은 소설과 희곡 서로 간에 메아리처럼 반향한다. 가령 극의 제1부에서 갑자기 쓰러지는 배우는, 소설에서 처음 몇 가지 페스트 징후를 나타내다가 《오르페우스와 에우리디케》의 제3막을 연기하는 도중에 무너져버리듯 쓰러지는 가수[11]를 상기시키는 것이다. 소설에서 연극으로 옮겨오는 동안 몇몇 부차적인 배역들은 단순화된다. 판사 카사도("당신들의 죄를 사하여주십사고 하느님께 빌어요")와 신부("마침내 벌을 내리시는구나")는 하나가 되어 파늘루 신부가 내쏟았던 저주의 말을 요약하듯이 말하는 반면, 소설의 파늘루 신부는 극중의 인물들로서는 불가능했던 복합성을 소설 특유의 여유를 가지고 충분히 표현할 수 있었다. 이와 같은 차이는 교회에 대한 카뮈의 입장이 강경해졌기 때문이라기보다는 연극의 고유한 필요조건을 충족시키려는 데서 비롯되었다고 볼 수 있다. 돈만 주면 디에고를 재앙으로부터 멀리 데려다줄 것 같은 어부는 소설에서 페스트에 감염된 지역 밖으로 랑베르를 탈출시켜주겠다고 접근하는 안내인들의 역할을 요약하고 있다. 반면에 코타르와 늙은 해소병 환자의 악의와 야유 취미는 나다의 상징적 표상 속에 좀더 풍부한 모습으로 발전되어 있다. 사실 나다의 사악함은 상황보다 그의 존재의 깊은 본질에서 기인하는 것이다. 두 작품에서 다 같

---

11) 앞의 책, 1382쪽.

이 주역은 의사지만 그들에게는 닮은 데가 전혀 없다. 리유가 자신에 대해서는 가차없이 행동하면서도 다른 사람들에게는 이기적인 행복의 유혹을 충분히 인정하는데 이같은 태도는 곧 극의 프롤로그에서 디에고의 마음을 사로잡는 입장이다. "나는 행복해지는 일에 정신을 쏟아야겠어"라고 그는 말한다. 그러나 결국 그는 그 유혹을 이겨낼 수 있게 된다. 좀 간단하게 말해본다면 리유의 차원으로 승화된 일종의 랑베르라고 할 수 있는 디에고는 《계엄령》에서 극적 역동성을 확보해주는 인물이다. 처음부터 이별의 비극을 표방했던[12] 작품 《페스트》는 리유의 말없는 어머니를 제외한다면 모든 여성 인물들을 장외로 밀어내놓고 있는 반면, 《계엄령》의 지평에 떠오르는 두 애인의 이별은 빅토리아의 감동적인 모습을 각별히 부각시켜놓고 있다. 이 도시의 대다수 시민들은 억압자 앞에서 공포에 떨지만 그녀는 그 공포 앞에서 훨씬 더 떳떳한 태도를 취하는 것이다.

"우리의 20세기는 공포의 세기다"라고 카뮈는 1946년 11월 《전투》지에 썼다.[13] 공포는 이 극을 이끄는 주력선이다. 인간들에게서는 두려움을 느끼지 않는 디에고지만 극의 제1부에서 자신의 힘으로는 어쩔 수가 없는 재앙 앞에서 공포를 느낀다고 솔직히 털어놓는다. 제2부에서 코러스를 통하여 표현되고 있는 이 감정은("우리는 두렵다!") 판사에 의해 다시 확인된다. "누구나 다 두려워하지, 순수한

---

12) 비록 소설을 다듬어가는 동안에 카뮈가 이런 면을 강조했던 것이 사실이지만, 《작가수첩 II》, 80쪽 참조.

13) 〈피해자도 가해자도 아닌〉, 전집 《에세》에 포함된 《시사평론 I》, 플레이아드 전집, 331쪽.

사람은 아무도 없으니까." 디에고와 빅토리아 사이에 긴장감이 고조되는 순간 공포는 서로에 대한 모욕이 된다. 그들은 서로에 대한 공포를 상대의 얼굴을 향해 쏘아대는 것이다("너는 무서워하고 있어!" —— "지금 그 두려움과 증오의 얼굴이 나는 싫어!"). 그렇지만 사랑은 공포보다 더 강하다고 역설하면서 상대로 하여금 자신의 모범을 따르도록 만드는 쪽은 여자다. 빅토리아만큼 확고하지는 못하지만 그녀의 사랑에서 힘을 얻은 디에고는 마침내 '죽음'의 면상에다 "공포와 용기가 뒤섞인 저 명증한 광기"를 쏘아붙일 수 있게 되고, 그것은 인간 조건이 되어 그는 허무와 대결할 수 있는 힘을 얻는다. 제2부 끝에 이르러 '죽음'은 공포에 대한 디에고의 승리를 인정하면서 이제 그에 대하여 힘을 행사하지 못하게 되었음을 고백한다. 그러나 중요한 것은 다른 사람들을 구하는 일보다 자신을 구하는 일이다. 이리하여 제3부에서 디에고는 고독한 solitaire 영웅에서 유대의식을 굳게 갖춘 solidaire 영웅이 된다. 그는 코러스를 향하여 "두려워하지 말자"라고 권하다가 마침내는 "죽음이여, 덤빌 테면 덤벼라, 우리는 두렵지 않다!"라고 외친다. 이 외침이 이번에는 도시 전체를 각성하게 한다. 이제 남은 것은 그 용기의 선용 방법이다. 그 용기는 억압자가 사용했던 무기를 억압자에게 되돌려 겨누는 데 쓰여서도 안 되고("공포도 없고 미움도 없다"는 디에고의 외침에 "피해자도 가해자도 되지 말자"는 카뮈의 부르짖음이 화답한다), 자신의 영웅주의의 저 꼭대기에 높이 올라서서, 어쩌다가 실수를 저지르는 사람들을 멸시하는 데 쓰여서도 안 된다("그 어중간한 높이에서 나는 그들과 통하는 거야").

사실 디에고와 빅토리아가 밟아가는 도정은 영웅주의를 향한 연속적 상승이라기보다는 오히려 하나의 불연속선이라고 할 수 있어서 그 속에서는 인간의 여러 가지 약한 면들이 그대로 드러난다. 매우 여성적이라고 할 수 있는 어떤 정열 때문에 빅토리아une는 힘을 갖지만, 디에고에게 집착하는 지극히 육체적인 바로 그 정열로 인하여 그녀는 자신의 애인을 이 땅 위에 붙잡아두기 위한 최후의 시도를 하게 된다. 마찬가지로 바니나 바니니는 자신의 애인 미시릴리에 대한 과도한 사랑 때문에 애인의 영웅주의에 장애가 됨으로써, 좀더 결정적인 방식으로 열등한 인물임을 드러낸다.[14] 페스트와 그의 여비서('죽음')는 카뮈의 세계에서 성별에 따른 여러 가지 감정들의 차이에 대하여 좀더 다른 방식으로 생각해볼 수 있는 기회를 제공한다. 과연 페스트는 그 여성적인 이름(la Peste)에도 불구하고 남자다(처음 등장할 때 그는 원래 '남자' Homme'라는 이름으로 명명되었다가 나중에 흑사병이라는 그 본질을 그대로 나타내는 이름을 갖게 된다). 남자는 결국 이렇게 말한다. "당신의 진정한 절대자를 알아보고 공포를 배우라." 반면, 그의 여비서는 증오심에서 버틸 힘을 얻지 못하게 되자 디에고의 승리를 인정했다. 이때 상징의 의미는 분명하다. 인간은 가해자들을 부추기는 악의 힘보다 죽음에 더 쉽게 익숙해진다는 것이다. 카뮈는 이름이 갖는 성별이 자의적이라고 판단하면서 좀더 인간적인 요소를 남성보다는 여성에게 할애하고 있는데, 이 상징은 이같은 선택으로 인해 더욱 풍부한 의미를 갖게 된다.

---

14) 스탕달의 세계에서 만날 수 있는 "위대한 성격의 여자들"에 대한 관심을 노트에 기록한 바 있는(《작가수첩 Ⅱ》, 23쪽) 카뮈는 《계엄령》이 상연되던 무렵에 《이탈리아 연대기 Chroniques italiennes》에 붙일 서문을 구상한다(《작가수첩 Ⅱ》, 263쪽).

이 무서운 재앙의 보편적 상징성도 그에 못지않게 분명하다. 《페스트》에서 독일의 점령을 피할 수 있었던 프랑스 도시인 오랑을 선택한 것이 이야기의 의미를 불분명하게 만든다고 말하기는 어려울지 모르나 의미를 넓게 확대시켜준다고 할 수는 있다. 그런데 《계엄령》에서 카디스를 택한 것의 의미에는 이론의 여지가 없다. 프랑코 독재보다 동유럽의 전체주의에 대해서 더 너그러운 태도를 취한다고 비판한 가브리엘 마르셀[15]을 반박함으로써 카뮈는 그 상징의 의미를 더욱 확고하게 만들고 있다. 카뮈가 볼 때, 2차대전 중 중립적 입장을 취했다는 사실만으로 스페인이 나치가 저지른 범죄들과 무관하다고 간주하기는 어려운 일이고 보면, 그 상징은 "적극적 협력(부역)"(제1부 마지막에 등장하는 표현), 병에 전염된 집을 표시하는 "검은색 별", 병에 걸린 사람들을 표시하는 "가래톳 별", 위생적인 환경을 고려하여 화장한 시신들, "깍듯한correct"(점령 초기에 프랑스인들 사이에서 예상보다는 노골적으로 야만적인 행동을 별로 하지 않는 독일 군인을 지칭했던 형용사) 태도를 취하려고 노력하는 '남자'의 의지 표현 등에서도 그 일관된 의미를 고스란히 유지하고 있다. 끝으로 '여비서'는 점령 독일군의 여성 보조원을 가리키는 '회색 쥐'들을 상기시킨다.[16] 우리는 이처럼 여러 가지 상상적 시표들을 잔뜩 포함시켜놓은 것은 좀 지나친 강조라고 비판할 수도 있을 것 같다.

나치 점령의 특징에만 국한된 것이라고 보기 어려운 것은 집단 강

---

15) 〈왜 스페인인가〉(가브리엘 마르셀에 대한 알베르 카뮈의 반론), 《에세》, 플레야드 전집, 1905~1908쪽 참조.
16) 《연극인 카뮈》에서 일로나 쿰이 이를 지적하였다.

제수용소, 감시탑, 고문 행위, 저항 행동, 밀고의 조장, 억압에 동원한 완벽한 기술 등이다. 3년 뒤에 발표된 《반항적 인간》을 읽어보았다면 "합리적 테러"(그 철학적 에세이집 속에 실린 글의 제목으로 쓰인 표현)가 프롤레타리아 혁명의 이름으로 자행된다고 해서 카뮈에게 좀더 참을 만하게 느껴질 수는 없다는 점을 가브리엘 마르셀도 아마 이해할 수 있었을 것이다. 무대 위에서 《위뷔 왕Ubu roi》의 그것과도 유사한 효과를 자아내는 익살을 곁들이면서 인간들을 교묘하고도 기술적으로 파괴, 말살하는 행위는 스페인 전쟁의 주역들 중 한 사람인 동시에 증인인 조지 오웰의 그것과도 유사한 공포에 화답하고 있다. 카뮈는 1947년 《작가수첩》에서 오웰을 인용하고 있으며, 오웰의 소설 《1984년》은 《계엄령》이 창작된 바로 그 이듬해에 발표되었다. 모든 독재의 특징은 결국 니힐리즘에서 이득을 얻어내는 기술〔나다의 "허무 만세vive rien!"는 디에고의 "죽음 만세(죽음이여, 덤빌 테면 덤벼라vive la mort!)"와는 전혀 다른 성질의 것이다. 스페인 아나키스트들의 "Viva la muerte"는 오히려 전자와 닮은 데가 있다〕인 동시에 피해자들에게 죄의식을 심어주려는 음흉한 의지라고 할 수 있다. 당시 《칼리굴라》의 주인공이 피력한 이러한 의지의 원천은 당시 스탈린이 아니라 히틀러였다. 그런데 《계엄령》의 시대에 카뮈는 그 두 진영의 독재자들을 동등하게 겨냥하고 있다. 그 후 동구의 전체주의가 서구의 그것보다 더욱 심각하게 인류의 미래를 위협하고 자아 비판이라는 것을 고안하여 죄의식을 심어주려는 작업을 강화하게 되자 카뮈의 고발은 점점 더 가브리엘 마르셀의 친구들의 마음에 드는 쪽으로 기울어진다. 《전락》(1956)이 발표될 무렵, 이베리아 반도의 독재자 프랑코와 살라자르의 앞에는 아직 창창한

앞날이 남아 있었다. 그러나 이제부터 카뮈와의 사이가 나빠지는 쪽은 다름 아닌 사르트르와 그 친구들이었다.

  이상과 같은 설명으로 우리가 암시하고자 하는 바는 극중의 별들과 감시탑들 때문에 문제의 '스펙터클'이 엄밀하게 어떤 특정 시대에 국한된 것이라고 보아서는 안 된다는 점이다. 여러 가지 상징들을 가까운 과거의 시사적 사실에 국한시킬 경우 그 상징의 투명한 의미만 강조되어 겉으로 드러난다는 문제가 생긴다. 그렇지만 비록 그런 상징들이 보편적인 의미의 독재에 적용되는 것이라 해도 그것이 과연 적절한 것이냐 하는 점에서는 분명하게 수긍이 가지 않는 면이 있다. 어떤 레지스탕스를 밀고하여 강제수용소로 끌려가도록 만드는 행위는 비열한 짓이겠지만 페스트에 감염된 환자를 당국에 신고하여 그를 건강한 주민들과 격리시키는 것이 과연 비열한 짓일까? 기술적인 개선은 경우에 따라서 정반대의 의미를 갖게 된다. 그것은 《계엄령》의 독재자가 그의 끔찍스러운 작업을 확장할 수 있도록 해주는 반면, 소설 《페스트》에서는 그 기술적인 개선 덕분에 공공구제사업단이 병을 퇴치하는 데 도움을 받을 수 있게 된다. 소설 《페스트》는 극에 피해를 준 셈이다. 전염병 때문에 반드시 실천하지 않으면 안 되는 고통스러운 예방 수칙들을 설명함으로써 카뮈는 《계엄령》의 관객들로 하여금 인간에 의해 조직된 재앙과 우연 또는(파늘루 신부와 같은 방식으로 말해보건대) 하늘의 뜻에 의한 재앙 사이의 암시적인 혼합에 저항하도록 유도한 셈이니까 말이다. 한편, 《계엄령》의 최종적인 교훈인 악에 대한 용기의 승리라는 문제를 두고 말해보자면, 그에 대해서는 두 가지 지적이 가능하다. 1) 이야기 (또는 카뮈가 〈일러두는 말〉에서 말한 것처럼 "신화") 속에 담겨 있는 정치적 현실에만 국한시켜 생각해본다면 우리는 이 작품의 작자가 어떤 순결주의에 빠져 있는 것이 아닌가 의심하게 된다. 그같은 비판은 그것이 작가 개인을 겨냥한 것이라면 부당하지만(카뮈는 레지스탕스가 금욕주의를 주창함으로써가 아니라 적이 사용한 것과 동일한 무기를 사용하는 것을 피하면서 적을 공격함으로써 승리를 거두었다는 사실을 잘 알고 있다) 극작품 그 자체만을 두고 본다면 정당하다. 2) 상징이란 당연히 그렇듯이, 페스트가 질병과 독일군의 점령 시대를 동시에 의미하는 것이라면 용기란 부장 투쟁을 수행하기에도 이미 불충분한 덕목이며, 나아가 치명적인 전염병을 퇴치하기에는 너무나도 보잘것없는 수단이라고 여겨지는 것이다. 쿠에 Coué식의 자기 암시적 방법을 신용하는 경우 외에는, 용기라는 것은 오히려 비니Vigny의 경우처럼 그저 말없이 죽는 것을 가르쳐줄 뿐이다.

관객이나 독자가 확신을 갖지 못하는 것은 R. M. 알베레스가 말하는, 카뮈에게 있어서의 "반항의 애매성"[17]이라는 것 때문이다. 카뮈는 인간에게 책임이 있는 잘못들(사형제도의 존속, 고문 행위)에 대하여 반항한다. 또 한편 그는 형이상학적인 측면에서 악, 고통 그리고 죽음에 대하여 반항한다. 전자의 반항은 넓은 의미에서 정치적이라고 할 수 있는 실천의 지침이 된다. 가령, 이 지구상에서 고문의 본능 자체를 완전히 추방하지는 못한다 하더라도 고문당하는 사람이 가능한 한 적어지도록 노력은 해야 한다. 마찬가지 방식으로 때로 잘못 이해되곤 하는 절도(節度)에 대한 카뮈식의 의미를 설명할

---

17) 1953년 6월《라 르뷔 드 파리》지에 발표한《반항적 인간》에 대한 한 해석의 제목 (특히 57~58쪽 참조).

수 있다(극의 끝에 가서 코러스는 독재와 허무적인 아나키즘을 다 같이 비판하면서 이렇게 말한다. "아니다, 정의는 없다, 그러나 한계가 있다"). 그런데 형이상학적인 반항이 촉발하는 반항도 전자와 근본적으로 다르지는 않다고 볼 수 있다. 《페스트》에서 의사 리유는 개업의로서 악의 피해를 최소한으로 줄이기 위하여 열심히 일하지만 그 악에 대한 책임이 본래부터 인간에게 있는 것은 아니다. 과연 판사의 아들아이의 고통과 죽음은 그의 반항의 형이상학적 차원을 드러낸다. 그러나 《계엄령》의 주인공의 반항은 그 원칙 자체에서, 다시 말해서 알베레스가 구분한 두 가지 범주에 다 같이 속한다는 점에서 애매하다. 실제로 디에고는 숙명적인 재앙이라는 알레고리 속에 슬쩍 감추어놓았을 뿐인 인간적 범죄에 대항하여 싸운다. 그가 페스트의 의사들의 마스크를 그렇게도 빨리 벗겨버리는 것은 그것이 한갓 마스크에 불과하기 때문이다. 그러나 구원자의 모습으로 승격하여 특히 달변으로 무장한 그는 독재자에 맞서서 실천적 효율성보다는 자신의 용맹성만 가지고 대항한다. 여러 가지 형태의 알레고리를 고분고분 따르는 관객으로 하여금 한사코 정치적인 상징들보다는 페스트의 특징만 눈여겨보도록 하려는 것일까? 그렇게 되면 관객은 디에고의 의사들의 역량이 전개되는 사건들 속에서 아무런 역할도 하지 못한 채 잊혀버린 것을 유감스럽게 생각할 수 있다.

이와 같은 애매성 때문에 이 극의 비극적 차원의 문제가 제기된다. 카뮈 자신은 《오해》, 《계엄령》, 《정의의 사람들》을 "매번 다른 방식으로, 서로 다른 스타일로 내가 깊이 생각해왔던 저 현대적 비극에 접근하는 시도들에 속하는 작품"[18]이라고 분류했다. 그러나 그가 그보다 3년 전에 제시한 구별 방식을 참고해볼 때 우리는 《계엄령》이 어찌하여 비극 작품이라는 것인지 알 수가 없다. 과연 그는 이렇게 말했다. "비극은 드라마나 멜로드라마와는 다르다. 나는 그 차이를 이렇게 설명하겠다. 즉 비극에서 서로 대립하는 힘들은 똑같이 정당하고 똑같이 수긍되는 이유를 갖고 있는 데 비하여, 멜로드라마나 드라마에서는 그와 반대로 어느 한쪽만이 정당한 것이다. 다시 말해서 비극에는 애매성이 있고 드라마는 지나칠 정도로 단순하다."[19] 전체주의보다 더 정당성이 결여된 것이 어디 있으며, 그 체제를 움직이는 무시무시한 합리주의에도 불구하고 전체주의보다 더 이성이 결여된 것이 어디 있는가? 이와 같은 구분을 제시하기 전에 카뮈는 고대에서 오늘날에 이르기까지의 간략한 역사를 살펴봄으로써 드물게 나타난 위대한 비극의 시대들(아이스킬로스에서 에우리피데스까지, 셰익스피어에서 코르네유까지)이, "온통 신과 성스러움이라는 개념들에 젖어 있는 우주적 사고 형태", "테러와 신앙의 옛 세계"[20]에 항거하여 개인들이 일어나는 시기들과 어떻게 일치하는가를 지적했다. 20세기의 전체주의는 신과 성스러움이라는 개념들을 찬탈하여 스스로에게 이롭도록 수정했다고 가정해볼 때(우리는 이 가정은 쉽게 인정할 수 있다) 《계엄령》의 관객은, 페스트가 물러가면서 불길하게 경고하듯이 디에고가 자신의 도시를 위해 싸워서 잠정적인 승리를 거두는 대상인 상대방 체제가 그 "옛 세계"가 아니라 다가오는 미래의 세계일지도 모른다는 두려움을 갖지 않을 수 없다.

---

18) 《파리 연극》지와의 인터뷰(1958), 《연극, 이야기, 단편소설》, 1715쪽.
19) 연극의 미래에 관한 아테네 강연, 앞의 책, 1705쪽.
20) 앞의 책, 1702~1703쪽.

그렇다면 우리는, 그 자신이 암시했듯이,[21] 카뮈가 로페 데 베가의 그것을 본떠서(카뮈는 1957년에 이 극작가의 《올메도의 기사》를 각색한 바 있다) 일종의 '아우토 사크라멘탈auto sacramental'[22]을 만들어 그 속에서 "범세계적인 공연물로서 세상 전체를 품에 안고자"[23] 노력한 것이라고 말할 수 있을 것이다. 그의 아테네 강연은 비극과 비교하여 아우토 사크라멘탈을 자리매김하고 있다. "신의 질서가 그 어떤 반대도 허락하지 않고 오직 실수나 회개만을 용납하는 것이라면, 거기에 비극은 없다. 거기에 있을 수 있는 것은 오직 신비나 잠언 또는 스페인 사람들이 신앙 행위, 즉 아우토 사크라멘탈이라고 부르는 것, 다시 말해서 유일무이한 진리가 엄숙하게 선포되는 공연물뿐이다."[24] 비평가들이 한결같이 입을 모아 지적하듯이,[25] 우리도 《계엄령》이 아우토 사크라멘탈과 유사한 작품임을 인정한다 하더라도 적어도 이 작품에서 "유일무이한 진리"는 남자 주인공에게 인정받지 못한 채 오히려 조롱당하거나 거부되고 있다는 점을 인정해야 한다. 요컨대 《칼리굴라》와 《오해》의 경우처럼 카뮈는 여기서 비극

---

21) 미국판 희곡집 서문, 앞의 책, 1732쪽.

22) "성찬식의 신비를 테마로 한 단막 알레고리 극으로, 스페인에서 성체 첨례 행사의 일환으로(16~18세기) 공연했다. 그 문화적, 축제적 맥락과 뗄 수 없는 관련이 있는 교훈적 장르인 이 '아우토 사크라멘탈'은 종교의 지배력이 강한 사회·문화 생활 속에 연극이 조화롭게 편입된 좋은 예의 하나가 될 것이다."(코르뱅M. Corvin, 《연극 백과사전》, Bordas, 1991).

23) 레몽 게 크로지에Raymond Gai-Crosier, 《실패의 이면 — 알베르 카뮈의 연극 연구》, 156쪽.

24) 《연극, 이야기, 단편소설》, 1706쪽.

25) 뒤에 붙인 참고문헌 목록과 레몽 게 크로지에의 목록에 소개된 서적들에 국한할 경우, 일로나 쿰, 에드워드 프리먼Edward Freeman, 로제 그르니에Roger Grenier의 글, 그리고 플레야드 전집에 실린 로제 키요의 소개의 말을 참조할 것.

작품을 쓰고 있는 것이 아니라 비극성의 형식이 배어 있는 극작품을 쓰고 있다. 《칼리굴라》는 무엇보다 의도적으로 추상적인 모습으로 제시된 로마에서 일련의 허수아비들을 보여주었고, 《오해》의 행동은 어떤 여인숙 안에 밀폐된 채, 찬란한 태양이 비치는 바닷가는 실현할 수 없는 희망의 공간에 불과했던 데 비하여 《계엄령》의 독특한 면은 공통된 두려움으로 인해 하나가 된 어떤 집단의 강력한 현실이 길거리의 장면들로 활력을 얻고 혜성의 출현이나 바람과 바다의 존재에 의해 우주적인 차원으로 확대되고 있다는 점이니까 말이다. 그러므로 《계엄령》은 어떤 '현대의 비극'의 터를 닦고자 하는 카뮈의 시도들 가운데 또 하나의 실패로 비친다. 그렇다고 해서 이 극작품 자체가 실패라는 의미는 결코 아니다.

거의 모든 비평가들의 한결같이 가혹한 평은 카뮈에게는 말할 수 없는 고통이었다. 그러나 1949년 1월 15일 장 그르니에게 보낸 편지에서 "그는 불운에도 꺾이지 않고, 덕분에 사람들을 만나서 답례할 일이 적으니 다행"이라고 적고 있다. 그는 또다른 글에서, "《계엄령》은 그 모든 결점에도 불구하고 아마도 나를 가장 많이 닮은 글들 중 하나다"라고 썼다. 그가 이 작품을 이처럼 특별 취급하는 것이 거기서 다루어지고 있는 문제의 시사적 중요성 때문인지, 아니면 그 반대로 이 알레고리 극의 요술을 통해서 그의 문단 생활 동안 줄곧 본의 아니게 말려든 파리 지성계의 싸움에서 벗어나기 위하여, 그리고 무대 위에서 《결혼》과 《여름》에서 곧바로 나온 저 서정적 악센트가 울려퍼지도록 하기 위하여 그가 바친 노력 때문인지는 분간하기 어렵다. 제밀라에서 "저의 여름의 숨결로 살가죽을 데워주거나 된서리의 모진 이빨로 깨물어서 저의 다사로운 애정이나 분노의 자취를 남기던"[26] 바람이 극 전체를 휩쓸면서 처음에는 디에고를 뜨겁게 달구다가 마침내는 더욱 거세어지며 도시 전체를 문질러 닦고, 나다가 물결 속에 몸을 던져 자살하게 만든다. 코러스가 외치는 "바다로!"의 외침은 〈티파사에서의 결혼〉의 첫 구절에 대한 메아리와도 같다. 《작가수첩》에 적어놓았던, 그리고 《여름》에서 찬미했던 "바다를 앞에 두고 길가에 처음 피어난 편도나무꽃들"[27]을 극 속에서 여인들의 코러스가 노래했다. 그렇지만 "구태여 신화를 필요로 하는 사람들은 딱한 사람들이다"[28]라고 카뮈는 《결혼》의 첫머리에서 쓰고 있었다. 《계엄령》을 집필하던 시절은 이미 죄 없는 순수의 시대는 지나간 때였다. 그리고 아마도 그가 전쟁 전에 사심 없이 열광적으로 찬양했던 이 풍경들은 그것을 부정하는 자들과 맞서서 그 존재를 증거하기 위해 고통을 겪지 않으면 안 된다. 그래도 역시 한 극작품에 대하여 그 서정적인 악센트만을 강조하는 것으로 만족한다면 그 작품의 가치를 충분히 보여주는 것이 못 된다. 유일한 모델인 폴 클로델의 경우는 아마도 예외에 속하겠지만, 서정성이 극작품에 아름다움을 보탤 수는 있어도 그 작품에 형식을 부여하지는 못한다. 미셸 오트랑은 매우 철저한 논리로 《계엄령》을 옹호하는 글에서, 카뮈가 클로델의 걸작들에는 못 미치지만 나름대로나마 "도시와 인물들의 집단을 대 스펙터클에 담겠다는, 저 항상 되풀이되는 꿈"[29]을 무대 위에서

---

26) 〈결혼〉, 《결혼·여름》, 카뮈 전집, 책세상, 25쪽.
27) 〈여름〉, 《결혼·여름》, 카뮈 전집, 책세상, 111쪽 참조.
28) 〈결혼〉, 《결혼·여름》, 카뮈 전집, 책세상, 16쪽.
29) 미셸 오트랑Michel Autrand, 《계엄령 혹은 무대에 올린 도시의 꿈》 뒤의 참고문헌을 볼 것.

어떤 방식으로 실현했는가를 지적했다. 우리가 볼 때 카뮈는 아리스토파네스보다는 셰익스피어(가령 《로미오와 줄리엣》의 시작 부분)를 연상시키는 일상생활의 평범한 장면들(행인들이 불쑥 내뱉는 말, 장사꾼들이 외치는 소리) 속에서 그 꿈을 가장 잘 실현하고 있는 느낌이다. 그러나 코러스가 아이스킬로스풍의 톤으로 멋을 내려고 하는 대목에서는 그 성과가 그리 훌륭하지 못하다. 어쩌면 〈일러두는 말〉에서 카뮈가 내세운 도박〔"서정적인 독백에서 군중극에 이르기까지 무인극, 단순한 내화, 소극(笑劇), 코러스 등을 포함하는 모든 연극적 표현 양식들을 혼합해보자는"〕은 성공 불가능한 것인지도 모른다. 막이 오르자마자 무슨 말인지 거의 알아들을 수 없게 웅얼대는 대화를 주고받게 한다든가, 혹은 여자에게, 그리고 나다에게 '함께'30) 내뱉어야 하는 두 가지 긴 대사를 부여하는 것은 연출자의 일을 쉽게 해주는 것이라고 보기 어렵다. 그리고 가끔 카뮈는 무대음악 작곡자가 해야 할 일을 앞질러서, 가사 속에 의미 있는 내용보다 '스펙터클'의 음향 요소들이 더 많이 내포되어 있는 악보를 손수 작곡하려고 한다는 인상을 준다. 그는 또 무대장치 담당자가 갖는 특권마저 침범하겠다는 것일까? 제3부 처음 부분에서 디에고에게 그 주변 환경을 자기 멋대로 변화시키고 별들을 지워버리고 창문들을 열고 군중을 움직이는 위력을 부여하는 착상은 훌륭하다. 이렇게 되면 공간은 더 이상 단순한 무대에 머물지 않고 주인공의 어마어마한 의지의 척도가 된다. 그러나 이처럼 그의 행동과 연관되어 물질

---

30) 그리고 극이 거의 끝나갈 무렵, 연출자가 희곡에 지시된 대로 여비서에게 '갑자기 모습이 돌변하여 죽은 사람의 가면을 쓴 노파가 되어버리도록' 어떻게 할 수 있을지 실로 의문이다.

적으로 실현되고 나면 더 이상 별다른 의미가 없는 것으로 보이지는 않을까? 미셸 오트랑은 발튀스의 아름다운 무대장치가 그 엄청난 덩치로 버티고 서서 그 주변에서 전개되는 움직임들을 압도했다는 장 루이 바로의 비판과 "《계엄령》을 야외 무대에서 보았으면 좋겠다"31)고 한 카뮈의 바람에 맞장구를 친다. 모르방 르베스크 역시 무대장치보다는 "마리니 극장의 황금색 칠과 우단 장식"을 더 비판하지만 그 극은 야외에서 공연하는 편이 낫다고 주장한다. "그러나(그는 이렇게 덧붙인다) 그렇게 한다고 해도 그 극은 멋진 한 편의 스펙터클일 뿐 저자가 꿈꾸는 자유의 민중 비극은 못 될 것이다."32) 우리가 생각할 때도 디에고의 무한한 의지를 표현하는 데는 옥내 극장보다는 야외가 더 어울릴 것 같다. 그러나 실제 하늘로 열린 야외에서 관객이 아무리 혜성의 출현을 기다려도 혜성이 나타나지 않고, 개방된 무대에서 상징적인 바람과 실제의 거센 미스트랄 바람이 서로 경쟁하고, 상연 장소가 어디냐에 따라 다르긴 하겠지만 지평선 저쪽으로 존재하지도 않는 바다를 손가락으로 가리켜 보이는 상황을 연출하는 것이 과연 그 극의 상징성을 표현하는 데 도움이 된다는 보장은 없다.

"무대의 배치, 음악, 끊임없이 움직이는 군중 등을 생각해보면 거창한 구경거리로서의 특징이 직접 말로 표현하지 않은 것을, '신비스러운 것'의 숨죽인 목소리나 신화의 소멸로 인하여 비워진 틈새를 다 차지해버리려고 했다는 점을 알 수 있을 것"이라고 페르낭드 바트펠트는 말했다.33) 《계엄령》의 의미가 나치에 의한 프랑스의 점령

---

31) 《파리 연극》지(1958)와의 인터뷰, 앞에서 인용한 책, 1717쪽.
32) "천재와 현실", 〈무대를 향한 열정〉, 《알베르 카뮈》, 170쪽.

상황을 훨씬 초월하는 것이 사실이지만, 다른 형태의 정치적 억압이 상존하고 있다 해도 오랜 세월을 두고두고 관객들에게서 프랑스 해방 4년 뒤에 벌써 시들해져 있던 그것 이상의 열광을 기대한다는 것은 불가능한 일이었다. 그러므로 '스펙터클'은 사랑의 서정적 악센트, 자신의 운명과 마주한 인간의 고독, 한 도시 공동체의 감동적인 의기투합, 공통의 두려움과 희망을 통해 성벽 저 너머 대자연과 원초적 세계로 가슴을 열고 싶은 열망 등 우리들 마음속에 잠재해 있는 감성을 일깨워줄 때에야 비로소 우리에게 감동적이 될 수 있는 것이다. 그러나 이미 다른 곳에서 카뮈는 그 어느 작품에서도 《전락》에서만큼 감금의 상황을 형상화하지 못했다는(왜냐하면 클라망스의 독백은 연극 무대장치를 통하여 관객이 눈으로 볼 수 있는 것보다 더 강박적 의식과 긴밀하게 연관된 동심원적 망을 독자의 정신 속에 그려 보이기 때문에) 점을 지적한 바 있으므로 우리는 당연히 이렇게 말해보고자 한다. 즉 《계엄령》의 '스펙터클적' 일면은 아무리 해도 우주적인 차원에 이르지는 못할 연출 효과를 내려고 하다가, 힘을 다 소모하는 쪽보다는 독자의 상상력에 역점을 두는 쪽이 더욱 승산 있다는 것이다. 그렇게 한다면 이 작품은 신화가 쇠퇴함으로써 생긴 '암시적 침묵'의 자리를 차지하기보다는 반대로 그것에 좀더 나은 표현력을 부여할 수 있을 것이다. 이 작품은 우리 연극사에 점철되어 있는 저 무수한 불가능의 스펙터클들에 보내는 결코 무시할 수 없는 문학의 위안으로 남는다.

---

33) 〈방해받은 글쓰기의 장소, 카뮈의 연극〉, 《알베르 카뮈와 연극》, 181쪽.

# 카뮈 연보*

카뮈의 작품세계를 이해하기 위해서는, 그의 삶의 중요한 이정(里程)과 함께 정치적 사건 및 문화적 상황을 총람해보아야만 한다. 그는 이러한 여건들과 맞부딪치면서 자신을 규정해나갔기 때문이다. 이러한 연보는 딱딱해 보일 수밖에 없지만 반면 사실의 왜곡 및 과장 같은 것은 일체 없다.

■ 1913년 11월 7일 : 알제리의 몽도비에서 알베르 카뮈 출생.

부친 뤼시앵 카뮈는 19세기 말엽에 알제리로 이주한 보르도 지방 출신으로 포도농장의 저장창고 노동자였다.

모친 카트린 생테스(후에 카뮈의 딸 이름이 카트린으로 작명되고, 《이방인》에는 뫼르소의 친구로서 생테스가 등장)는 스페인의 마요르카 섬 출신으로 9남매 중 둘째였다. 알베르 카뮈 위로 형 뤼시앵이 있다.

---

* 이 연보는 플레야드판 카뮈 전집 제1권 권두에 로제 키요Roger Quilliot가 작성, 수록한 것이다.

- 1914년 8월 2일 : 제1차 세계대전.

"나는 내 또래의 모든 사람들과 함께 1차 세계대전의 북소리를 들으며 자랐고, 우리의 역사는 그때 이후 끊임없이 살인, 부정, 혹은 폭력의 연속이었다."(《여름》 중 〈수수께끼〉).

그의 부친은 보병연대에 징집되어, 마른 전투에서 부상, 생 브리외크 병원에서 사망, 생 브리외크에 매장되었다.

그의 모친은 알제로 돌아와 벨쿠르라는 서민 지역(리용 가 93번지)에 정착했다. 가뮈는 방 두 개짜리 아파트에서 지내며, 처음에는 화약제조 공장에서 일하다가 후에는 가정부 일을 하게 되는 어머니 —— 거의 말을 안 하고 지내 벙어리가 되다시피 한(《안과 겉》 중 〈긍정과 부정의 사이〉) 어머니와, 자못 권위적이고 희극적인 할머니 카트린 카르도나(《안과 겉》 중 〈아이러니〉), 그리고 통 수리공인 불구의 삼촌 에티엔(《적지와 왕국》 중 〈말없는 사람들〉에서 기억되는) 및 형 뤼시앵과 함께 가난하게 자란다.

"나는 (……) 마르크스를 통해 자유를 배운 것이 아니다. 가난을 겪으면서 자유를 배웠다는 것이 옳을 것이다."(《시사평론》 제1권).

- 1918~1923년 : 초등학교 재학시, 교사 루이 제르맹으로부터 각별한 총애를 받는다. 그는 수업 종료 후에도 카뮈를 지도해주고 중고등학교 장학생 선발시험에 추천, 응시하도록 한다. 후에 카뮈는 노벨상 수상 연설집 《스웨덴 연설》을 그에게 헌정하게 된다.

- 1923~1930년 : 카뮈, 알제의 뷔조 중고등학교(문리과반의 바 기숙생) 장학생.

- 1926년 : 지드의 《사전꾼들》, 말로의 《서양의 유혹》.

- 1928년 : 말로의 《정복자》.
- 1928~1930년 : 알제 대학 축구 팀의 골키퍼.

"내가 나의 축구팀을 그렇게도 사랑했던 이유는 결국, 열심히 뛰고 난 후에 뒤따르는 나른한 피곤함과 더불어 느껴지는 저 기막힌 승리의 기쁨 때문이었고, 또한 패배한 날 지녁이면 맛보게 되는 울음이 터져 나올 것만 같은 그 어리석은 충동 때문이었다."(《알제 대학 주보》).

- 1929~1930년 :

"처음으로 지드를 읽게 된 것은 내가 16세 때였다. 나의 교육의 일부를 책임 맡았던 삼촌이 때때로 나에게 책들을 주곤 했다. 푸줏간 주인인 그는 장사가 아주 잘 되었지만 그의 진정한 관심거리는 독서와 사상에 관한 것뿐이었다. 그는 아침 나절에만 장사에 몰두하고, 나머지 시간은 서재에서 책을 읽거나 동네 카페에 나가 이야기와 토론으로 소일하곤 했다.

어느 날 그는 나에게 양피 커버로 된 조그만 책 한 권을 빌려주면서 '너의 관심을 끌 책'이라고 다짐하는 것이었다. 그 즈음 나는 아무것이나 닥치는 대로 읽어대던 중이라, 《여인들의 편지》(마르셀 프레보의 작품 ―옮긴이주) 읽기를 끝낸 후에, 삼촌이 건네준 《지상의 양식》을 펼쳐 보았다.

이 책의 기도하는 듯한 문장들은 나에게 모호하게 느껴졌다. 자연이 주는 재화들에 대한 찬송 앞에서 어리둥절했다. 나는 16세 때 알제에서 이와 같은 종류의 풍요함을 벌써 실컷 맛보았기 때문이었다. 아마도 나는 다른 종류의 풍요함을 희구하고 있었던 것 같다. (……) 나는 그 책을 삼촌에게 돌려주면서 아닌게 아니라 그 책이 재미있었다고 말했다.

그러고 나서, 나는 해변가를 거닐거나 느긋하게 공부하거나 또는 한가하게 독서하면서 고달프기만 한 내 삶을 살아가야만 했다. 이리하여 진정한 만남은 이루어지지 않았다."(《지드에게 보내는 경의》).

■ 1930년 : 말로의 《왕도(王道)》.

문과반에서 장 그르니에를 스승으로 갖게 된다(장 그르니에의 《알베르 카뮈》, 제1장 참조).

폐결핵 첫 발병. 요양에 부적당한 집을 떠나, 우선 무정부주의자이며 볼테르 숭배자인 푸줏간 주인 귀스다브 아코 삼촌 집에 기거하고, 기흉(氣胸)으로 앓는 동안 입원했다가 후에는 독립생활을 하며, 혼자서, 혹은 여럿이서 함께 알제의 이곳저곳을 옮겨가며 생활하게 된다.

■ 1932년 : 문과 학업 계속. 학창시절 친구로 클로드 드 프레맹빌과 앙드레 벨라미슈를 사귀며, 후자에게 카뮈는 나중에 로르카(스페인 시인, 극작가―옮긴이주) 번역을 맡기게 된다. 폴 마티외 교수와 장 그르니에 교수와도 친분을 나누는데, 특히 철학자이며 문필가인 후자와의 친분은 오래도록 변함없이 계속된다.

카뮈는 후에 그르니에 교수에게 《안과 겉》과 《반항적 인간》을 헌정하고, 은사의 저서 《섬 Îles》의 서문을 쓴다.

"장 그르니에 교수를 만났다. 그 역시 나에게 책 한 권을 읽어보라고 내밀었다. '고통 La Douleur' 이라는 제목의 앙드레 드 리쇼 André de Richaud의 소설이었다. 처음 들어보는 사람이었다. 그러나 나는 그 훌륭한 책을 결코 잊을 수가 없다. 그 책은 내가 경험해서 아는 것들, 즉 어머니라든가 가난이라든가 아름다운 저녁 하늘이라든가 하는 것에 대해서 처음으로 나에게 이야기해준 책이다. 습관대로 하룻밤새에 그 책을 다 읽어 치웠다. 다음날 잠에서 깨었을 때, 낯설고 새로운 자유를 가슴에 안고 나는 머뭇거리며 미지의 영역으로 나아가기 시작했다. 책으로부터 얻어지는 것이 망각과 심심파적만이 아니라는 교훈을 터득한 것이었다. 나의 집요한 침묵, 지독하지만 정체를 알 수 없는 이 고통, 그리고 기묘한 이 세상, 내 가족들의 그 고결성과 가난, 나만이 알고 있는 비밀 등, 이 모든 것이 이야기될 수 있는 것이었다.《고통》이라는 책으로부터 나는, 지드가 장차 나를 유인하여 끌어들이게 될 창작의 세계가 어떠한 것인지를 막연하게나마 우선 엿볼 수 있었다."(〈지드에게 보내는 경의〉).

- 1931~1932년 : 후일에 건축가가 될 미켈, 나중에 조각가가 될 베니스티, 작가요 비평가인 막스-폴 푸셰 등과 교우.
- 1932년 : 잡지 《쉬드(남방) Sud》에 4편의 글을 발표.
- 1933년 1월 30일 : 히틀러 권력 장악.

카뮈는 앙리 바르뷔스와 로맹 롤랑에 의해 주도된 암스테르담-플레이엘 반파쇼 운동에 가입, 투쟁한다.

말로의 《인간조건》, 프루스트 작품 탐독(《반항적 인간》 중 〈소설과 반항〉 참조).

장 그르니에의 《섬》. 짧은 에세이들로 구성된 이 책은, 실존의 문제들을 다루면서 아이러니하고 시적인 문체로 강한 회의주의를 표명함으로써, 카뮈로 하여금 그르니에를 사상적 스승으로 여겨 언제나 그 영향 입은 바를 잊지 못하게 했을 뿐만 아니라,《안과 겉》과《결혼》에 깊은 영향을 미치기도 한다.

- 1934년 6월 : 시몬 이에와 첫 결혼, 그러나 2년 후에 이혼. 발레아

르로 여행(《안과 겉》 중 〈삶에의 사랑〉 참조).

■ 1934년 말 : 장 그르니에의 권유로(8월 21일의 편지 참조) 공산당에 가입. 회교도 계층에서의 선전 임무가 부여된다. 카뮈는 1935년 5월 라발(프랑스 정치가 — 옮긴이주)의 모스크바 방문 때문에 공산당의 친회교도 운동이 부진해지자마자 공산당에서 탈퇴했다고 주장하고 있다. 내면적인 갈등이 있었다는 것이 분명하며 《작가수첩》이 그것을 증명해 주고 있다. 그러나 카뮈의 친구들은 그가 1937년까지 공산당원증을 갖고 다녔다고 말하고 있다. 사실 공산당이 장악하고 있던 문화원 책임을 그가 맡고 있었다는 사실을 달리 설명할 수는 없겠다. 그 친구들의 말에 의하면 카뮈와 공산당 간의 결별 —— 카뮈의 제명 —— 은 공산당과 알제리 인민당 간의 불화 직후였다는 것이다. 인민당은 당시 메살리 하지가 주도했고, 그는 공산당원들을 자신들을 억압하는 탄압 선동자들이라고 비난하고 있었다.

또 다른 몇몇 글들은, 카뮈가 프리메이슨 비밀결사에 가담했다고 말하고 있으나, 이러한 주장들은 현재까지 아무런 입증 자료를 제시하지 못하고 있다. 아마도 그의 삼촌 아코가 프리메이슨 단원이라는 소문에서 연유된 혼동으로 여겨진다.

■ 1935년 : 말로의 《모멸의 시대》.
《안과 겉》 집필 시작.
"나로서는, 나의 원천이 《안과 겉》 속에, 내가 오랫동안 몸담아 살아온 그 가난과 빛의 세계 속에 있다는 것을 알고 있다. 그 세계의 추억이 지금도, 모든 예술가들을 위협하는 두 가지의 상반되는 위험, 즉 원한과 만족으로부터 나를 지켜주고 있는 것이다. (……) 그러나 인생 자체에 관하여서는 지금도 《안과 겉》에서 서툴게 말한 것보다 더 많이 알지는 못한다."

이 시기에 카뮈는 그에게 지급된 대여 장학금으로 알제 대학에서 철학 공부를 계속한다. 그러나 또한 생계 수단으로 여러 가지 일을 해야만 했다. 이 해에 그는 정기적으로 대학 관상대에 나가 일하면서 남부 지방의 기압에 관한 보고서를 제출하곤 했다. 또 그는 자동차 부속품을 팔거나, 선박 중개인에게 고용되기도 했고(뫼르소처럼), 시청 직원으로 일하기도 했다(그랑은 시청 직원으로 《페스트》에 등장한다).

■ 1936년 : 플로티노스와 성 아우구스티누스를 통한 헬레니즘과 기독교의 관계를 주제로 한 철학 졸업논문(D. E. S.) 제출. 제목은 '기독교적 형이상학과 신플라톤 철학'.

에픽테토스, 파스칼, 키에르케고르, 말로, 지드 등의 작품 탐독.

3월 7일 : 독일군의 레난 지방 재점령.

5월 : 프랑스에서 인민전선 득세.

6월~7월 : 중앙 유럽 여행(《작가수첩》 제1권 및 《안과 겉》 중 〈영혼 속의 죽음〉 참조). 그곳에서 첫 결혼이 파경에 든다.

7월 17일 : 스페인 내란.

1935년에서 1936년에 이르는 기간 동안, 카뮈는 몇몇 친구들과 함께 문화원의 책임을 맡았고 '노동극장'을 창단하였다.

이 극단을 위하여 세 명의 동료와 함께 《아스튀리의 반란》을 집필했으나 상연금지되었고, 이것은 후에 샤를로 출판사에서 출판된다. 가브리엘 오디지오와 샤를로를 중심으로, '참다운 풍요'라는 기치 아래 지중해 문학운동이 전개된다.

■ 1936~1937년 : 알제 라디오 방송극단의 배우로서 한 달에 15일씩 방방곡곡을 순회공연.

■ 1937년 2월 : 문화원에서 새로운 지중해 문화에 관해 강연.

5월 : 건강상의 이유로 철학교수 자격시험 응시 거부당함.

5월 10일 : 《안과 겉》 출간.

8월~9월 : 말로에 관한 평론 계획. 요양을 위해 앙브룅에서 체류. 이어 마르세유, 제노바, 피사를 거쳐 피렌체 여행(《결혼》 중 〈사막〉 참조).

명증하고 고뇌에 찬 열정의 시기로서 《결혼》이 그 결실.

미발표의 《행복한 죽음》 집필.

시디-벨-아베스 중학교 교사직을 타성과 침체를 우려하여 거절.

10월~12월 : 소렐, 니체, 슈펭글러(《서양의 몰락》) 등을 탐독.

'노동극장'이 해체되고, '협력극장'에 흡수.

알제리를 떠나 프랑스로 건너갈 것을 계획(오디지오에게 보낸 편지).

■ 1938년 : 파스칼 피아(후에 《시지프 신화》를 그에게 헌정)가 주도하는 《알제 레퓌블리캥 Alger républicain》 신문의 기자로 취직. 잡보 기사로부터 사설에 이르기까지, 그리고 의회 기사와 문학란에 이르기까지 여러 가지 일을 담당했으며, 특히 알제리의 정치적 문제점들을 낱낱이 파헤치기도 했다.

말로의 《희망》, 사르트르의 《구토》. 이미 이때부터 사르트르의 이 책을 면밀히 읽은 카뮈는 사르트르의 미학에 반대 입장을 취하고, 사르트르가 실존의 비극성을 창출해내기 위해 인간의 추한 모습을 지나치게 강조한다고 비난한다. "사르트르의 주인공은, 위대함을 딛고 근원적인 절망에서 일어서려고는 하지 않고 인간의 그 혐오스러운 면만을 강조하면서, 자신의 고뇌가 지닌 참된 의미를 보여주지 않고 있는 것 같다."(《알제 레퓌블리캥》1938년 10월 20일자).

《칼리굴라》집필. 부조리에 관한 시론을 구상하며《이방인》집필에 도움이 될 자료 수집. 니체의《인간적인, 너무나 인간적인》,《신들의 황혼》, 그리고 키에르케고르의《절망론》(흔히《죽음에 이르는 병》으로 번역됨 — 옮긴이주)을 탐독.

9월 30일 : 뮌헨 협정.

■ 1939년 3월 : 나치 정부, 체코슬로바키아를 완전히 합병.

에피쿠로스와 스토아 철학자들의 책들을 탐독.

오디지오, 로블레스 등과 함께《리바주》라는 잡지 창간.

앙드레 말로와 상봉.

사르트르의《벽》. "위대한 작가는 그의 세계와 그의 주장을 항상 느끼게 해준다. 사르트르의 주장은 무(無)이며, 또한 명철성에 있다."(《알제 레퓌블리캥》1939년 3월 12일자).

5월 : 샤를로 출판사에서《결혼》출간.

6월 : 카빌리(알제리의 산악 지방 — 옮긴이주) 취재 여행. "세계에서 가장 아름다운 이 지방 경관 한복판의 그 비참함은 유례를 찾아볼 수 없을 만큼 처참하다."

국제적 긴장 고조로 그리스 여행 계획을 포기. "전쟁이 나던 해, 나는 율리시스의 순항 길을 다시 한번 더듬기 위하여 배를 타기로 되어 있었다. 그 시절에는 가난한 한 젊은이도 빛을 찾아서 바다를 건너질러 가는 화려한 계획을 세울 수 있었던 것이다."(《여름》 중 〈명부의 프로메테우스〉).

9월 3일 : 제2차 세계대전.

"첫째 할 일은 절망하지 않는 일이다. 세계의 종말이 온다고 외치는 사람들의 말에 너무 귀를 기울이지 말자."(《여름》 중 〈편도나무들〉).

"가장 보잘것없는 임무를 가장 고귀하게 여기며 수행해나갈 것을 결심"(《작가수첩》).

연대의식 때문에 전쟁에 침여하려 했으나 건강 때문에 소집 연기. "자기 나라가 전쟁을 피할 수 있도록 투쟁하지 않으면 안 된다. 그러나 전쟁이 터지면 자기 나라에 대하여 연대감을 가져야 한다."(《작가수첩》).

오랑 여행(《여름》 중 〈미노타우로스〉).

■ 1940년 :

《알제 레퓌블리캥》은 판매 보급상의 애로 때문에 《수아르 레퓌블리캥 Soir républicain》에 합병(전자는 10월 28일에 폐간되고 후자는 9월 15일에 창간되었으니 몇 주일간은 두 신문이 공존하고 있었던 셈이다)된다. 그후 당국의 검열 요구에 불복, 1월 10일 폐간된다. 카뮈는 안정된 직장을 당국의 압력 때문에 박탈당할 것을 예측하고 알제리를 떠난다. 검열받는 신문에 더 이상 아무런 글도 쓰지 않을 결심을 하고서 파스칼 피아의 추천을 받아 《파리 수아르 Paris Soir》에 순전히 사무적인 임무를 띤 편집 담당자로 입사한다. "《파리 수아르》에서 일하면서, 파리의 약동과 파리의 핵심을, 여점원 같은 그 천한 정신을 느낀다."(《작가수첩》).

5월 : 《이방인》탈고.

5월 10일 : 독일군 침입. 카뮈는 《파리 수아르》편집진과 함께 클레르몽으로 피난하나 12월에 신문을 떠난다.

9월 : 《시지프 신화》전반부 집필.

10월 : 임시로 리용에 기거.

12월 3일 : 오랑 출신이며 수학교사인 프랑신 포르와 리용에서 결혼.

■ 1941년 1월 : 오랑으로 돌아와 얼마 동안, 유태인 아이들이 많이 다니는 사립학교에서 강의.

2월 : 《시지프 신화》탈고.

"악에 대항하는 인간의 투쟁에 관해서, 그리고 정의로운 인간으로 하여금 우선은 창조와 창조자에 대항하고 나아가서는 자기 동료와 자기 자신에게까지 대항하게 만드는 저 거역할 길 없는 논리에 관해서, 인간이 상상해낼 수 있는 가장 충격적인 신화들 중의 하나인" 《모비 딕 Moby Dick》(〈허먼 멜빌 소개〉참조)의 영향을 받아 《페스트》를 준비.

톨스토이, 마르쿠스 아우렐리우스, 사드의 작품 및 《군인의 위대성과 노예성》(프랑스 19세기 작가 비니의 작품 — 옮긴이주), 그리고 그가 13년 후 앙제 페스티벌 때 각색하게 될 피에르 드 라리베 Pierre de Larivey(프랑스 고전 극작가 — 옮긴이주)의 《정령(精靈)》등을 탐독.

12월 19일 : 가브리엘 페리 처형(프랑스 공산당 중앙 위원이었던 페리는 독일군 점령 당시 공산당 지하 비밀잡지의 간행을 주도했기 때문에 체포되어 총살형을 당했다 — 옮긴이주).

"……여러분들은 내게 어떤 이유로 항독 지하운동에 참가했느냐고 묻는다. 그것은 나와 같은 사람들에게는 아무런 의미도 없는 질문이다.

집단수용소의 입장에 동조할 수 없는 것은 예나 지금이나 마찬가지이다. 폭력 자체보다는 오히려 폭력으로 구성된 제도를 내가 더 혐오한다는 것을 그때 깨달았기 때문이다. 좀더 정확히 말하자면 내 속에 늘 막연히 자리잡고 있던 반항심이 절정에 달하게 된 그날을 나는 아주 생생하게 기억하고 있다. 리용에서 신문을 통해 가브리엘 페리의 처형을 읽던 그날 아침 말이다."(《시사평론》, 제1권).

항독 지하운동 시절에 대해 카뮈는 별로 이야기를 하지 않고 있다. 아마도 향수와 수줍음 때문에 옛 전사(戰士)라는 것을 별로 얘기하기 좋아하지 않았을 것이다. 그가 민족해방운동, 즉 '전투Combat' 조직에 참여하게 된 것은, 파스칼 피아와 르네 레노René Leynaud의 중개에 의한 것으로 추측된다(카뮈는 후자에게 《독일인 친구에게 보내는 편지》를 헌정하게 되고, 1947년에 간행된 레노의 《사후시집(死後詩集)》의 서문을 쓰게 된다). 이 조직에서 카뮈의 임무는 정보 활동과 지하신문 발간에 관한 것이었다. 곧 이어 그는 클로드 부르데('전투' 조직의 간부)와 사귀게 된다.

■ 1942년 : 1941~1942년 겨울에 재발한 폐결핵 각혈 때문에 샹봉 쉬르 리뇽에서 겨울이 끝날 무렵부터 가을까지 요양.

11월 8일 : 북아프리카 지역의 영미 함대 상륙(아이젠하워 장군 지휘 아래 오랑, 알제에 상륙—옮긴이주) 때문에 카뮈의 알제리행이 중단되고, 샹봉 부근 파늘리에의 오크틀리 부인 집에 돌아와 기거. 그의 아내와 독일점령으로부터 해방될 때까지 헤어져 있게 된다. 통신 연락이 어렵고, 기차 타기를 싫어해서, 양쪽 폐가 다 병들었음에도 불구하고, 그는 이따금 생테티엔 시와 파늘리에 사이의 60킬로미터에 이르는 해안을 자전거로 달리기도 했다.

이 시기에 그는 프랑시스 퐁주와 관계를 맺는다(〈선입견에 관한 편지〉참조).

- 1942년 : 멜빌, 다니엘 디포, 세르반테스, 발자크, 마담 드 라파예트, 키에르케고르, 스피노자 등의 작품 탐독.

7월 : 《이방인》출간.

- 1943년 : 《시지프 신화》출간. 비평계 일각에서 카뮈를 절망의 철학자로 규정, 선전.

《오해》초고 탈고.

《독일인 친구에게 보내는 편지》제1신 발표.

몇 달 동안, 리용 지방과 생테티엔 지역을 왕래하며 생활. "지옥이 존재한다고 내 나름대로 생각해보면, 아마도 그 지옥은, 모두가 검은 옷을 입고 지내는 이 침울하게 끝없이 펼쳐진 길거리 모습과 닮았을 것이다."(르네 레노의《시집》서문).

"프랑스인 노동자들 곁에 있으면 나는 아주 편안하다. 내가 사귀고 싶고 함께 '살고' 싶은 유일한 사람들이 바로 그들이다. 그들은 나와 같다."(《작가수첩》).

'의용병', '전투', '해방' 등 항독 지하운동단체들이 통합될 당시 '전투'의 지도자들은 파리에서 활동했으며, 그 당시 카뮈는 바노 가에 있는 앙드레 지드의 아파트에서 기거하면서 갈리마르 출판사의 고문직을 맡게 된다. 이 무렵에 아라공과 두 번째로 만나게 된다.

- 1944년 : 사르트르와 상봉. 그는 카뮈에게《폐문 Huis clos》의 연출을 부탁하나 계획은 성사되지 못함.《오해》상연, 시답지 않은 반응.

"아니다. 나는 실존주의자가 아니다. 사르트르와 나는 우리 둘의 이름이 나란히 붙어 다니는 것을 보고 항상 이상하게 생각하고 있다. 심지어 우리는 어느 날 그만 성명을 발표하여, 우리가 서로 아무런 공통점을 갖고 있지 않을 뿐만 아니라, 어떠한 상호관계도 각기 부정하고 있다고 우리의 입장을 밝히려고 생각해보기도 했다. 그러나 결국 그것은 농담으로 그쳤다. 사르트르와 나는 우리가 서로 알기 전부터 제 나름대로의 저서들을 모두 발표했다. 우리가 서로 알게 된 것은 우리가 서로 다르다는 것을 확인하기 위해서였다. 사르트르는 실존주의자이며, 내가 발표한 유일한 사상적인 책《시지프 신화》는 소위 실존주의 철학자들을 반대하는 입장에서 쓰였다."(1945년 11월 15일자 인터뷰).

《독일인 친구에게 보내는 편지》제2신 발표.

8월 24일 : "파리의 모든 총알들이 8월 밤하늘을 수놓는다." (공개적으로 배포된《전투》창간호).

파스칼 피아와 함께《전투》지 편집, 운영.

■ 1945년 5월 8일 : 바노 가의 앙드레 지드에게서 휴전 소식을 전해 들음. 세기에 가에 정착(《적지와 왕국》중 〈요나〉 참조).

5월 16일 : 세티프(알제리의 도시 — 옮긴이주)에서의 학살과 탄압. 카뮈는 이를 조사하기 위하여 알제리를 여행한다.

"가난해진 민족을 위한 위대한 정치란 모범적인 정치를 수행하는 길밖에는 없다. 이 점에 대해 꼭 한 마디 해두어야 할 것은 프랑스가 실제로 아랍 지역에 민주주의를 도입해야 한다는 점이다. 민주주의는 아랍 지역에 있어서 새로운 사상이다. 백만의 군대 그리고 수많은 유전 못지

않게 민주주의는 값질 것이다."(1945년 12월 20일자 인터뷰).

8월 6일, 9일 : 일본의 히로시마와 나가사키에 원자탄 투하.

"기계 문명의 야만적 횡포가 극에 달했다. 멀지 않은 미래에, 집단자살이냐 아니면 자연과학적 성과의 현명한 사용이냐 하는 문제에 봉착하게 될 것이 분명하다."(《전투》 8월 8일자).

9월 5일 : 쌍둥이 자녀 장과 카트린 출생.

《칼리굴라》 상연, 대성공(제라르 필리프와 R. 켐프 각광).

《반항적 인간》의 출발점이 되는 《반항론》 발표.

■ 1946년 : 연초에 미국 방문. 대학생들의 열렬한 환영. 하버드에서는 연극에 관해서, 뉴욕에서는 문명의 위기에 관해서 강연.《페스트》를 어렵게 탈고. 시몬 베유의 작품을 발굴, 갈리마르 출판사에서 미발표된 그의 저작들의 발행을 주도.

몇 달 동안 《전투》지 편집, 운영 포기. 1944년부터 1945년에 이르는 모리악과의 논쟁 때문에 카뮈는 폭력 문제에 대하여 체계적으로 사색, 정리. "우리는 지옥 속에서 지냈고 그 후 다시는 밖으로 나오지 못했다. 6년이라는 긴 세월 동안 우리는 그 속에서 어떻게 해보려고 발버둥을 치고 있다."(《여름》).

르네 샤르와 깊은 친교.

10월 : 사르트르, 말로, 쾨스틀러, 스페르버 등과 정치문제 토론.

■ 1947년 : 마다가스카르의 반란. 카뮈는 집단 탄압을 맹렬히 규탄한다. "……문제가 사실로 나타났다. 사실은 명백하고 추하다. 우리가 독일 사람들이 저질렀다고 비난했던 짓을 이번에는 우리가 저지르고 있으니까 말이다."(《전투》).

공산당, 정부에서 이탈. '프랑스 국민연합'(R. P. F.) 출범. 재정적, 정치적 문제로 인해《전투》지 편집진 분열. 올리비에, 피아, 레몽 아롱은 '프랑스 국민연합'에 가담하고, 장 텍시에는 사회주의 신문사로 옮겨간다. 카뮈는 사직하고 편집 운영을 클로드 부르데에게 넘겨준다.

'민주 혁명 연합'이 결성되었는데, 카뮈는 거기에 참여한 일은 한 번도 없었으나 그 노선에는 대체로 공감했다.

6월 :《페스트》출간. 즉각적인 대선풍. 수많은 비평가들이 카뮈를 덕망 있는 '무신론적 성자'로 찬양, 선전.

■ 1947~1948년 : 1947년 여름과 1948년 여름을, 1946년에 며칠 지낸 적이 있었던 루르마랭 부근에서 보냄.

아마도 1947년에 벌어진 정치 논쟁 때문에 카뮈와 메를로 퐁티 간의 친분관계가 단절된 것 같다.

■ 1948년 2월 : 프라하의 군사 혁명. 알제리 여행(《여름》).

6월 : 티토, 공산당 정보국 Kominform에서 추방.

아그리파 도비네의 작품 탐독. 후에 이 사람의 작품 권두에 일종의 서문을 쓴다.

10월 27일 : 장 루이 바로와 함께 쓴《계엄령》상연, 실패.

■ 1949년 3월 : 사형선고받은 그리스 공산당원들을 위한 구명 호소. 1950년 12월에 또 다른 사형수들을 위한 구명 호소.

6월~8월 : 남미 여행(《여름》중〈가장 가까운 바다〉와《적지와 왕국》중〈자라나는 돌〉참조).

이 여행으로 말미암아 이미 허약해진 카뮈의 건강이 더욱 악화되어, 앞으로 2년 동안《반항적 인간》집필을 계속하는 것 이외에 아무 일도 못하게 된다. 하는 수 없이 한가해진 이 기간을 이용, 자기의 작품 세계 전반에 대해 반성한다.

12월 15일 : 《정의의 사람들》(세르주 레지아니, 마리아 카자레스 출연) 첫 상연을 관람하기 위해 기동, 성공.

■ 1950년 : 《시사평론》 제1권 간행.

그리스 근교의 카브리스에서 얼마간 휴양. 보주 산악지방에서 여름을 보냄. 마담 가 29번지 아파트에 입주.

■ 1951년 10월 : 《반항적 인간》이 출간되자 곧 이어 벌어진 논쟁이 1년 이상 계속됨.

■ 1952년 : 알제리 여행(《여름》 중 〈티파사에 돌아오다〉 참조).

8월 : 사르트르와 결별(《현대》지).

11월 : 레카미에 극장 운영 신청. 프랑코 장군 영도 하의 스페인이 국가로 인정받자 유네스코에서 탈퇴.

소설 《최초의 인간》과 《적지와 왕국》을 구성할 중편들, 그리고 희곡 《동 쥐앙》 및 《악령》 각색 등을 구상.

■ 1953년 6월 7일 : 동베를린 폭동.

"세계의 어느 구석에서, 한 노동자가 탱크 앞에서 맨주먹으로 자기는 노예가 아니라고 외치며 대항할 때, 우리들이 무관심하다면 도대체 우리들은 무엇이란 말입니까?" (신용조합에서의 연설).

《시사평론》 제2권 출간.

6월 : 앙제 연극 축제에서 연출가 마르셀 에랑이 병으로 못 나오자 카뮈는 그를 대신하여 자신이 각색한 《십자가에의 예배》와 《정령》을 직접 연출.

■ 1954년 : (7명의 튀니지 사형수 구명운동을 제외하고는) 모든 정치적, 문학적 활동을 중단하고 일년 내내 아무 글도 쓰지 않는다. "내가 각색하고 있는 《악령》이 지금 엉망으로 되어 있습니다. 하기야 다른 것들도 마찬가지입니다. 언제 다시 글을 쓰게 될지 나도 잘 모르겠습니다."(질리베르에게 보낸 편지).

1939년에서 1953년까지 쓴 글들을 모은 《여름》 출간.

11월 : 이탈리아 여행.

■ 1955년 3월 : 디노 부치티(이탈리아 20세기 소설가 — 옮긴이주)의 《흥미 있는 경우》 각색.

5월 : 그리스 여행을 하며, 《계엄령》을 야외 극장에서 다시 상연할 것을 구상하고 연극에 관해 강연.

6월 : 기자 활동을 재개하여 《엑스프레스 L'Express》지에 기고하고, 특히 알제리 문제를 취급.

■ 1956년 : 알제 여행.

1월 23일 : 카뮈는 휴전을 호소하나, 그의 동향인들로부터 매우 모욕적인 대접을 받는다. "알제리로부터 아주 낙담하여 돌아왔습니다. 그곳에서 벌어진 일들은 오히려 그 신념을 굳게 해주는 것들이었습니다. 나에게는 개인적인 불행이었겠지만 참을 도리밖에는 없지요. 모든 것이 다 타협될 수는 없는 노릇 아니겠습니까"(질리베르에게 보낸 편지).

2월 : 《엑스프레스》에의 기고 중단, 드 메종쇨(5월 28일) 및 체포된 수많은 알제리 민족주의자들과 자유주의자들을 위한 구명 운동에 참여.

9월 20일 : 자신이 각색한 포크너의 《어떤 수녀를 위한 진혼곡》 상연

(카트린 셀레르 출연), 성공.

부다페스트 봉기. 탄압 반대 회합에 참여.

수에즈 운하에서 불·영 군사 작전.

《전락》간행.

《여름》의 속편으로 《축제》집필 구상.

- 1957년 3월 : 《적지와 왕국》출간.

6월 : 앙제 연극 축제. 로페 데 베가의 《올메도의 기사(騎士)》각색, 《칼리굴라》재상연. 쾨스틀러, 블로크-미셸과 공동으로 저술한 《사형에 관한 성찰》에 〈단두대에 대한 성찰〉을 게재.

10월 17일 : 노벨 문학상 수상. 프랑스인으로 아홉 번째이며 최연소.

- 1958년 2월 : 《스웨덴 연설》출간.

3월 : 새 서문(1958년 집필)을 첨가한 《안과 겉》재판 출간.

6월 : 알제리 연대기 《시사평론》제3권 출간. 이 저서를 통하여 카뮈는, 알제리의 갈등 및 문제 해결책 강구를 위한 면밀한 분석의 필요성을 제창했으나, 유명 신문들은 아무런 논평도 가하지 않고 무시한다.

이 해와 다음해에도 카뮈의 건강은 쇠약.

6월 9일 : 그리스 여행.

11월 : 루르마랭에 주택 구입.

- 1959년 1월 30일 : 도스토예프스키의 《악령》을 각색하고, 자신이 연출 상연. 문화부장관 말로가 카뮈에게 테아트르 프랑세의 운영을 맡아달라고 제의. 그러나 카뮈는 '완전히 새로 시작'하고자 함.

거의 1년 내내, 카뮈는 많은 일을 아주 고통스럽게 해냈다. 그러나 11월에 들어 루르마랭 집에서, 그는 자기의 집필 원동력을 다시 되찾기라도 한 듯이 힘들이지 않고《최초의 인간》의 일부를 써내려갔다.

■ 1960년 1월 4일 : 미셸 갈리마르(갈리마르 출판사 사장의 조카―옮긴이주)의 승용차에 동승한 카뮈, 몽트로 근교 빌블르뱅에서 교통 사고로 즉사.

옮긴이 김화영
1974년 프랑스 프로방스 대학교에서 알베르 카뮈 연구로
문학박사 학위를 받았고, 현재 고려대학교 불어불문학과 명예 교수로 있다.
《문학 상상력의 연구—알베르 카뮈론》,《행복의 충격》,
《공간에 관한 노트》,《소설의 꽃과 뿌리》,《바람을 담은 집》 등
다수의 저서와 80여 권의 역서를 발표했으며,
문학평론가로도 활동하고 있다.


## 정의의 사람들·계엄령

초판 1쇄 발행 2000년 10월 25일
초판 9쇄 발행 2025년 8월 14일

지은이 알베르 카뮈
옮긴이 김화영

펴낸이 김준성
펴낸곳 책세상
등록 1975. 5. 21. 제1-517호
주소 서울시 마포구 월드컵로23길 38, 2층(04011)
전화 02-704-1250(영업) 02-3273-1334(편집)
팩스 02-719-1258
이메일 editor@chaeksesang.com
광고제휴 문의 creator@chaeksesang.com
홈페이지 chaeksesang.com
페이스북 /chaeksesang 트위터 @chaeksesang
인스타그램 @chaeksesang 네이버포스트 bkworldpub

ISBN 978-89-7013-225-9 04860
     978-89-7013-108-5 (세트)

이 도서의 국립중앙도서관 출판예정도서목록(CIP)은 서지정보유통지원시스템 홈페이지
(http://seoji.nl.go.kr)와 국가자료종합목록 구축시스템(http://kolis-net.nl.go.kr)에서
이용하실 수 있습니다.(CIP제어번호: CIP2018003132)

* 잘못되거나 파손된 책은 구입하신 서점에서 교환해드립니다.
* 책값은 뒤표지에 있습니다.